語文教學叢書

提昇閱讀力的教與學

趙鏡中先生語文教學論集

趙鏡中 著　吳敏而 主編

謹以本書紀念那股讓好多老師在語教世界自由翱翔的風

目　次

序一
永遠的懷念

　　「光陰如白駒穿隙。」趙鏡中先生離開我們竟有百餘天了。去年十月在銀川，我們約請先生赴新疆傳播語文教學經驗，他高興地應允，那情景猶如發生在昨日。鏡中先生在大陸影響深廣。凡剛剛聽說先生過世的人，都驚詫地問我：「是真的嗎？」凡知道確有其事的人，都無不惋惜地說：「太可惜了，怎麼會呢！」

一

　　大陸的教師早就企盼學習臺灣國語教學的經驗，苦於沒有暢通的交流管道。本世紀初，趙鏡中先生、吳敏而女士創辦了臺灣小學語文教育學會。從此，兩岸四地的學會就成了把四地語文教師聯繫在一起的紐帶。從二〇〇二年起，每年舉辦一屆兩岸四地小學語文教學觀摩交流活動，已經成功舉行了九屆。這中間，臺灣小學語文教育學會主辦了兩屆。一屆在二〇〇五年十二月，由臺北市私立復興國民中小學承辦，大陸有六十六位前往出席；一屆於二〇〇九年十二月，在臺灣東海大學舉行，由東海大學附小承辦，大陸有一八〇餘人赴會。這兩次活動，由於以鏡中先生為首的臺灣小語會同仁的精心策劃，由於承辦單位的悉心安排，熱情接待，活動內容豐富，代表獲益良多。大陸代表通過看課互動、座談交流、參觀學校等，眼界大開，學到了臺灣

國語教學的先進理念和新鮮經驗，更感受到了真誠、友善的同胞之情。透過這兩屆活動，也使我們領略了鏡中先生的人緣、人脈和極強的組織協調能力。

二

在臺灣，趙鏡中先生集編、教、研於一身，而且樣樣幹得出色。這無論在臺灣還是在大陸，都是不多見的。

我想，支撐鏡中先生做好編寫教材、教課培訓、開展教研工作的，是熱愛，是責任、抱負，是教育理想。

上個世紀九十年代，他和吳敏而博士等人，主持編寫了一套系列化的「國語實驗教材」，其中有許多創意、許多亮點。他們用自己的智慧，重構臺灣小學國語的課程內容，詮釋小學國語應該教什麼、學什麼以及可以怎樣教、怎樣學。

在教研方面，鏡中先生一方面依託國語實驗教材，進行教材和師資培訓，歷時八載；一方面以副研究員和學會理事長的雙重角色，指導教學研究，推進兒童閱讀，不遺餘力。臺灣國語教學觀念的深刻變革，教師專業的穩步成長，教學實踐的明顯變化，兒童閱讀的穩步推進……凡此種種，鏡中先生澆灌了大量心血，才催生了教學改革的朵朵奇葩。

三

編寫語文教材，是我的本行。我深知其難。趙鏡中先生迎難而上，主動地擔起了編寫臺灣國語實驗教材的重任，且取得了成功。這套教材在眾多小學語文教材中脫穎而出，具有多方面的特色。譬如，

豐富了選文類型，除了常有的精讀、略讀、獨立閱讀課文之外，新設了側重培養聽力的聽話課文，側重培養說的能力的說話課文，側重培養讀作能力的讀寫課文，彰顯並拓寬了教材選文的功能與價值。再如，在專題設置上，心中裝著學生，用兒童的視角，以兒童的生理、心理發展規律為依據，努力貼近兒童生活，密切聯繫兒童的經驗世界和想像世界，呈現了從認識自我到認識自然、認識社會的過程，展現了兒童心智成長的歷程。再如，在知識的呈現上，注重聯繫語境，融入情境，使語文知識變得有趣、有境，兒童樂於接受，易於理解和運用。又如，教材是教本更是學本，重視種種閱讀能力的培養，加強閱讀方法、策略的指導，根據不同的閱讀目的，指導學生用不同的方式方法閱讀，而且這種指導不是概念化的，而是具體的，有層次、分步驟的。學生借助教材中的導學、助學系統，拾級而上，螺旋上升地形成以閱讀能力為主的學習語文的能力。這套國語實驗教材，給大陸的教材編者耳目一新的感覺，使我們受到許多啟迪。

四

　　趙鏡中先生自任臺灣小學語文教育學會理事長以來，工作更加繁忙。即便如此，他不顧旅途勞頓，常常穿梭於兩岸四地之間，對大陸小語會和各省教研部門，幾乎是有求必應，或舉辦講座，或上課評課，或下校輔導，竭盡全力地宣講、踐行先進的教學理念，對大陸的語文教學起到振聾發聵的作用，對大陸兒童閱讀的開展起到引領和助推的作用。趙鏡中先生不僅屬於臺灣語文界，而且屬於大陸小語界。我們將永遠銘記和感恩他對大陸小學語文教學的貢獻！

　　特別是在閱讀教學上，大陸教師從鏡中先生身上學到了很多。他或用深入淺出的講座，或用發人深省的教學，向大陸教師詮釋為什麼

教閱讀，閱讀教學教什麼以及該怎樣教。大陸教師逐漸明確了閱讀教學不是教課文，而是教閱讀；不光要分析文本內容、建構意義，還要實現知識、能力的自我建構。閱讀教學一定要扭轉教師的強勢，讓學於生，一定要改變千篇一律的以分析內容為主的教學模式，引領學生自讀、真讀，啟發學生質疑問難，鼓勵學生發表個人見解和真實感受，引導學生運用提問、探究、統整、反思等方法，實現自主學習、自我建構。

目前，趙鏡中先生閱讀教學的理念、主張，以及加強方法、策略指導的教學思路，已為大陸廣大語文教師所熟知，得到廣泛的認同，並且成為推進閱讀教學改革的重要力量。

五

趙鏡中先生為什麼總是能夠準確地為兩岸四地的語文教學把脈，發現教學中存在的主要問題，並且能夠務實地開出一劑劑治病的良方呢？

我想，這得益於他厚實的文學和中國文化的功底，得益於開放的國際視野，得益於對語文教學規律的把握和對教學實際的熟悉，更得益於深厚的哲學學養。鏡中先生就讀於臺灣輔仁大學哲學系，深造於輔仁大學哲學研究所。多年對古代儒家哲學的研究，給了先生大眼界，大胸懷，大智慧，大方法。比如，「窮則變，變則通，通則久」的變通、改革、創新的思想；「執中」，中和、適度，不走極端，無過無不及的思維方式和全面地、一分為二地想問題做事情的思想方法；「君子和而不同」，看到不同又不排斥對方，追求和諧促進共同成長。我深深地感覺到，儒家的哲學思想已經融入先生的血液裡，體現在他的思想和行動中。他學養高而不自傲，堅持教育理想又注意

傾聽不同的聲音。先生對大陸的語文教學，即欣賞其所長，又痛心其所短，所談公正、客觀，並不斷提出切實的改進建議。因此，先生的主張得到大陸語文界的廣泛認同，先生的人格受到大陸同仁的普遍敬仰。

先生的突然離去，是臺灣語文教育界的一大損失，使大陸語文界失去了一位好導師、好朋友。如果真有來世，我們一定還做好朋友。那時候，我們既投身熱愛的工作，又盡情地享受生活。我會陪你赴新疆，感受「大漠孤煙直，長河落日圓」的壯觀；登泰山，吟誦「會當凌絕頂，一覽眾山小」的名句；游「三孔」，從至聖先師那裡尋找更多做人處事的智慧；上峨嵋，一起祈禱兩岸炎黃子孫幸福安寧，世界持久和平……

趙鏡中先生，我想你，真的好想好想你！

崔　巒

中國教育學會小學語文教育研究會會長

二○一一年五月三十日

序二
昨夜星辰——兩岸四地情

　　又是籌辦兩岸四地教學交流的時侯了，從第一年在香港舉辦第一屆兩岸四地教學觀摩交流開始，認識了趙鏡中博士，也就認識了一群充滿教學熱誠來自臺灣的朋友，然後是十年的相知相交，每屆輪流在四地舉行的交流活動成了我們互動的平臺，謙厚但熱情的鏡中老師不單領導著臺灣的老師們，因他的學養和眼界，也影響着四地的老師。每年的相聚，臺灣的老師們總讓我們感受到那份對教學的投入和熱誠，也看到鏡中老師在背後的支持和指導，他對四地的教學，付出了無私的精神和時間，他那運籌帷幄的理性和熱情，永遠在我們的心間。

　　這些年來，每年的春天我都把學校五年級的學生帶到臺灣去交流學習，鏡中老師總是熱心的為我安排，今年臺北，明年臺中，然後臺南，為我聯絡好一些有特色的學校，他甚至放下工作，陪我們走訪各學校，一起觀察孩子們的表現，一同探究學習的奧秘。今年我自己撥電聯絡要去探訪的學校，鏡中老師的電話號碼仍在腦中閃過，人已不在了，電話還會響起嗎？沒有了鏡中老師的旅程，那研討和探究的火花，仍會燃點起嗎？看著孩子們的反應，仍有人和我一起發出會心的微笑嗎？

　　這些年來，鏡中老師除了領導臺灣小語會，並奔走於四地間推動閱讀，探尋更佳的教學方法，甚至親身上陣演示教法，他的講演有力並充實，大家都深受感動，在他這樣繁忙的工作中，除了正職與為達

成教育的抱負所兼負的副業之外，仍然勤於寫作，給我們留下寶貴的文字，知道這些年來與他併肩作戰的好友們為他結集成冊，給我們打開探求知識寶庫的鑰匙，提供實用並有效的教學策略，這是他的心血，他的寶貴經驗，能為他寫序，是我的極大榮幸，鏡中老師，我們答應，沿着你星光的指引，我們會繼續努力前行，你就放下心來吧！

劉筱玲

香港中國語文教育研究學會會長

二〇一一年十二月一日

序三
理性與浪漫的結合

　　趙鏡中是位哲學家，也是位詩人。

　　哲學的他，是理性的，思維敏銳，善辯且具有說服力。無論在政府或民間職位上，都認真的發揮所能，自我要求甚高。他指望工作伙伴也同樣的機敏和理性，所以要求極為嚴格。更進一步的，他認為教育制度和語文教育也應該是邏輯的、結構的、有系統的。可惜，智者的認定和普羅現實總有相當距離，這一點帶給他煩惱，令他懊惱。

　　詩人的他，被現實的矛盾強烈吸引住，他思索不合理、不可能的事態，闖盪客觀世界的諷刺性，結果發現了不少幽默和樂趣。作為朋友，尤其是一個像大孩子的朋友，他穿裙子慶祝動工典禮消遣自己、領著小孩設計逗趣的整人行動，製造無厘頭作為，創造爆笑畫面，是他感性浪漫的一面。

　　理性與浪漫本是矛盾，在哲學詩人的身上卻顯得格外迷人，因為把兩條不相干的線緊緊纏繞一起不就是兒童文學嗎！鏡中熱愛的兒童哲學和語文教育裡，兒童文學佔著非常重要的地位。

　　在語文教育方面，鏡中嚴厲批判一般範文式的課文：想像力不夠，說教味十足，約束了兒童天生的思考和反省能力。他竭力推薦用兒童文學當教材，來喚起想像力和思辨力，從而增強語文學習的興趣。他選用故事和童詩有獨特的眼光，由他引導學生閱讀，都能激發特定的思考技能、促進哲學思維的探究。

　　鏡中總能看到一條明亮的教學大道，一條從兒童文學通往語文學

習的大道，路途上充滿邏輯思維和探究的空間。學者和教師看不到這條美妙的道路，卻帶著學生走向枯燥乏味的岔路，使他納悶不解。於是，他連說帶逗的誘導人去嘗試，自己走進教室試教實踐理念，不遺餘力的走遍臺灣和大陸作動人心弦的講演，撰寫文章闡明理念和立場。本論文集便是他採用浪漫文學做理性教育工作的代表。

「橫眉冷對千夫指，俯首甘為孺子牛」是鏡中常用來說笑的話，用它來描述鏡中，很理性又很浪漫，不是嗎？

敏而

國家教育研究院研究員

台灣小學語文教育學會理事長

二〇一一年十二月十三日

童書如何進入教學現場

　　童書如何進入教學現場這個議題的提出，所觸動的不只是學生一學期要讀幾本課外書，圖書館如何推廣閱讀活動等表象問題而已，它所探究的應是更深層的教師教學習性，以及大環境中對學習、對知識的種種迷思，以及改善之道。

一　三種迷思

1. 對教材的迷思——教材由教學的媒介異化為教學的主體。
2. 對學習的迷思——單一模式與單一智慧的優先性，對學生學習能力的不放心。
3. 對知識的迷思——知識的結構化、系統化，窒息了知識的隨機性與活用性。

　　以上這些迷思觀念，外顯為行為表現時，會產生以下這些學校教育及課堂教學上的迷思行為：

（一）課內閱讀——課外閱讀的明顯分割

　　課內閱讀指的是教科書的閱讀學習，學生學習以此為主，評量測驗以此為準。課外閱讀則是教科書讀完後行有餘力，才進行的補充閱讀，而教師鎮日為趕進度而苦，何來時間進行擴充閱讀。因此學生在

學校的學習，鮮少擴充至教科書以外的材料。

（二）單一文本——多元文本的相互排斥

將教科書的內容當成學生學習的全部，一方面教科書的呈現多採正面表述方式，易形成單一價值觀。另一方面教科書的編撰過度重視知識的傳授，忽視學習策略與方法的提示，造成學生學習時缺乏多元參照與主動的探究。加以教師教學時又過度重視測驗答案的一致，原本應是豐富多元的文本，終淪為單一的典範。

（三）知識複製——知識建構的效能對立

評量學習效果的重點放在對教師教學內容的複製，因此在教學過程中重視的是短期的複製效能。對學生主動建構知識的耗時與不確定性缺乏耐性，因而導致學生欠缺操弄知識的經驗與機會，在過度強調陳述性知識，忽視程序性知識的教學景況下，學生成為「背多分」或「講光抄」。

由以上三項迷思觀念與行為，所形塑出來的教師教學心智習性，自然不利童書進入教學現場。

二　迷思概念的澄清

如果企盼童書能夠進入教學現場，活化教師的教學與學生的學習，那有關以上的種種迷思，必須做適度的澄清，調整教師與家長的某些心智習性：

- 教材的功能與選擇的澄清：教材是學習的媒介，而非學習的典範。

- 學習的動機與意義的澄清：學習是發現意義（強調自主性與多樣性），而非被動接受。
- 知識的結構與應用的澄清：知識是有機的、演化的，應滿足生活的需要，而非單純的滿足智性的需求。

　　由以上三種觀念與行為，所型塑出來的教師教學心智習性，自然有利於童書進入教學現場。此種習性將具體表現為：

(1) 與教學的結合 —— 學習閱讀與閱讀學習的合一

　　透過對童書的大量閱讀，一方面發展學生各種閱讀技能，一方面幫助學生獲得新知。

(2) 與環境的結合 —— 閱讀環境與環境閱讀的融合

　　透過閱讀氛圍的營造，一方面培養學生樂於閱讀的閱讀習性，一方面也拓展學生閱讀的視野，使學生善於獲取資訊。

(3) 與評量的結合 —— 學習過程與學習結果的並重

　　評量的重點在學生能否主動的閱讀、多樣的閱讀。一方面重視學生透過閱讀建構出實用的知識，一方面關心學生在閱讀過程中發展出不同的閱讀策略。

三　童書如何進入教學現場

　　有關童書進入教學現場的實務運作，可從閱讀環境的營造，以及實際閱讀活動的規劃兩方面著手。

（一）閱讀環境的營造

　　閱讀環境與氛圍的營造，對提昇閱讀的興趣是有決定性的影響。

是故，如何善用班級教室有限的空間，規劃出舒適而又方便的閱讀環境，在在考驗教師空間規劃的能力與根本的教學理念。

閱讀環境的營造可分為兩個方向來思考：空間的規劃與書籍的陳設。關於空間的規劃，班級教室可以區隔出若干不同功能的角落，透過適當的動線安排與美化（如插一盆花、鋪上桌巾），將使原本呆板的教室呈現出具多功能而又舒適的閱讀環境。其次是有關書籍的陳設，書籍陳設應以方便學生取用為原則，並可依不同的目的、功能將書籍做適當分類，吸引讀者選取閱讀。

準此原則，有關閱讀環境的營造，可做以下幾點具體建議：

⑴班級圖書來源
- 教師自己長期的蒐集
- 學生每月提供班級共用的書
- 圖書館借用的書

⑵出版書訊及電腦網路的建置
推薦學生優良讀物或新書資訊

⑶主題區的設置
除一般書的陳設外，又可依作家、畫家或配合教學主題、概念設置主題區，陳列圖書、錄音帶，或新書介紹。

⑷讀者劇場的設立
為提供閱讀者有發表、對談的機會，可不定時的設立讀者劇場，讓讀者以各種方式呈現、表達自己的觀點與想法。

⑸學生作品展示區
建立教室是學生表演舞臺的觀念，充分利用教室空間，提供學生展示自己的作品或創作成果。（不必要整齊畫一，避免家徒四壁的空曠。）

（二）閱讀活動的安排

閱讀的目的大抵可分為三類：知識性閱讀、實用性閱讀、消遣性閱讀，因閱讀的目的不同，所以閱讀的方式與要求也不同。童書的範圍廣闊，能滿足不論是知識性、實用性或消遣性閱讀的需求。

課堂的閱讀活動不應只是為知識而閱讀，更重要的是培養學生養成閱讀的習慣，學會閱讀的技能，成為一位真正的閱讀者。因此閱讀教學活動可從文學性、生活性與跨學科性三方面來思考：

⑴休閒或文學趣味的閱讀

⑵文學要素或特徵的閱讀討論

⑶文學創作與再創作

⑷作者、繪者、專題或專書的閱讀討論

⑸文學與其他學科的連結或支援

⑹突發議題的閱讀討論

以上閱讀教學活動進行的方式可以是全班討論，也可以是小組討論，或是以班級讀書會方式進行。對於作品的回應方式可以採取多元的形式呈現，如戲劇、繪畫、舞蹈、海報、再創作等。

四　結語

今日，兒童讀物已成為出版市場的新寵，但兒童讀物（特別是兒童文學作品）在教學現場的使用，卻似乎不及民間社會來得紮實與活潑。在教學上，兒童文學作品往往還是侷限在傳統課文教學模式的思考範疇內打轉。因此招致用繪本或故事來教學，只是一種花俏的活動，有趣、好玩但學不到什麼的嘲諷。當然這樣的批評並不見得公允，但多少總是反映了兩個值得思考的問題：一是教師對語文教學的

目標仍相當的混沌不清；另一是兒童文學除了它吸引人的插圖及有趣故事外，在語文教學上它的功能及意義是什麼？如何透過適切的教學，使學生更喜歡閱讀，對作品也能有更深入的理解，其實是兒童文學進入教學現場後，伴隨著教學創新的衝擊，而必須要認真思考的問題。

2000年發表於《童書演奏》，臺灣省國民學校教師研習會出版。

國語文統整教學的「統整」在哪裡？

一　前言

　　時序邁入二十一世紀，政府正揮動教育改革的大旗，推動一波波的教改活動，標舉著教育的目的是在培養學生帶得走的能力，而不是背不動的書包；教育的意義是要訓練學生能獨立且成功的面對未來生活的挑戰。整體說來，教改的方向是正確的、進步的。但是，當我們認真去檢視攸關教育成敗的國家課程標準或綱要時，諸如：注音符號教材的編輯，需配合綜合教學法……（1993 年版）；生字和課文字數應就難易程度適當分配，力求合理……（九年一貫課程綱要）；第一、二階段教材之單元設計以閱讀教材為核心，兼顧聆聽、說話、作文、識字及寫字等教材的聯絡教學，以符合混合教學的需要……（九年一貫課程綱要）等規準。這不禁又讓我們感到無限的憂心。國內的語文教育學者，似乎仍然在用過往的價值體系、教學模式來思考現今的教育問題，漠視一個新的時代（後工業時代或稱之為知識社會）已悄然來臨。

　　不容否認的，工業社會與後工業社會（知識社會）無論是在社會型態、價值系統、成就要求上，都顯現出很大的差異。例如：工業時代的學校，配合工業生產形式，較不重視學生自主性的學習與活動，認為那是一種無效率的學習模式。因此，強制大家使用統一的教材，學一樣的內容。用齊一的標準和齊一的動作，完成同樣的工作（丁凡

譯，1999）。而所採用的教學模式也是仿效工業加工生產的模式，強調系統知識的重要性，並將系統知識分解為小部分、小部分的單元，不斷反覆練習，以達到所謂精熟的狀況。

然而，面對後工業時代（知識社會）來臨，越來越多的跡象顯示，學校的學習狀況（指課程內容與教學方式）已不符合新社會所要求的創新、應用與開放的精神。如果我們的教育改革還是停留在舊瓶裝新酒、換湯不換藥的表面效度改變上，那面對二十一世紀知識社會的挑戰，我們將很難全身而退。因此，我們必須沉重的呼籲，只有當教育人員對未來社會進行宏觀的了解，認知到未來社會可能是個什麼樣子的社會，需要什麼樣的公民，才有可能進行有意義的教改討論。

本文即在如是基礎上，對語文教學進行一次較宏觀的檢討與思考，嘗試為語文統整教學找尋立論基礎並堅定統整教學的精神與特色。

二 語文教學的現況與挑戰

思維的轉變，或是風氣的形成，往往是有跡可循，有它的背景因素。新思想、新風氣並不一定就是全新的發現，它可能早就存在而為人所普遍經驗到，但由於時空背景的不同，而為大多數人所忽略以致淹沒不彰。但當時機成熟，新思惟、新風氣自然水到渠成，蔚為風潮。語文統整教學可能就是這樣一種教學的新思維，它事實上存在於每一個人的成長經驗中（試想嬰兒在成長學習的過程中，何嘗有課程、教材、及專業教師的教學，但大部分的兒童都學會了口說語言。兒童口說語言的習得是在一個真實、完整的語言環境中，統整學習來的。）但卻長久遭人遺忘——遺忘了我們是怎樣學會語文的，而捨本逐末的去尋求更有效的學習方式。以下將從語文教學現況分析及知識

社會對語文教學的挑戰兩方面，來論述語文教學的新趨勢和統整教學的必要性。

（一）語文教學的現況分析

1 語文教學的內容

現行一般課堂中語文教學主要著重在語文知識、技能的練習，所採行的多半是拆解式、分布式的學習，重點在學生能熟記這些語文知識、技能。教學的內容大致可分為：

識字教學：隨文識字、注音識字、提前讀寫

閱讀教學：通讀課文、講解生字、新詞、逐段閱讀分析課文、劃分
　　　　　段落、歸納段意、概括課文主旨大意、歸納文章的寫作
　　　　　特點

說話教學：看圖說話、發表生活經驗、設計情境練習說話、報告、
　　　　　演講、戲劇表演

寫作教學：先說後寫、我手寫我口、組詞、造句、組段連篇、看圖
　　　　　作文、仿作、助作、共作、創作

聽、說、讀、寫相關的語文知識、技能確實是語文教學的主要內涵之一。然而須注意的是，這些知識、技能並非是獨立存在的，而是有它的使用情境與背景意義，如果忽略這些情境與意義，只是孤立的學習語文知識與技能，事實上並不能真正培養出學生使用語文的能力。

2 一般語文教學的流程

由於目前語文教學中教師對教材的依賴依然很深，所以傳統的教材教學流程，仍然是課堂中教學的主要活動。相關的教學活動都是圍

繞著課文進行，一般傳統課文教學的教學流程大致如下：

(1)課前預習　　(2)概覽課文

(3)大意探討　　(4)生字新詞練習

(5)內容深究　　(6)形式深究

(7)延伸討論　　(8)仿作練習

如是固定的課文教學流程，在語文學習上可能產生的偏失包含有：(1)教學程序過於呆板；(2)教學形式過於枯燥；(3)學生主動學習能力降低；(4)忽視教材的侷限性，使教學更為困難等。影響所及，造成學生學習興趣的低落，學習效果不彰。更重要的是，因為教材與教學流程的固定化，學生對語文的創造力與應用能力明顯低落。

3 現行語文學習的生態環境

語文在生活上會發生作用，正是因為人需要表達，想要瞭解新事物。在學校裡的語文課程，也應讓學生為了自己的生活和學習的需要而使用語文。但現行學校語文學習似乎脫離了這樣的基本需求，而傾向一個以專家系統規劃設計的課程與學習方式來進行教學。這樣的語文學習生態環境，可能呈現出以下不利語文學習發展的現象：

(1)孤立、貧乏的語文教室

學生被拘限在成人為兒童量身打造的課程、教材與教學環境之中。語文學習的內容與外在世界脫節，教室成為語文的孤島。為了便於成人操弄語文，兒童被放置在一個由專家規劃的語文系統中，剝奪了兒童藉由語文與外在世界接觸的機會。教室裡只有同儕間橫向的關係，缺乏與社會互動的聯繫。

(2)設計、包裝的語文課程

在教室中孩子背負沉重而無趣的學習重擔，面對的是抽象而生冷的知識與技能的學習，以及高成就的期待和摧毀性的評量。不僅學習內容、時間，由成人規劃，甚至連學習的方法、進度也被成人設限（參見前列課程綱要內容）。孰不知孩子的成長，必須累積大量的經驗，才足以應付社會的挑戰。過度對學習時間、學習內容的切割、分段、限制、包裝，將會傷害孩子本能的學習能力。

(3)分割、限制的語文學習

成人以專業的觀點，將語文學習分割成不連貫、零碎的部分，讓兒童囫圇吞下這些零碎的知識，兒童無法整體學習與日常生活相關的語文，語文因此變成一堆無意義的符號。又由於對標準性的堅持，使兒童特有的冒險、探索精神消失無形。

（二）知識社會來臨的挑戰

跨入二十一世紀，我們的社會正經歷一場廣泛而深刻的變革，那就是伴隨著微電子、電腦、電信、生物科技等新興科技的彼此結合，以及相關基礎科學的突飛猛進，所造就出的一個以知識為基石的社會。相較於工業社會以土地、黃金、石油、工廠為社會主要的資源，新世紀的資源，不再是這些有形的資源，代之而起的則是無形的資源——知識的產生、應用與開發。也就是說知識已取代土地及能源的地位，成為社會發展的基礎（李振昌譯，2001；齊思賢譯，2000）。換句話說，知識社會已隨著科技發展的腳步悄然掩至。

不論我們接受或是排斥，知識已成為扮演驅動社會變化的主要角色，知識社會的來臨將正以切身而緊迫的方式，向我們提出一系列的挑戰。迫使我們必須重新去思考：如何定義知識、如何看待知識、如

何管理知識？更重要的是如何有效的學習與創新知識？在這樣的時代，關係到社會知識基礎建設的教育就更顯重要。而知識社會中，兩個主要的樞紐能力——學習與創新，都需要從教育的根本著手改變。明顯的，傳統的教育方式已很難適應新社會的要求。在工業時代，成功是有明確指標的，因此教育系統必須從小灌輸這些方法和指標，使孩子走上成功的路。人們不把犯錯視為學習的機會，極力避免孩子摸索、嘗試的時間，以專家歸納所謂的有效學習模式進行教學，以提高孩子的成功率。後工業時代教育的目標則完全不同。生存不再是個問題，面對社會不斷更新、轉變，組織與創新成為後工業時代社會與教育所注重的能力（丁凡譯，1999）。

　　資訊快速傳遞、知識加速累積、重視知識的創新與管理、強調終身學習等，是知識社會的主要特徵。這些特徵對社會所產生的強烈衝擊，也迫使我們必須認真思考：面對未來的社會生存，所要求的基本能力是什麼？並從而確立新世紀教育的重心方向。聯合國教科文組織在《Learning: The Treasure Within》一書中即提出了未來教育的四大支柱：學會認知、學會做事、學會共同生活、學會生存 (UNESCO, 1996)。這四大教育支柱可說是對未來教育的內涵和目標的重要指標。歸結知識社會的特徵，並參照四大教育支柱的精神，可以合理的推測出未來社會所要求的基本能力大致有：

　　⑴終身學習的能力；⑵協同合作的能力；

　　⑶管理知識的能力；⑷發明創新的能力；

　　⑸解決問題的能力；⑹有效溝通的能力。

　　而九年一貫課程綱要中，也明確的標舉出十項基本能力作為國民教育的目標（教育部，2000）。

　　面對後工業時代隨著科技的發展，所造成的知識快速傳遞、知識

加速累積等現象的愈來愈明顯，無可避免的對教育也產生了強烈的衝擊，例如：學校（教師）功能、地位的改變，學校、教師不再是知識唯一的來源。學生學習型態也有所調整，學習形式由課堂教學轉變為遠距教學，學習方式由傳統的聽講學習轉變為強調實作的學習，學習內容也由重視知識的記憶轉為著重能力的發展等。

知識社會的來臨，對語文教育也造成相當的衝擊更可這從以下幾個方面觀察到：

⑴由於傳訊科技的發達，造成口語交談重於書面溝通。

⑵強調功能性（實用性）的讀寫，不耐長篇大論。

⑶隨視訊呈現形式的改變，網狀閱讀取代線性閱讀（如：視窗）。

⑷強調語文的創發性（如：新詞彙的產生）。

⑸重視資訊取得與組織的能力。

這些現象有些已具體而微的浮現在社會裡或教室中，不斷的挑戰傳統的語文教學理念。例如：電腦輸入法與筆順筆劃教學，多媒體教學與單篇課文教學，新語彙的創發與標準語詞。

總括來說，新世紀語文教學的取向應是以培養語文能力為中心的教與學。語文能力不只是知識與技能，而是在知識學習和技能培養的基礎上，能進一步組織、運用並發展智力的能力（施仲謀，1996 ）。因此，教師必須重新思考什麼樣的條件（環境、教學方式等）才適合這樣的語文能力發展。

三 語文統整教學的理念

要怎麼收穫，便需怎麼栽。二十一世紀知識社會來臨所要求的公民基本能力，成為現今教育主要的教學目標。為了達到這些目標，培養學生這些基本能力，學校教育的教學方式勢必有所調整。例如：終

身學習是知識社會的一項特質，也是新世紀公民必備的一項能力與要求，但是如果學生在學習的過程中對學習產生了排斥、厭惡的感覺，或害怕學習，那如何能要求學生保持終身學習的意願？又如發明創新的能力，如果在學習的過程中過度重視標準性、齊一性，不鼓勵學生嘗試新的可能，那要求學生具有創造發明能力不啻是緣木求魚。再說解決問題的能力，如果課堂教學的內容都是一些零碎的知識，或由專家為學生量身打造的虛假情境，當學生一旦離開教室，面對真實的生活，又如何可能具有解決問題的能力？

　　由是可知，隨著新時代的來臨，傳統的教學模式必須要有所調整，以因應社會的需求與挑戰。但這樣的調整（例如從分布練習到統整學習）不一定是全新理念的建構，它所應用到的學習理念與做法，其實回歸到真實的語文場域中，或是多觀照素樸的經驗，也許就能尋到一些蛛絲馬跡。以下將從語文本身的意義與功能，以及經驗性的觀察，來論述語文統整教學的必要性。

（一）語文是整體的

　　語言是無法從社會情境中或真實的使用情況下抽離出來的，如果語文脫離了使用情境，那語文將變得不易理解了。例如口語溝通的過程，不單只是語音的發聲，還包括了說話和聽話的人，他們的目的和意圖，以及溝通的場所、社會背景等非常複雜的因素考量。當我們說話時，每一個字的意義均不只是它字面的意義，還包括它的聲音、說話時的表情和肢體動作等等。同一種聲音配合不同的肢體動作，可以代表完全不同的意義。如果我們單獨的理解整體語言的一部分，往往會造成誤解。讀寫活動和口語溝通一樣的複雜，只是在讀寫活動中通常只有讀者或作者一方在場，所以書面文字更需要依賴文章本身所提

供的線索，來幫助讀者或作者建立理解的情境。

　　傳統語文教學認為學生先得學會發音才能開始說話，先得學會認字、識詞才能開始閱讀，先得學會筆順、筆劃才能開始書寫。然則，在語言發展的過程中，我們往往是先注意到使用語文的目的（要表達些什麼？想要瞭解什麼？），然後才因著使用的目的，去思考各種可能的表現形式 (Weaver, 1990; Edelsky, Altwerger, & Flores, 1991)。

　　有的人認為口頭語言比書面語言容易學，所以學生在學校裡學習書面語文常遭遇困難。事實上，書面語文並不比口頭語文難學，而兩種語言的學習方法也沒有不同，只是如果硬將書面語文拆解成字、詞、句、文法等細節來教學的話，那反倒把原本容易的事變得困難了。

　　所以說，人類語文的產生本就是有意義的、完整的，語文學習也應是由整體開始，因功能而啟動，然後才逐漸進入局部細節，思考表達形式。因此，想讓學生語文學習變得容易，就必須幫助學習者從整體出發，再去注意語言的細節（李連珠譯，1998）。

（二）語文學習應重視功能與意義

　　人創造出語文，以這些原本無意義的符號（字音與字形）來呈現思想，表徵經驗、感覺、情緒和需要。每一個人從出生的那一天起，就在試著解讀別人、了解別人，也試圖用各種符號表達自己，讓別人了解我們。語文成為人與人之間主要的溝通工具，也是人類求生存的工具之一，其動力完全來自人對溝通的需要。人類社會藉由語文來累積學習經驗，不同的社群、文化透過語文逐漸建立起自己的價值觀、生命觀及世界觀。所以當我們掌握一種語文時，同時也掌握了該語文所代表的文化意涵，語言是人進入所屬文化、社會的通行證。

　　語言和其他符號一樣，都是文化團體的社會歷史產物，這是社會裡每一份子合作努力所創造出來的結果。因此，語文必然是存在於社會文化的情境中。而語文最中心目的，從它萌發的那一剎那開始，就是為了溝通、社會接觸、和影響周圍的個人（谷瑞勉譯，1999）。

　　語言的主要功能在溝通，但每一個人對某一個詞彙都會形成他自己的意義。而且這個意義並非一成不變，而是會隨時修正、改變的。一個符號被大家共同使用，並不代表這個符號在每個人心中具有同樣的意義。所謂意義泛指一個詞彙代表的定義、暗喻、聯想和價值，例如：有人願意讓你搭便車，載你一程，對你說：「我可以載你去，我有一部賓士。」在這裡「賓士」一詞的意義就有不同的解釋。當人跟人試圖溝通時，必須不斷的在腦海裡，重新解讀每一個詞語所代表的意義，並判斷對方是否也賦予同樣的意涵。維高斯基即指出：一個詞從句子中獲得它的意涵，句子從段落中獲得它的意涵，段落從書中獲得它的意涵，而書則從作者全部著作中獲得意涵 (Vygotsky, 1986)。但是，溝通不是每次都能成功，溝通失敗的主因即在於未能正確解讀語意，及語文之外的符號。

　　語文雖然具有濃烈的社會功能色彩，但是，語文仍然具有相當的個人特性，每個人的說話方式、腔調不盡相同，書寫的習慣、風格也不同。事實上，語文的發展一直是在表達與溝通，這兩項社會與個人的需求上拉扯前進的。儘管個人可以創造表達所需要的語文符號（如：三好加一好、粉好），但如果這些語文符號只屬於我自己，它就無法滿足我們與他人溝通的需要。所以語文要達到社會溝通的目的，必須在使用的情境中有一完整的系統、規則，並得到大家的認同。這些系統、規則是無法完全靠模仿、背誦學會的，必須讓孩子從真實的經驗中歸納、推斷出來。

　　由是可知，語文不可能脫離功能與意義而存在，因此語文教學也

應讓學生了解到這層關係。此外，語文除了社會溝通的功能外，還可以為個人提供的功能包括有：

- 在學習中獲取資訊
- 解決生活中的問題
- 利用語文來傳遞資訊
- 進行有效的社會互動
- 滿足個人的興趣

（三）學習語文與用語文學習是同時並進的

　　學生在學習語文的同時，也透過語文學習其他的事物。如果課堂裡的語文學習只把注意力放在「為教語文而教語文」，或是枝節零碎的語文小片段的教學上，那語文學習將變得困難（李連珠譯，1998）。事實上，兒童學習語文時，他們並不打算去獲取一組語言學的規則，他們不想熟記文法，他們也不在乎字詞的標準、優美，他們想做的只是學習溝通意義（獲取資訊和傳遞資訊）。為了讓學生成為一位真正的語文使用者，學校的課程設計也應適度的授權學生，讓學生成為自己學習過程中的主人，一方面利用語文學習自己想學的內容，一方面在學習的過程中發展相關的語文能力。

　　在語文的發展過程中，並不存在哪些語文技巧應先發展，哪些語文技巧後發展的問題，亦即無所謂的次序性。一般所謂的先學認字再學閱讀，先學閱讀再藉由閱讀學習新知識，或先學寫字再學寫文章的說法，其實是一種錯誤的觀點，這兩者事實上是同時發生的，所以應進行統整的教學。

　　簡言之，語文學習無論是從意義的觀點或是從溝通的觀點來看，均不應該把語文的學習獨立於藉語文來與生活、社會接觸的實用功能

之外。換個角度說，個人語文能力的發展正是因著藉助語文與社會發生關聯，藉助語文學習新知的過程，一步一步建立起對語文有效運用的能力。語文對其他學科學習的幫助，可從兩方面來看：一是提供學習資源，豐富學科內容，引發學習興趣，深化學習效果（屬閱讀層面）。一是藉助語文來呈現思想、表述知識內容（屬說、寫層面）。所以學習語文和用語文學習實是一體的兩面，此固然肇因於語文本身特有的性質──語文是溝通的主要工具。但另一方面從學習的觀點來看，有意義的學習必然是有目的、有動機的，學生為了學習某項新知或技能，必須用到語文這項工具，在學習新知的過程中，對於語文這項工具的性質、技巧，自然也會精熟。所以語文學習不一定只有在語文課中才能進行，在其他學科的教學活動中，亦包含有語文的學習與應用。

四　語文統整教學的「統整」內涵

　　在探討語文統整教學的內涵前，有必要對學習的概念作一澄清。學習，在傳統的觀念裡，往往被看做是個人心智發展的一個過程，只具有工具性的意義，不代表任何文化的內涵。這樣的觀點明顯的忽略了社會文化的因素，事實上，學習本身即是一種文化情境，學習者是在一個完整而活潑的文化情境脈絡中學習（蔡敏玲、陳正乾譯，1997；Edelsky, Altwerger, & Flores, 1991）。因此文化與個人的心智及認知發展有絕對的關係。在學習過程中，文化合宜的行為將被學習者內化。但學習者在此歷程中，並不只是文化內容的複製者。因為文化情境的脈絡並非固定不變的，所以學習者在學習的歷程中透過人際的互動，會不斷的形成新的內容與形式。

　　此外，從人類的學習現象來看，學習本就是整體的、生活的，人

類大部分的學習是以解決生活中的問題為出發點，而生活中的問題是複雜的，因此在解決問題的過程中，必須能運用不同領域的知識與經驗以達成目標，知識領域的劃分在此是沒有意義的。據此觀之，現行的教學方式在學習的引導上，似乎過度重視教學者教導的角色，以及學習內容的分科性、局部性和標準性，卻忽略了學習的文化性、學習者的主體性、及學習者建構學習歷程的參與性。

語文是溝通、學習的工具，也是文學、文化的表現。語文的學習越自然、越生活化，越容易學得好（李連珠譯，1998）。但現行課程無論是教材或是教學，都過於僵化，脫離了真實語文的功能與情境。所以，在設計教學時，應把握統整的精神，設法讓語文學習回歸到自然、真實的社會文化環境中，一方面讓孩子找到語文學習的動機與樂趣，一方面也提供學生更生活、更實用、更有趣的學習內容。

是故，語文的統整教學，並不僅是把聽、說、讀、寫的語言形式統整在一起就叫做統整了。重要的是要把語文學習回歸到語文的功能性、社會性上，換言之，就是要把語文還原到真實的語言使用情境與功能上，而不是演繹式的把語言拆成聽、說、讀、寫等活動，分部練習後再統整為一。這樣的統整教學具有以下幾層意義：

- 聽說讀寫的技能操作是自然發生的，自然連結的。
- 學習語文和藉由語文學習新知識，二者是同時發生的。
- 學習的過程是解決問題嘗試錯誤的過程，無所謂準備度的問題。
- 學習的出發點是學習者的需要（實用或情感上）。
- 學習的內容是跨學科的。

至於語文統整教學的具體內涵，以下將就語文發展和語文學習的觀點加以說明。

（一）統整聽、說、讀、寫的教學

從語文本身來看，語文學習統整是必要的。語文能力是由一些獨立而又關聯的能力構成的（不論是以聽、說、讀、寫四種技能來架構語文能力，或是以審美、認知、規範來標誌語文整體能力，抑或是以知識、技能、思維來描繪語文能力。），但基本上都承認語文能力是一整體性能力。

語文既然是整體不可分割的，那聽、說、讀、寫等語文的表現形式，也應整體的看待。從真實的社會語文活動來看，聽、說、讀、寫程序上是混合的，而且會因著不同的語文使用情境、需要而有所選擇，選擇權在使用者身上。因此，在教學上不應單獨的區別或處理，而應創造豐富多元的語文使用機會，一方面從實際操作的活動中，豐厚學習者對聽、說、讀、寫的能力。另一方面則藉以培養學習者靈活選擇語文表現形式的能力，以有效的達成溝通（或解決問題）的目的，從而幫助學生發展整體的語文能力。

（二）以語文能力統整語文知識、技能

統整教學的設計，是為了幫助學生發展整體的知識、技能和學習能力，以補救分解式教學的零散學習。故而，統整教學的設計應從整體的觀點來思考，關注的是整體能力的發展，而不是知識、技能的記憶。就此觀之，統整教學的目標在於：

- 在日常生活及學習活動中，發展學生有關語文功能的知識。
- 發展學生使用書面語言和口說語言的能力，藉以傳遞他們自己的觀點，以及自主的獲取所需的資訊。
- 發展學生運用書面語言和口說語言來解決日常生活問題的能力。包含：運用語文學習學校中其他學科，擴展個人的校外生

活，與社會良好的互動，發展個人的興趣等，並從而培養兒童使
用書面和口說語言的自信與意願。

（三）以語文統整生活和學習

語文必須在使用中發展，而不能僅依靠語文課程的教學來達成語
文學習的目標。語言的發展需要可供討論、閱讀和書寫的題材或事
物，才能引發孩子的學習興趣。生活中的事件是語文學習發展的良好
條件，可以提供孩子將語文與社會活動作適當的連結。因此，教師應
鼓勵學生多利用語文來管理、組織日常生活作息，多利用語文來表達
自己的感覺與需要（李連珠，2000）。在學科學習上，由於語文是探
究任何一門學科的基本工具，語文能力的不足，往往會限制了學習的
廣度與深度。所以，在學科學習的過程中應能適時的提供可能的聽、
說、讀、寫活動，將語文學習與各學科的學習結合。

因此，教師在建構語文課程時，可以主題（包含概念、事件或問
題）的形式作為學生探究的核心，同時也以主題來聯繫其他領域的學
習。如此，一方面可以擴展學生對主題的相關視野，一方面也增加語
文在各領域學科或不同情況下使用的機會，讓學生更充分的掌握語文
的功能性與實用性。

（四）以意義來統整教學活動

統整教學基本上應是以學生為中心的教學，學生應有權利、有機
會參與課程的建構，也就是說課程內容必須是對學生有意義的，是他
們所關心的、感興趣的。在活動進行的過程中，學生有學習的自主權
和選擇權。也就是說，有權選擇自己有興趣的主題、內容來學習；有
權決定用何種語文形式來呈現自己的觀點（李連珠，2000）。所以，

以意義來統整教學活動有兩層涵義：一是指課程內容對學生有意義，具有個人或社會目的。一是指學習材料是完整有意義的，不應是分解、零碎的。（趙鏡中，2001）

五　語文統整教學示例探討

　　以下所呈現的是雙峰國小的范姜翠玉老師，帶領五年乙班的學生以《哈利波特》這本暢銷小說所進行的一次語文統整教學的示例探討。以一本小說作為教學的主軸，在現今的語文教學環境裡可算是一大難題，它所可能面對的挑戰包含有：對學生閱讀能力與習慣的挑戰，對教師課程規劃的挑戰，對學校統一學習進度要求的挑戰，更重要的是對學校、家長、教師之語文教學信念的挑戰。

　　從這樣的一次統整教學的嘗試過程裡，我們可以更貼近的觀察到課程、教學、教師、學生，在一個完整而有意義的語文統整教學活動中，各自的角色、功能以及學習與成長。就這樣的一次統整教學裡，我們也可以發現一些課程設計上的精神特色。

（一）設計的基本理念

- 故事、小說是整理經驗、知識的典範，深受孩子喜愛，是帶動學習的良好媒材。
- 語文教學應重視孩子的語言經驗。語文作為溝通、學習的工具，可結合聽、說、讀、寫的語言經驗進行統整學習。而統整課程應將學習還給生活，以生活經驗為中心來進行統整課程的設計。
- 嘗試示範一種在教室裡可以進行的小說閱讀模式，累積不同的

閱讀經驗，深化閱讀能力。（大量閱讀是識字的好方法，從閱讀中學字詞義與字形，能鞏固字音、字形與字義的連結。小說閱讀對理解與賞析能力的提昇有實質幫助。）

· 語文教學的重點在幫助學生藉由語文學習新知識。因此在教學設計時，應多利用學生已有能力來幫助學生學習新的知識。

· 相信學生學習的熱忱與創造力，學生有權參與學習活動的設計與建構。

（二）教材的改變

一般在國內語文教材主要是指語文教科書和習作，但廣義的教材除此外尚應包含課外閱讀教材、語文補充教材以及為語文教學所製作的掛圖、影帶、錄音帶及電腦輔助教材等。隨著科技的發展、教學觀念的改變，可預見的未來，語文教材的種類也會越來越多。但弔詭的是，從目前的情況來看，不論是學校教師或家長均狹隘的將語文教材界定在語文教科書上（趙鏡中，2000）。

將教材狹義的定位為教科書，是從教材為中心的教學觀點來看待教材，教學還是圍繞在核心的教科書範圍內打轉。但是，如果從統整教學的觀點來看，教材的意義就廣泛多了，教材會隨學習的需要而有所調整、選取。因此，教材的取用就變得很多樣、很隨機，也很生活化。教材的種類、型態也變得多元而真實。只要是與主題有關的、學生有興趣的，或是生活中常出現的文字作品，都可以作為學習的材料。而教師也應從「教教材」的迷思中解放出來，回歸到「用教材教、用教材學」的學習本位上。所以范姜翠玉老師以受學生喜愛的暢銷小說作為語文教學的材料，在教材的使用上是一項新的嘗試、突破。在此，教材不只脫去了它標準範文的外袍，也脫去了字詞量、文長等的限制。

（三）以意義為中心的統整教學設計

理想的教學設計，首先應思考學生學習的內、外在條件，再進行活動的設計。所考慮因素包含：（1）學生的先備經驗、知識。（2）教師在此課程中想帶領學生學習的知識、技能、策略。（3）學生想學的內容是什麼。

學生先前已習得的知識、技能構成學習必要的內在條件，這些內在條件通過轉化過程會對學習發揮相當程度的作用。例如：學繫鞋帶的兒童並不是從零開始學習，而是已經知道如何捏住鞋帶，如何將兩根帶子繞成圈等等。再者，不同的學習結果，所需要的外在條件（刺激或練習等）也不相同。因此在學生進入學習情境之前，必須仔細思考這些內在、外在條件，尤其需要依據學生學習前、後的能力來進行計畫 (Gagne, 1985)。

此外，學生必須知覺到意義，教學才有意義。有時候學生也許對意義的理解與需求，並不那麼明顯，也跟教師有所出入，但這並不表示進行教學設計時以及實際教學時可漠視這一環節。動機是觸發學習的力量，也是延續學習的因素，更是學習效果的保證。所以在教學前、教學中、教學後，都需要幫助學生建立教學主題與學習動機之間的關聯。

評估學生動機的方式可以用詢問、師生討論、問卷調查等方式。聯結學習內容與學生動機的思考方向有（劉錫麒等譯，1999）：

1. 如何將主題與學生的過去、現在、未來的經驗聯結起來。

2. 有什麼活動可以自然帶出學習的內容？

3. 有什麼文章或新聞報導，指出有關主題的應用？

4. 有什麼案例說明相關主題的使用？

（四）功能性的語文活動

統整教學非常重視功能性的學習，所謂的功能性指的是語文在個人與社會中所產生的互動、溝通等實際作用或目的。換句話說，語文的學習活動應是搭配著溝通、理解、娛樂、解決問題等真實目的而進行的。所以在這樣的統整教學活動中，自然會出現諸如：文學特質的討論、閱讀形式與閱讀理解的練習、語文與生活的聯繫、讀寫結合的操作等活動。在這樣的活動中內容（各種知識內容）與形式（語文的形式）是並重的，語文學習是透過真實而有意義的活動來完成的，而透過語文也使各學科內容更豐富。

（五）統整教學的評量

由於統整教學與一般分解式教學的精神與目的不同，故對於學生學習的評量方向，應不同於一般教學，以下幾個方向可供參考：

1. 知識體系：（知識是整體的）能否批判分析知識的內涵及其來源。
2. 人際互動：（社會互動中學習）是否能從社會互動中學習，建立良好的互動模式。
3. 解題能力：（知識是活用的）能否應用知識，解決問題。
4. 思考彈性：（跨越學科的限制）能否接受各種可能性，具創新能力。

（六）教學示例介紹

以下是教師以《哈利波特》一書進行統整教學的反省記錄：

《哈利波特》的旋風已經在臺灣吹了一陣子，逛書店的時候，順

手挑了一本帶回家慢慢看。大概花了四、五天的時間把故事看完，覺得滿有趣的，心裡想也許班上的孩子也會想讀一讀這個故事。可是，看看這麼厚的一本書，有點擔心學生有沒有膽量去挑戰這麼一本全是文字的小說。心裡不停的盤算，要怎麼引起他們的興趣，願意去讀這麼一本厚書。最後決定先跟家長談一談，配合五年級上學期每月一書的活動，挑選《哈利波特》這本書作為這個月的閱讀書籍，看看家長的反應。

家長們呈兩極化的反應，贊成與擔心的家長都有。家長擔心的是故事前兩章太悶了，怕孩子覺得無趣而看不下去。也擔心大人都不見得看得懂，孩子可能更看不懂。於是我把預計的做法告訴他們——前兩章唸給他們聽，用聽故事的方式提起他們的興趣，削減孩子自己閱讀的困擾，聽完這個說明，家長半信半疑的接受了這個嘗試。

跟往常一樣，上課時，學生拿出國語課本準備上課，而我則拿起了《哈利波特》，跟孩子們說：「這堂課老師來說故事，說《哈利波特》的故事」聽完，有一、二個孩子立刻回答說看過了，有個孩子則告訴我從哪兒開始讀比較有趣，大部分的孩子則是期待老師這次的改變。

於是，我開始了一次奇妙的讀故事經驗。每天我利用一堂課的時間，讀《哈利波特》給學生聽。雖然故事我已經看過，但是讀出來給別人聽卻有另一番感受，故事好像變得更有趣，變得立體了。我發現讀故事的人對故事的詮釋，透過語言、肢體、表情，可以使故事更生動，彷彿那就是自己的故事。孩子的反應也讓我滿有成就感的，讀完第一章後，他們開始問我什麼時候讀第二章。讀完第二章，他們問我什麼時候他們可以自己閱讀（班上已為每位同學購買了一本《哈利波特》，但是還沒發給他們）。既然已經挑起了學生的興趣，他們也提出了要求，於是我就將這本書發給了大家，讓學生自行閱讀。

每天我要學生回家讀二章。第二天到學校，全班挑一章來輪讀，

這樣做的目的是希望全班能擁有共同的話題，同時也能照顧到一些閱讀能力較弱的孩子。輪讀是一種不同於以往朗讀課文的讀書方式，老師起個頭，想讀的人就可以接著讀，不想讀了就停下來，其他人就接著前面的人繼續讀下去。這種讀法想停就停，想讀就讀很自由，不會讓人有壓力，但卻有凝聚注意力的功效。

輪讀完後接著是全班討論，因為擔心學生讀不懂，通常我會準備一些自己覺得重要的問題拿出來討論，一方面測測學生的閱讀理解，一方面也真想和他們談談這些問題。可是讓我感到有點難過的是，學生好像對我的問題並不是那麼有興趣，他們有自己關心的話題想談。我終於放棄了，隨他們去吧！我發現他們對於故事角色比較有興趣，他們想和大家分享對某個人的感受，如皮皮鬼的頑皮，馬份的壞，孩子們樂於舉例來証實自己的看法。當我退出主導的角色後，反而有時間從他們的對話中去留意個別學生在閱讀理解能力上的表現，幫助我知道如何協助他們。

在閱讀的過程中，他們也想經驗故事中的情節——戴戴分類帽，看看自己會被分到哪個學院。於是，我請他們先談一談每個學院需要哪些特質的學生，我將學生的說法板書在黑板上，接著我請他們以卡通人物為例，試著分分看。博源提到卡通小丸子裡的滕木，他認為滕木最適合史萊哲林，因為他會為了逃避音樂考試，而欺騙老師說：「肚子痛不能來上學」，很奸詐。有人則舉柯南為例，認為他很機智，有正義感，所以適合葛來分多，至於小丸子和「多啦ㄟ夢」裡的大雄，則太懶惰了，沒有一所學院適合他們。談完了卡通人物，他們則想談談學校的老師，學生們一致認為校長應進赫夫帕夫，理由是校長只要拿起麥克風都會講很久，每次都這樣。另外，每次遇到校長，校長總是面帶微笑，這些都需要毅力，而校長擁有這項特質，因此適合進赫夫帕夫。那一堂課就在學生的評論中結束。

　　除此之外，我還設計了另外二項活動：意若思鏡及人物群像單。故事裡，意若思鏡所反映出來的，不多不少恰好是人們心裡最深的渴望，我也想透過這個活動了解學生們渴望的事，於是我發下活動單請他們填寫。除了玩電腦這個渴望外，沒有一個是相同的，有人從意若思鏡看到一個長得很像自己的大學生，手上還拿著獎杯及獎金，而且是漫畫冠軍獎杯，因為這是他的夢想，他很有自信呢！有人看到自己的祖先釣到一條大魚，因為他覺得自己的釣魚興趣是由祖先遺傳下來的；有人則看到一個有活力的老女人，手上抱著一隻叫毛毛的狗，四周還站滿了她的家人和朋友們。這是因為她很愛自己的家人、朋友，更愛小狗毛毛，所以她希望就算自己老了，這些人也都一直陪著她；還有人看到自己在意若思鏡前呼呼大睡，因為平時哥哥姊姊陪著他，所以現在要一個人，又因為他天天睡眠不足需要休息，所以會看到自己在意若思鏡前呼呼大睡。這些答案，在平時的討論中是不是能自然流露？我沒有這份把握，但因著故事所營造出來的氣氛，卻能讓學生自然而然的寫出心中的渴望，讓我更進一步的了解他們，對我來說是很重要的收穫。

　　至於人物群像單的部分，由於書中插圖甚少，對於角色留有很大的想像空間，而小說對於人物的描述除了形容詞外，還會有足夠的細節鋪陳，讓人更全面的去認識該角色。學生可以透過這個活動培養歸納整理的能力，同時也體驗到要豐富角色、讓角色更立體需要提供事例的寫作技巧。

　　每天的閱讀以及課堂討論仍進行著，為了讓這一次的閱讀經驗更完整，我接受了一本書的建議──相信孩子的創造力與想像力，讓孩子參與活動的開發，由他們來決定閱讀完後可以進行的活動。於是我發下了「點子募集單」，收集孩子們的想法，孩子們的點子五花八門，有人想全班到英國一遊，會會J.K羅琳，有人想辦個宴會、將教

室變成霍格華茲學院、製作全口味餅乾、調全顏色水彩……，還有人想裝扮成巫師，做自己的魔法書。面對這琳瑯滿目的點子，讓我不禁欽歎孩子想像力的豐富。最後，我們全班共同選出最受歡迎的五個點子——把教室變成霍格華茲學院、製作霍格華茲特快車、設計九又四分之三月臺、開一個宴會、戴分類帽分學院，決定好之後，我們赫然發現這個些點子，正好可以變成一個宴會的流程，大家都很興奮。接下來我們開始分工為這些活動做準備：有人設計九又四分之三月臺；有人設計學院標誌；有人則把教室裝置成霍格華茲學院；有人製做分類帽，還有人製做霍格華茲特快車，每個人開始忙碌了起來。終於大事底定，只剩下宴會當天該帶些什麼的討論與準備了。在討論要帶的食物時，孩子會主動的提出書裡宴會有哪些食物，哪些食物是可以直接取得、哪些食物可以用變通的方式處理。如書中有各式各樣的馬鈴薯製品，而我們沒有，孩子們則提出「以一代全」的方式處理——用洋芋片代替所有的馬鈴薯製品。此外，為了不讓宴會流於吃吃喝喝草草結束，我還請每位學生針對故事的角色、事件或地方，設計一些謎面，讓大家猜猜看，有趣的是當時副總統的電話疑雲也成了謎面的提示之一。

在這個動態的活動結束之後，想讓孩子們進行靜態且又能練習寫作的活動，於是，我請他們寫續集——哈利波特的暑假生活或是編一則和哈利波特在一起發生的事，也可以寫「哇！學校變成了霍格華茲」的想像性故事。在這次的寫作活動中，不少孩子願意寫長文，甚至把自己幻化成書中的主角，在故事中經歷一些有趣的冒險，有個孩子還會主動在故事的小高潮處附上生動的插圖，想必是因為之前活動的有趣帶動他們更樂於釋放自己的想像。有個孩子問我，為什麼要寫續集，當我開著玩笑回答說，也許我們可以寄給羅琳，提供她編寫續集的參考時，孩子的反應居然是，「早知道這樣，我就寫好一點。」

這是不是意謂著如果作文能帶給學生更真實的目的，更直接的功用，他們寫作的興緻會更高呢？

為了讓這個活動有一個回顧的機會，我請孩子們各自整理在整個過程中所寫的活動單，再加上自己對於這整個活動的感受，編輯成一本自己的哈利波特書。等書編輯好了，我希望同學們能交換閱讀彼此的作品，並提供回饋。我認為寫作的目的是為了表情達意，對一位作者而言，如果作品無法引起廣泛的閱讀與討論，寫作動機自然不強。再者，如果作者的敘寫觀點、手法不能得到讀者的認同，甚至無法理解，表情達意的功能就無法完成，所以在寫作的過程中，適時的藉助讀者的回應來協助作者修改敘寫手法及觀點，對提昇寫作能力是很有幫助的。

也因為這樣，孩子們充份的意識到作者與讀者的關係，他們知道這本書是有讀者的，不會孤零零的躺在老師的桌上等著被評分，因此在這製作這本書時，他們會將平時閱讀課外讀物的經驗放進來。

書的內容有：

1. 序或跋──提供讀者自己在整個活動中以及製作本書時的感受，如博源寫著：

這是一本花了五個小時做出來的書，裡面有各式各樣的學習單和哈利波特的續集，這是一本好書，希望你會喜歡！（因為我已經盡全力了）

在《哈利波特》中我找到了許多東西，分別是愉快、歡樂和一些不同的快樂，這種快樂讓我在看《哈利波特》就算落後九個單元的情況下，依然感覺不到任何沮喪與哀傷，這也許是我的錯覺，但這種快樂慢慢輕輕的拉我進魔法學校。

2. 目錄（有些學生會加上一些包裝，試圖提供想像吸引讀者）

3.書名頁──如，博源「書名頁」寫著：

> 好玩的事情
>
> 趣味的空間
>
> 特別的學校
>
> 唯有這本書
>
> 才能滿足你！

4.版權頁。

這本書製作完成後，同學們每天輪流帶一本哈利波特書回家欣賞，同時提供一些回饋，可以是衷心的讚美，也可以是善意的建議。在這個活動中我發現到學生很關心旁人給了什麼回應，有人讀完心中竊喜，有人則是不以為然。而學生所做的回應，可分為以下幾類：

- 提出錯誤之處
- 提出疑問
- 建議──內容或編輯上的建議
- 優點──內容、用心度、編輯的長處以及對作者人格的正向肯定。如：

> 廷安：
>
> 　　小魔法書真的很精緻，我是和大家一樣希望你可以加點內容，（我也做一本但不是魔法書，是讀者簽章、家長的話、作者的話、老師的話那些東西！）分類帽那裡除了節儉，你還有很多優點啊（為什麼不寫出來？）告訴你喔！封面設計真的很不錯（特別是小書）很吸引我去看喔！（吸人器）再告訴你，你的小書裡面是廢紙和廢紙粘在一起的吧？我還以為有字結果打開來看……失望極了！所以我求你加字──

　　　　鄧不利多畫得很不錯喔！你斗蓬那一張是否有改
過？我記得原本好像不是這樣！（在我那本上回答我）
　　　　　　　　　　　　　　2000 年 12 月 22 日 小潔
　　若瑜：
　　　　你做得很好，而且字也很整齊，內容很豐富，不過
「哈利波特的暑假生活」中的「昆蟲營」如果可以描寫
清楚點會更好！
　　　　GOOD！GOOD！I like it.
　　　　　　　　　　　　　　　　　　　　彥儒

　　在進行這個活動時，學生們很擔心自己的作品是否能完好如初，
他們要求每一位同學在觀看自己作品時，要小心呵護，甚至提出若損
壞應賠償的想法，這是第一次，他們如此珍視自己的作品。

　　從這次課程的實施，可以發現到教師如何克服對教科書的依賴，
如何幫助學生克服對長文閱讀的恐懼，在活動進行中如何調整以教師
為中心的教學，而改以學生為中心來思考，以及學生在統整、功能性
的活動中所展現出的積極主動學習態度。當然，這次的課程設計與實
施，仍有它的侷限和不足處，也有可以改進的空間，例如：可以再加
強閱讀者的閱讀意識，讓學生在閱讀過程中隨時記錄自己的閱讀觀
點。也可以配合故事的情節，統整其他學科領域的學習，結合聽、
說、讀、寫來進行，以發揮語文的實用功能等。

　　雖然這次教學，有它不盡理想的地方，但我們還是清楚的看到，
教師、學生在這次課程中對語文的關切，以及透過聽、說、讀、寫的
互動過程後，強化了學生對語文形式、內容的掌握。而更可貴的是在
整個課程的進行過程中積極的參與，教與學因此取得一個和諧的平
衡。

六 結語

傳統語文教學主張藉著模仿和對正確反應的增強，對不正確反應的處罰，來幫助孩子不斷累積語文的知識、技能，教學就是事實的傳遞，學生必須依賴成人選擇的教材和作業進行學習。但是一種更積極的主張，隨著新時代的來臨，逐漸受到重視，它強調語文的學習是「積極的孩子」和「積極的社會環境」合作，共同創造發展的過程，這種社會文化觀點所描繪的就是一種統整的學習型態。而統整教學的設計應具有以下這些特點：

- 以人為主，而不以學科知識內容為主，能涵蓋較完整的學習領域。
- 知識、技能是要活用的。課程裡所採用或所教授的知識、技能，是用來說明和解決問題的，是為解決問題而形成的整體知識體系，而不是學科專家設計、挑選出來的學科知識的體系。
- 學生參與建構、組織學習的內容。從學生的興趣出發，提供有意義的學習。
- 知識、技能的獲得可以是教授的，也可以是社會互動產生的。真實而多元的學習方式，能有效的發展學生的學習能力。

這種學習型態提供給學生的是一完整、真實、又豐富的學習機會。在統整教學中學生不必耗費時間、精力在零碎、無趣而又無意義的學習活動上，語文學習是透過目的性的探究活動，經由實際的操作，逐漸建構出語文的相關知識與運用能力。同時，語文也是學習的媒介與工具，透過語文的資助能讓學習內容更豐富，也讓語言的表徵更多元，社會的溝通更順暢。

2001 年發表於《教育研究月刊》第 87 期。

國語文教學創新的思與行

一 教學的常與變——對創新的詮釋

　　教學創新不是為了譁眾取寵，標新立異，或是為改變而改變。創新是結合了教育的相關理念與學習的條件和環境，試圖為學習找到更多有效且容易途徑所做的努力。當然，對學習者而言，每個人的學習曲線不盡相同，不同的教學法對不同的學生會產生不同的作用，不容易說哪一種教學法是最有效的、最佳的教學法（嘗試去追求一個最佳的教學法，似乎是一種緣木求魚的徒勞）。

　　創新是一個相對概念，並非無中生有，它往往是相對於常態、制式而言的。在此創新、常態、制式並沒有價值高低的意味。常態不一定就是不好，而只是說常態、制式暗示了一種關係的固定模式，這樣的固定模式假設了兩造的必然隸屬關係，例如倫理關係上所謂的父慈子孝，父子關係以一種慈孝的倫理形成必然的聯繫。但是這樣的常態關係，往往無法面對新環境的挑戰與新因素的改變，當關係的兩造因環境或自身條件改變而有所調整時，即會造成舊有的常態結構無以應對自然崩解，而必須尋求改變。創新只是在常態尚未崩解前，在舊有的關係架構下，提出一些不同的可能性，使常態不至於陷入一種固定模式的窠臼。此外，就發展的觀點來看，環境的改變是必然的，而因應改變創新也成為生物學上的必然。

　　依照維爾（王玉真譯，1996）的說法，制式化的學習往往假設：

（一）學習者要追求的目標和相關的教材都夠清楚明白，因此初學者只需期待教師提供清楚的學習素材與內容，而不必也不需浪費時間在旁枝末節上；（二）學習是道德責任，對不了解此一價值的學習者需要加以說服。為了確定學習者採納了這些外來的目標，必要時將動用恐懼和處罰的手段；（三）學習目標存在於學習過程之外，不預期學習目標的內容、意義、或價值會出現在過程中。學習目標既已清楚羅列，因此進行學習的最佳方式應可以確定。這三項思維原則——目標導向、重視學習的責任、以及尋求最有效率的學習方式，構成了制式學習的主要架構。在這樣的架構下學習環境的安排已預告了學習者的任務就是按照專家的設計去學習，因為課程設計者和教師知道你該學些什麼，以及怎麼去學。

　　如是常態、制式的教學觀點是否能因應新世紀的挑戰呢？就語文教學來說，近來隨著對語文學習的一些不同研究，以及視訊媒體傳輸科技的快速發展，大大的衝擊了常態的（或制式的）語文教學。例如社會互動理論強調語文的社會性及功能性意義（蔡敏玲、陳正乾譯，1997）；讀寫萌發理論認為語言的學習與發展是一個持續的過程，受社會與文化的影響（黃瑞琴，1993）。建構主義的學習理論強調學習者積極參與建構意義，而非被動的獲得閱讀和寫作的技巧知識；全語言的教育觀點則主張語言學習是藉著融入豐富的語文環境，擁有尋找意義的機會，而不只是依靠教師直接教導的技巧，就會對語文本身和其功能產生知覺（李連珠譯，1998）。這些的理論研究改變了傳統語文教學的焦點，重視語文的溝通和意義，傳統語文教學重視的字詞句型練習退居次要的角色。另一方面，隨著科技及視訊媒體的發展，現代人在語文使用上展現出口語重於書寫，功能性的語文重於文學性語文，網狀閱讀取代線性閱讀，創新語言取代標準語言等現象（趙鏡中，2001）。這些內外環境與條件的改變，促使傳統語文教學必須有

所創新，否則無法因應變化快速的社會要求。創新在這裡至少具有兩層教育哲學上的意義：就學生而言，身處在一個多媒體的時代，卻要求學生像以往一樣依賴一本書、一位教師，安靜的坐在教室裡，聽教師口頭的講述與反覆的操練，就寄望學生能學好語文，可說是相當不盡情裡的苛求，學生怎麼坐得住、聽得下、學得來。再者，就教師而言，放棄一成不變的教學模式，嘗試結合新的教學理念和社會環境，提供學生不同的學習途徑，教學上的創新、探索成為教師職業倫理的律則與要求。

前已言及，創新只是相對於常態、制式而言，並不意味價值上的優劣。因此如何評斷一個教學是否符合創新的意涵，是很難列出一些指標項目來檢核的。一個教學活動是否具有創新的精神，最好是就此一教學活動在某一教學現場實施相對的來看。如果要通則性的來說，那也只能是相較於一般性（或例行性）的情況而言。話雖如此，還是可以從教學目標及教學活動設計這兩方面來對照傳統的教學，藉以評斷該教學活動是否具有創新的精神。在一個教學活動中如果教學目標錯誤或是不具學習的意義，那這個教學注定失敗（所謂的失敗是對學生而言，也就是說學生在這次的學習活動中並沒有真正在學習）。教學目標的創新可能展現在對學習意義的重新思考，例如「句型練習」與「能選擇適當的方式來表達」，就這兩個教學目標來看，後者相對的較具創新的意味。因為句型練習這樣的學習模式，假設了句型與表達之間的必然關聯，同時也假設了熟悉句型後就具有清楚表達的能力。這樣的假設有其一定的道理，但如果將其當成唯一的學習管道或方式，則易失於武斷。所以當一般教師習於句型練習的教學時，如能轉換另一觀點來思考句型與表達的關係，就不失為一種創新的觀點了。

其次，再從教學活動設計的觀點來省察創新的意涵。前已論及，

隨著科技及視訊媒體的發展，我們已生活在一個充滿聲光效果的環境裡，網際網路及遠距教學對傳統的「學校」已造成強烈的衝擊，知識不再必然存在於學校裡課堂中，也不再受限於單一的教科書。因此教學活動雖不必然要仿效電玩影視，但是若仍然停留在單向式傳授，固定的教材，不變的教學流程，那要學生願意學習、樂於學習將比登天還難。另一方面，有意義的學習是引發學生學習興趣的重要因素，如果學生感覺到學習的意義，即便是較枯燥、較辛苦的學習，學習者也會不畏辛苦的去學習，甚至甘之如飴。所以就教學活動設計的層面來看創新，可以就活動是否生動活潑、適度結合聲光科技或生活環境，以及活動本身是否吸引學生，讓學生覺知到學習的意義，做為判別的依據。

依照上述兩個判準，可以列出幾項語文創新教學的特質，幫助教師思考創新教學對自己的意義是什麼？

自律性學習──自律學習的教學模式，與傳統教師要承擔學生學習的全部責任的看法有所不同，學生必須學習自我監控、分析，以及設定目標、策略選擇（林心茹譯，1996）。在語文學習上教師可將自律學習的模式導入教學內容中，例如：在教文章理解及摘要時，提醒學生監控自己文章摘要使用的方法，或是設定並檢示自己的閱讀速度，以及理解的策略等。

有意義的學習──學習應以學習者為中心，學生有權利、有機會參與課程的建構，也就是說課程內容必須是對學生有意義的。在此「有意義」包含兩層涵義：一是指課程內容對學生有意義，具有個人或社會的目的。一是指學習材料是完整有意義的，不應是分解、零碎的（趙鏡中，2001）。

統整性學習──語文能力是一整體性能力，雖然語文能力是由一些獨立但又關聯的能力所構成，但是在教學上不應單獨的區別或處

理，而應關注整體能力的發展。統整學習不只是語文知識技能的統整，更是以語文統整生活和學習。

　　功能性學習──語文的主要功能在溝通，語文是人與人之間主要的溝通工具，也是人類社會求生存的工具之一。學生在學習語文的同時，也透過語文學習其它事物，如果語文學習只把注意力放在「為教語文而教語文」，那語文學習將變得困難（李連珠譯，1998）。

　　合作性學習──語文是社會歷史的產物，語文必然存在於社會文化的情境中，不同的文化、社群透過語文逐漸建立起自己的價值觀、生命觀及世界觀。語文雖然具有強烈的社會功能色彩，但語文仍然具有相當的個人特性。事實上，語文的發展一直在表達與溝通這兩項個人與社會的需求上拉扯前進，所以語文的學習必須強調它的合作性（谷瑞勉譯，1999）。

二　教學案例分享──創新教學各說各話

　　以下將以童詩教學為例，提供一套教學案例，做為以上說明的範例，至於算不算創新教學則留待各位讀者自行斟酌了。

（一）童詩教學的基本理念：

1. 詩是要朗讀的，目的是要讓學生慢慢感受到詩的節奏感和韻律感。平時要多讀詩給學生聽，才能累積經驗。
2. 詩的教學目的在啟發兒童詩人的眼光（可對比科學家的眼光）。

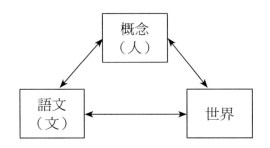

　　人經驗世界，形成概念並透過語言來表達此概念，也藉以指涉經驗世界的事物。孩子在學習這三者互動的過程，嘗試建立起彼此的關係，由於不純熟（社會化、教育不夠），所以無意中會創造出一些奇特但卻有趣（有詩味）的結果。因此，我們說孩子是天生的詩人，他們不是要做詩人，而是無意中表現出了詩人的特質，但這樣的特質會隨著知識（語文）經驗的累積而逐漸消失。所以童詩教學重點在保持孩子這種特質，但這中間似乎存在有一矛盾現象，孩子誤打誤撞的表現出了詩人的特質，但在受教的過程中，語言、概念愈來愈精確，觀念想法也越來越社會化，如何能再保有那童稚的特質呢？其實這正是童詩教學的精髓所在—— 一方面培養詩人的眼光（對事、物的敏感）；一方面培養對語言文字的駕馭能力。

　　3. 怎麼做？

　　⑴大量閱讀（讀和誦），累積經驗是前提。

　　⑵可以拆解出一些歷程，讓學生練習。

詩人	科學家
·觀察（帶著情感） 如：時鐘——它和你的關係給你的感受（形、色、用）	·觀察（帶著理性） 如：時鐘——材質、結構、功能……

詩人	科學家
・想像（無規則、跳躍、時空錯置、類比、隱喻……）	・想像（預測、假設、替代、可能性…）
・組織（自由聯想、建立各種關係……）	・組織（系統化、內在合理性……）
・表述（渲染、想像、比喻、情感性的文字、玩文字遊戲……）	・表述（精確、量化的語言……）

⑶最困難的是，這些分解的能力都有了，但不一定是位詩人，就好像受過科學訓練的人，不一定就是科學家，只有融會貫通的人才有此能力。所以如何培養孩子成為一個願意（樂意）而且有能力用詩的語言來抒發自己感受的人，才是童詩教學最後的目的。這就像有些人能用畫筆、色彩或音樂來抒發情感一樣，但是我們並不是要每個人都成為詩人，只是希望他能把寫詩看成類似渴了就要喝水一樣的自然、平常。要達成這樣的目標有以下二個要素要培養：

・對生活事物的敏感，可以用上面的分解方法來培養。

・對於語文操弄的本事，大膽的去玩語言與概念的遊戲（這可能是現在教學上欠缺的）。

⑷仿作要仿的是詩人創作時的心靈過程而不是詩的形式，雖然表面上看好像還是在仿作，但精神是不一樣的。

⑸多讀不同類型、題材的詩給孩子聽，解析詩人創作的心靈，鼓勵孩子常寫、多寫。

4.詩的教學重點

⑴趣味（節奏、內容、形象）→欣賞→理解→仿作

・欣賞先於理解；理解先於仿作

・找出詩眼

- 激發想像（養成以詩人的眼光看世界）
- 解析詩人創作的歷程→局部仿作
- 詩的形式特徵

  詩用新鮮或特殊的方法來寫平凡的事物，有助於想像力的發揮，讓人對事物產生新的感受和看法。

  a. 詩是一行行寫的，有些行是完整的句子，有些卻可能不是句子。

  b. 幾行合起來就是一節，兩節之間會空一行，一節的開始不必低兩格。

  c. 有些詩不用標點符號，有些詩只用幾個標點符號。

  d. 詩的長短不拘，有些詩很長，有些詩很短。

- 詩句的特色

  a. 詩句重視的是聲音、味道、顏色、形狀和景象的描寫，並透過這樣的描寫帶給讀者美妙的畫面。

  b. 押韻、擬聲字和字詞的重覆使用可以讓詩句像一首歌。

  c. 詩句重視節奏感，有時候節奏會增強字詞的意思。

⑵ 各類詩的教學重點

　　故事詩→精煉（跳躍、節奏）、文與詩的比較

　　抒情詩→意象─比喻─聯想、擬人、擬物

　　想像詩→創意─聯想、五感、重組

⑶ 課堂教學的進行

- 著重學生讀這首詩的感覺，找到趣味點，不一定是主旨的把握。
- 想像、比喻的練習。
- 解析作者創作的歷程與觀點。
- 詩與文的對照。
- 詩的節奏感。

‧吟頌詩。

‧詩的形式（排列的方式）。

‧標點符號的功用。

‧觀點的比較（詩人、一般人、科學家……）。

‧有時可要學生抄整首詩（用無格紙自由抄），思考整體的感
　受。

（二）教材

友誼詩五首（參見篇末「引用之課文」）

（三）教學活動

步驟一

　　將五首詩分發給學生，請學生看看這些詩的題目，猜一猜這一次
要談什麼主題？

　　初步討論：我們讀過哪些跟朋友有關的文章？這一次，我們來
看看詩人怎麼看待友誼這件事？以及詩人怎麼表達他和朋友的感情？

步驟二

　　單首詩的閱讀與討論（讀詩的順序不定，可自由安排）

　　〈我喜歡你〉

一、閱讀前

　　請學生說說「我喜歡你」這句話在生活中使用的情形，讓學生領
會「詩的語言」和日常語言及其他文類中的語言使用上的不同。

二、閱讀中

　1.讀〈我喜歡你〉給學生聽

2.伙伴共讀

* 請學生兩兩一組，一起讀這首詩。
* 讀的方式可能有：每人二句或每人一段，由二人共同決定要用哪一種方式讀。

三、閱讀後

提問：

* 作者和他的朋友是不是好朋友？從哪裡可以看出來？

  提示1：詳列的生活事件

  提示2：重複的句式
* 讀完這首詩，給你什麼樣的感覺？
* 作者是什麼樣個性的人？從哪裡可以看出來？

〈阿貴只有九歲〉

一、閱讀前：

提問討論：

* 題目說：「阿貴只有九歲」，人可能只有九歲嗎？
* 阿貴只有九歲是什麼意思？
* 如果把「只有」換成「才」、「剛好」、「只是」或「將要」意思會改變嗎？
* 猜猜看，「阿貴只有九歲」可能要告訴我們什麼？

二、閱讀中：

1.讀〈阿貴只有九歲〉給學生聽

2.請學生默讀一遍

三、閱讀後：

1.提問討論：

* 這首詩，你有什麼樣的感覺？是哪些句子給你這樣的感覺？

・阿貴和作者是不是好朋友？從哪裡可以看出來？

2. 伙伴共讀

・請學生兩兩一組共讀〈我喜歡你〉和〈阿貴只有九歲〉這二首詩。（可建議學生用不同於上次的方式共讀）

・這二首詩，作者在表達的方式上有什麼相同的地方？想一想，作者為什麼要用這種方式表達？

〈等待〉

一、閱讀前：

練習表達：說一說自己等待的經驗，以及當時的心情。

二、閱讀中：

讀〈等待〉這首詩給學生聽（可以讀好幾次），請學生注意聽出作者等待時是什麼樣的心情。

三、閱讀後：

1. 提問討論：

・哪些句子有「等待」的意思？你怎麼看出來的？

・作者等待友伴時是什麼樣的心情？從哪裡可以看出來？

2. 小組替詩寫故事

提供以下三個問題，請學生思考，編成一個故事：

・作者的朋友為什麼還沒有來？

・作者的朋友可能來和作者玩嗎？

・如果作者的朋友來了，可能會發生什麼事？

〈打過架那天的夕陽〉

一、閱讀前：

- 練習表達：有沒有和朋友爭吵的經驗？當時是什麼樣的心情？
- 聯想練習：夕陽會讓你想到什麼？
- 比喻練習：你會用什麼顏色來形容快樂（悲傷、難過、憤怒……）的心情？你會用晴天、雨天、陰天或颱風天來形容什麼樣的心情？
- 閱讀預測：想一想，打架和夕陽有什麼關係？

二、閱讀中：

1. 請學生默讀這首詩，讀完後，想一想要怎麼朗讀，才能表達詩的感情。
2. 邀請學生朗讀這首詩，讀完請大家談一談，剛剛那位同學是否充份傳達了詩的感情。
3. 繼續邀請同學朗讀，並做以上的討論。

三、閱讀後：

提問討論：

- 你覺得作者有什麼樣的感覺？是憤怒、後悔、悲傷、難過……？
- 從哪些句子可以看出作者是那樣的心情？
- 想一想，他們可能為了什麼而吵架？
- 他們有可能合好嗎？說一說你的理由。

〈贈汪倫〉

一、閱讀前：

- 讀〈贈汪倫〉這首詩，想一想，在詩中，有哪些行為會讓朋友感動？

‧練習表達：朋友做了什麼事會讓你感動？

二、閱讀中：

請學生閱讀時注意古詩與現代詩在聲韻和節奏上的不同，與之前讀過的詩作一比較。

三、閱讀後：

1. 大膽猜測：

鼓勵學生猜測詩中語詞的意思，指導學生透過上下文意來檢驗詞意，例如：「將欲行」到底行了沒有？行了多遠？「忽聞岸上踏歌聲」是聽到聲音沒看到人？還是聽到聲音也看到人？。

2. 提問討論：

‧這首詩的畫面應該有多少人？是哪些人？哪幾句話給你這樣的想法？

‧李白這時候在岸上？還是在船上？

‧船在岸邊？還是在潭中？

‧李白和汪倫是不是好朋友？從哪裡可以看出來？

3. 寫詩意

‧用自己的話把詩中的內容或意思寫下來。

‧把寫好的作品讀給同學聽。

步驟三

群詩閱讀與討論

一、最……的一句詩

1. 重讀以上五首詩。

2. 想一想，哪些句子讀起來讓你有特別的感覺（難過、感動、喜歡……），把它寫下來。並寫一寫會讓你有那種感覺的理由，以及這些感覺和友情有什麼關係。

3. 讀句子給小組內的同學聽，請他們說一說對這些句子的感受或想法。

4. 把你的想法說給同學聽。

5. 組內同學依次分享詩句。

二、賞析與創作

1. 重讀以上五首詩。

2. 請學生用概念圖的方式，整理這五首詩中所傳達的有關朋友的想法。例如：這五首詩談論到友誼的不同面向，有快樂、有爭執、有生離、有死別等。

3. 教師分析這五首詩在寫作手法上的不同。

〈我喜歡你〉和〈阿貴只有九歲〉這兩首詩是列舉許多和朋友一起做的瑣碎小事，來凸顯朋友間的深厚感情。〈等待〉、〈打過架那天的夕陽〉和〈贈汪倫〉是用比喻或象徵的方式（如：翹翹板、浪板、秋千、樹葉、夕陽、潭水等），來表徵朋友相處時的不同感受。

請學生比較這些不同的表現方式的優缺點以及運用的時機是否恰當？

4. 請學生寫下自己對朋友的想法，老師用放聲思考的方式提示學生整理的方式，例如：先想想，關於朋友我要說的是什麼？一段特殊的感情？一件有趣的事？一位難忘的朋友？……再決定用什麼方式記下我對朋友的想法。

請學生用「朋友是（或像）……」的句子寫下自己的想法，寫在長條紙上，可以用比喻的方式寫，也可以直接說。寫完後張貼在黑板上。

5. 全班一起讀同學寫的詩句，想一想這些句子可以怎麼安排（如果太多可分成幾類來討論）？該怎麼擺放讀起來才好聽？才有詩的

意味？

6. 給擺好的句子寫一個結尾，學生共同完成一首詩。

請學生自己完成一首友誼的詩（有些句子可參考同學舉例的），並給它配上插圖。

引用之課文

〈我喜歡你〉

我喜歡你，

我知道我為什麼喜歡你。

我喜歡你，

當我說鬼故事的時候，

你居然比我還緊張；

當我說笑話的時候，

你的笑聲比我更響亮。

我喜歡你，

當我傷心的時候，

你會靜靜的陪在我身旁；

當我成功的時候，

你會高興的為我鼓掌。

我喜歡你，

我們常常坐在石椅上談天說笑，

也常常一起追趕跑跳。

我們常常躲在樹叢裡學貓叫，

也常常一起摘野花拔野草。

我喜歡你，

跟你在一起，

每件事情都變得特別有趣。

如果有一天，

你不喜歡我了，

日子一定會過得很寂寞。

我喜歡你，

無論春夏秋冬，

無論刮風下雨，

天天我都喜歡你。

〈打過架那天的夕陽〉

打過架那天的夕陽，

為什麼 這樣

紅紅而悲傷呢？

可是，

在天空燃燒的，

不是我們的憤怒；

在天空燃燒的，

是我們的友情啊！

〈等待〉

翹翹板的一邊老是

降不下去；

浪板咿唔咿唔

單調的響著；

秋千靜靜的站在那兒

等待。
葉兒在地上追逐著，
嬉鬧著。
我的友伴為什麼還不來？

〈贈汪倫〉
李白乘舟將欲行，
忽聞岸上踏歌聲。
桃花潭水深千尺，
不及汪倫送我情。

〈阿貴只有九歲〉
阿貴只有九歲，
永遠只有九歲，
因為昨天，
他死了——
阿貴是我的好朋友，
我們一起摺紙飛機，
我們一起打棒球，
他沒告訴我，
他得了治不好的病。
阿貴死了，
我真不敢相信，
阿貴只有九歲，
永遠只有九歲，
我記得他的眼鏡

從鼻樑滑下來的樣子,

也記得他的耳朵

從帽子下鑽出來的樣子。

想起他在陽臺看星星時的笑聲,

想起他奔回本壘時的歡呼,

彷彿我的好朋友還在身邊。

阿貴的爸爸,

把木盒子交給我,

那裡面藏著我們的秘密。

再見啦!阿貴,

我會好好照顧我們的盒子,

想你的時候,

我會輕輕拉開盒蓋,

聽一聽你那響亮的笑聲。

就算我活到一百歲,

我也忘不了阿貴,

他只有九歲,

永遠只有九歲——

2002年發表於《研習資訊》19卷第1期。

過程模式的寫作教學

—— 如何幫助低成就的寫作者成為一個好的寫作者，是
語文教育（寫作教學）重要的目標之一

一　作家的寫作過程

在一個春天的早晨，作家和他的朋友站在薄霧未散的日月潭湖畔，欣賞着早春的湖光山色。作家一句話也沒說，只是用他敏銳的眼光和細膩的心思，靜靜的看着、聽着、想着，朋友在旁，倒是說了一句「日月潭的早晨好美」。一個星期後，作家在報紙上發表了一篇名為《春天的早晨》的文章，寫的正是那天的湖光山色，而他的朋友，始終只有一句「日月潭的早晨好美」。

創作歷程可說是個黑箱作業，而人的心智活動又是如此的一本萬殊，因此，給予兩個人相同的刺激，經過心智黑箱的處理後，要求兩人寫出相同的文章，實是強人所難。只是為何有人能下筆成文，有的人卻只能簡短的說一句話而已，更甚者連一點感覺都沒有？為何會有這麼大的差別呢？從教學的觀點來看，如何幫助低成就的寫作者成為一個好的寫作者，是語文教育（寫作教學）重要的目標之一。也許創作歷程及心智活動的黑箱不易曝光，但從作家創作的外顯行為還原着手，或能給予我們在寫作教學上若干啟發。

還原作家的寫作歷程，可知寫作歷程大致包含資料蒐集、思維活動、敘寫等三個部分，在此，我們試着將它們的內涵用表格來呈現：

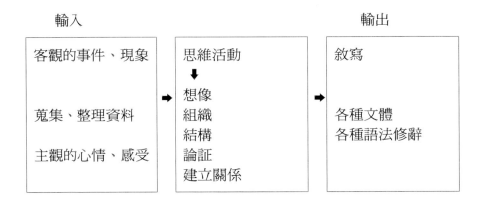

從這樣的歷程分析來看,當作家受到某種刺激或興起了某種感受(不管是客觀的事件、現象,亦或主觀的心情、感受,甚或二者兼有),引發了他創作的動機。於是,他開始進行資料蒐集與整理的工作,進一步把事件、現象或心情、感受、相關的資料、線索加以分類統整,深化創作動機。這一步驟有賴敏銳的五感及充分的聯想力,當然也包含利用各種資訊及摘選資料的能力,方能完滿。資料蒐集充足後,接着就要開始心智思維的活動,在這個步驟中包含對資料的蒐集,建立每個點的關係,想一些適切的譬喻或論證、組織結構整篇文章的架構……等等的心智活動,而後得決定表現的形式,每一種文體都有其獨特的表現方式,下筆時得多加考慮、運用。在敘寫的過程中,即使是一位寫作高手也往往無法一次完成,一篇好的作品通常會經過若干次的修改。修改的目的不外是更能表現創作者的想法,以及使讀者更容易更清楚感受到創作者的意念。

在這樣的過程中,有些部分可以透過練習,加強運作的能力,而且成效顯著;有些部分則混淆不清,雖可透過練習加強,但成效不一,這似乎關係到各人的才情,但透過大量閱讀、勤加練習相信對寫作仍會有一定的助益。

透過以上的分析,可大略得知寫作所含的若干歷程。在每個歷程

中，我們發現需要不同的能力與策略。所以，在寫作教學上即可針對過程中每一個步驟所需的能力與策略，讓學生練習。

以上的分析純就創作的歷程來說明，忽略了創作的動機，或者說忽略了語文的功能性意義。何謂語文的功能意義？簡要說就是交際、溝通和抒發情感。換句話說，寫作和說話都是溝通的一種方式，也都是一種發展的過程（由塗鴉到畫符號到寫作，由隨意發音到有代表性、有意義的語彙），在這一連串的發展過程中，處於支配地位的乃是寫作意識及說話意識（通俗的講就是我有話要說、要寫），作家多半是寫作意識強的人。所以在寫作教學上，不可忽略了對寫作意識的關照，幫助學生將他想要傳達的訊息傳達出來，進而幫助他寫得更清楚、更妥切。基於以上寫作意識的關照，在實際的寫作教學上，鼓勵學生為實際的需要而寫作，寫出來的作品有真實的讀者閱讀，也就成為合理的要求。否則寫作將淪為無目的的練習活動或口是心非的胡謅大賽，這也是當前寫作教學上嚴重被忽略的一環。

順此寫作意識的合理要求——寫作是為了溝通、作品應有真實的閱讀者，所以，寫作教學可以納入合作學習和同儕訂正的模式。事實上，一篇好的文章不是一蹴可及的，需要經過不斷的修改，有的修改幅度較小，可能只是文字的調整；有的可能需重新思考整個佈局，從頭開始。至於，是否修改以及修改的幅度，一方面得視作者自己的反省判斷，另一方面也需依賴讀者的回饋。在這樣的修訂過程中，藉着同儕之間的合作、幫助，可以提昇彼此寫作的層次，同儕除了可以協助檢修、訂正文句外，也可以一起構思內容、蒐集資料、選取素材、模擬真實閱讀者、發表評論。

二 過程寫作模式

綜合以上所述，我們可以將寫作意識與寫作歷程作一結合，形構出一個寫作教學的過程模式：

就此模式，在教學上注意以下重點：

（一）建立正確的寫作觀

寫作最基本的目的在於表情達意，在於溝通。表什麼情達什麼意，如何表情達意，都得視對象不同而有不同的選擇。以信件為例：寫給小弟弟的信，文字可能要淺顯些；寫給老師的信，文字則可精要些，當然在態度上，除了親切外，也得有一定的尊敬。這些都是因閱讀對象不同，所必須做的選擇，因此，必須常提醒學生，寫作是有對象的，作品必須是別人能讀懂的（寫作絕不是課堂功課，交差了事即可）。

（二）練習各種不同的蒐集整理資料的方法

資料的豐富與否，往往會決定一篇文章的立論觀點是否精闢，與內容是否具可讀性。所以大部分的時候，寫作不應是即興創作，在動筆之前常需要經過資料的蒐集、分析、整理。因此寫作教學中，應練

習各種不同的蒐集資料的方法，當然蒐集資料的方法涉及到學生的基本能力，在各年級可作不同方法的練習。

例如：低年級在寫話的過程中（寫作的雛形）所謂的蒐集資料，應以想像及自己經驗的整理為主，中高年級以後，則逐漸進行外在資料的蒐集，如訪談、查百科、剪報、專書、作資料卡等。

（三）練習自我修改或同儕合作修改

修改的重點在使讀者懂得作者要傳達的訊息，是否達到了溝通說理或抒情的目的，至於文句、辭彙、錯別字的修訂則屬次要，只須在完成作品前修完成即可。

當然，在教學時教師可提供修訂重點（如：是否用了形容詞、標點符號對不對、對動作或個性的描述生動與否…），協助學生彼此交換閱讀檢視。

（四）修改過程均屬草稿，待修改完成後，謄入正式稿紙才算作品完成

三　過程寫作的課程設計

然而在進行過程中，因為每個年級的學生都有不同的經驗與能力，教師必須區辨低、中、高年級的寫作模式，擬訂每個年級的寫作目標、教學重點。以下配合學生的基本能力，試擬各年級的寫作目標：

各年級的寫作目標

基本能力	寫作目標
一年級	
1. 剛入小學處於適應階段 2. 具有基本（甚至是相當豐富）的口語能力 3. 練習拼音識字	1. 寫作前的準備（認識語言符號記錄的功能） 2. 練習寫話（我手寫我口） 3. 大量閱讀各式作品 4. 練習寫簡易作品（卡片、字條、信⋯⋯）
二年級	
1. 學校生活漸入常軌 2. 能運用注音符號讀寫 3. 認識部分國字 4. 具有一些由口語到書面語的經驗	1. 知道文章有不同類型與功能（如信、故事、劇本、報導、詩） 2. 知道文章大致的形式（分段、分行⋯⋯） 3 知道寫作的大概歷程 4 練習簡易的蒐集資料方法 5 練習有序的思考 6 想像性與經驗性的書寫
三年級	
1. 進入中年級能力明顯增強 2. 學習的領域內容均漸加深 3. 漸漸出現個別的能力、興趣與喜好 4. 同儕影響加大較能與同學一起學習	1. 知道各類文章 2. 練習幾種收集資料的方法 3. 練習整理資料的方法 4. 練習利用整理出來的資料寫作文章 5. 練習修改文章 6. 繼續大量閱讀，並增加閱讀的類別
四年級	
1. 穩定合群 2. 獨立性增強能獨立閱讀 3. 開始發展欣賞能力 4. 開始了解別人的觀點 5. 表達能力增強	1. 獨立收集資料 2. 靈活運用各種蒐集、整理資料的方法 3. 辨別各類文章 4. 練習寫各種不同類別的文章 5. 自己修改文章

基本能力	寫作目標
五年級	
1. 進入高年級 2. 強調同儕團體 3. 獨立思考能力增強 4. 語詞更精確 5. 逐漸能依命題思考	1. 系統性、計劃性的蒐集、整理資料 2. 知道各種敘寫方式（正敘、倒敘、穿插……） 3. 文章內容豐富，條理分明、描寫細膩、說理清晰 4. 同儕相互修改文章
六年級	
1. 心思敏銳細膩 2. 尋求自己的技巧和能力 3. 有主見 4. 能獨立做事 5. 可做命題式思考	1. 能針對一個小題目，執行完整的寫作過程 2. 能說出文章的好壞、喜好與否的理由

從這樣的寫作課程設計可以看出：

⑴寫作是由寫話開始的

⑵寫作的基本要求是溝通和表情達意，更高一個層次才是文藝創作

⑶寫作的原初動機應是有話要說

⑷寫作有一定的對象與目的

⑸寫作活動不一定是獨立作業，可以藉同儕幫助

以下舉幾個例子來示範我們所建議的寫作教學模式。

四　過程寫作的教學

（一）過程寫作的基本模式

1 準備

⑴想一些題材，把它們列出來。

⑵想一想每一個題材可以寫些什麼。

⑶把不好寫的、不想寫的題材劃掉，圈出要寫的。

2 寫草稿

⑴想一些跟主題有關的事情。

⑵把這些事情寫下來。

⑶寫好了自己念一念、修一修。

3 修改草稿

草稿寫好了，需要修改，可以做三件事情：

⑴讀給一個好朋友聽，問問他有哪些地方不清楚，需要多說一些。

⑵照着朋友的想法，把文章修改一下。

⑶自己再讀一讀，修改一下字和標點符號。

4 完成作品

為了給大家看寫好的文章，可以做這些事情：

⑴不會寫的字，問大人或是查字典。

⑵再把文章修改一下，抄到稿紙上。

⑶試試看加一段當作結尾，文章比較完整。

⑷加上題目。

⑸畫兩張插圖，會比較好看。

（二）編一個有關解決困難的童話故事

1 準備

⑴選出故事的角色：

可以借用別的故事裡的人物，也可以自己想像。

⑵列出人物的特色。

⑶決定故事的背景：

什麼時候發生的？

什麼地方發生的？

⑷設計故事的情節，可以用表格，也可以用連環圖的方式。

2 寫草稿

⑴先介紹人物和背景。

⑵「困難」是什麼要交代清楚。

⑶寫出好玩或有趣的解決方法。

⑷加上一些對話故事會比較生動。

⑸別忘了寫結尾

3 修改草稿

⑴把你的故事說給朋友和家人聽。（也可以錄音下來自己聽）

每說一次故事，可以換一些細節試試看。

⑵精彩的故事，讓讀者有親眼看到的感覺。

改寫形容的句子，把它寫誇張一點。

改了一次還可以再改，越改越精彩。

4 完成作品

⑴把修改後最滿意的那份草稿抄下來。

⑵加上插畫。

⑶給故事想一個題目。

⑷跟同學分享。

5 肯定自己

⑴你對自己寫的故事的哪一個部分最滿意？

⑵在寫作過程中，你最喜歡哪個階段的工作？

⑶如果再寫一個故事，你會做哪些改變？

（三）寫一篇新聞報導

1 準備

⑴想題材

最近學校或班上，發生了些什麼事情，你覺得值得報導的，把
它們都寫下來。

⑵選題材

跟同學討論你的題材。哪一項是大家最想讀的？哪一項的資料
最齊全、準確？選出你要報導的題材。

⑶針對題材整理出你已經知道的資料，依項目列出來。

⑷還有哪些資料你不清楚的，先查清楚。

查資料的方法：訪問相關的人。找相關的報導或書籍。

2 寫草稿

⑴先寫：發生了什麼事

什麼時間

什麼地點

有哪些相關的人物

⑵後寫：事情的結果

事情發生的過程

事情發生的原因

⑶記得用適當的語詞，來表示順序，才能把事情報導清楚。

⑷加上標題：好的標題是用最少的字，寫出整個事情的重點。

3.修改草稿

⑴報導不能太長，看看有哪些細節是可以刪除的，哪些需要多說一些。

(2)跟同學交換草稿閱讀，找出每個人寫得最精彩的地方。

4 完成作品

⑴把修改後的文章抄到另外一張紙上。

⑵公佈給大家閱讀。

（四）描寫人物的愛好

1.準備

⑴訪問鄰座的同學（也可以訪問家人或鄰居）

訪問前，把問題寫下來，記得留空位記錄答案。訪問時，把答案記下來，注意特別的答案，隨時追問。

⑵整理訪問的資料

　想一想，資料中最有趣的是什麼？最讓你覺得驚訝的是什麼？你可以在記錄上打一個記號。

⑶選出你文章裡裡可以用的資料（不必全部用）。

　把選出的內容做分類，把同類的放在一起。

⑷想一想，可以用哪些動詞，把文章寫得更生動。

2 寫草稿

⑴開頭很重要，要能吸引讀者繼續看下去。

⑵把同類的內容放在同一段

⑶你可以邊寫邊看你做的筆記。

⑷記得加一些細節和例子。

⑸試着用不同的動詞。

3 修改

⑴把草稿讀給你訪問的人聽，問他資料中有沒有錯誤，問他還要補充哪些內容。

⑵把草稿讀給其他同學聽，問他們哪些地方不清楚，問他們還想知道些什麼。

⑶把他們的話都記下來。

⑷這些問題可能幫助你修改稿子：

　第一段有吸引力嗎？

　要不要多舉些例子？

　哪些句子可以移到另一段？

　哪些句子刪去會更好？

　要不要調換段落的順序？

⑸草稿修好了再檢查一次

　有沒有分段？

　每段低兩格嗎？

　有沒有別人會看不懂的句子？

　有沒有不完整的句子？

　有沒有寫錯的字、用錯的字？

4 完成

⑴把稿子重新抄寫一次。

⑵可以問接受訪問的人，要些照片用來做插圖。

（以上範例取自臺灣省國民學校教研習會國語實驗教材）

1998年發表於《研習資訊》15卷第1期。

解除教材的魔咒

——談教材編製與選用的探討

一 前言

長久以來，教材一直是教師教學的主要憑據，也是升學評量的依據。致使教學陷入刻板模式之中，教材成為教師教學、學生學習的魔咒，無力改善，但又抱怨連連。由於教材是教學過程中一項關鍵的要素，因此，在教育改革開放要求下，遂成為第一波改革的目標。政府決定配合八十五年新課程的實施，同時開放國小教科書的編製與選用，一方面將教材的編製工作由政府轉移至民間；一方面也賦予學校教師自由選用審訂本教材的權力，擴大了教材編製與選用的空間。

在實施六年後，九年一貫課程改革更進一步將教材編製的權力下放給學校和教師（教師可自編教材）。教材的開放（由統編本走向審訂本，由選用教材到自編教材）一方面固然解脫了教材的魔咒，讓教學逐漸走向正常化；另一方面解咒的過程與結果，也正考驗著實務教學者的心智習性與專業能力（教學觀與教材觀）。如果說教材的開放是教育鬆綁的一大步，經由教材的開放是否真能帶來教育的鬆綁？則仍是值得觀察。

二 教書不教人──加咒的過程

在國內，所謂的「教材」一般指的主要是教科書。實則教材並不等同於教科書，隨著科技的發展、教學觀念的改變，可預見的未來教材種類也會愈來愈多。

概括的說，教學是在教材、教師、學生這三個互動因素中遂行的教育活動，在這個活動中，教師、學生是互為主客的兩造，教材則是實現教與學的重要工具。就教師的角度而言，教師對教材的態度是「教教材」？還是「用教材教」？這兩種不同的教學觀，對教材的使用與要求就會不同。就學生而言，學習雖然是受導作用與自主性學習並存的過程，但同樣存在著是「學教材」？還是「用教材來學習」？這兩種不同的學習觀。

所謂「教教材」（或「學教材」）是把教材自身當成了學習目的，所以對教材必須精熟，它假設所有應學習的知識、技能都已包含在教材中，教師責任是將教材裡的知識傳授給學生，學生則以把教材讀通、讀熟為職責。在這樣的過程中人（教師、學生）的因素消失了，有的只是所謂專家加諸於「教」「學」者身上的魔咒。

反之「用教材教」（或「用教材學」），教材本身只是學習的課題或媒介物，用以提示教師應當教授的項目、要點，而學生則透過教材學習獲得一定的知識、技能，以及學習的手段與方法。

以語文教材為例，由於學科的特性關係，語文科的學習一般離不開文章（或稱之為課文）教學，所以語文教材的內容多半是一篇一篇的文章，當教師與學生把所有精力都放在精讀每一篇文章上，自然產生是否課數太多教不完的爭議，或是不論文章的程度深淺，也要照本宣科一番的扭曲現象。更有甚者，教學內容因此呈現一固定流程。凡

此種種正反映出教學者對教材使用觀點是傾向於「教教材」的主張。

三　教人不教書──解咒的過程

教師教學的實踐活動可以分成兩個向度來看：一是教學時，以教材為媒介使學生習得一定教學內容的教授活動；一是教學前，教師自身所進行的教材研究活動。固然，教學技巧對學生學習成效有相當大的影響，但教學技巧多少會受到教學內容的限制，而教學內容又會受到教材的制約，教材中所提供的學習重點和內容，其實是主導教師教學規劃的主要條件。所以，教材研究的成果，是影響教學成果的決定性因素。

教材研究一般可以分成三個層面來看：

第一種研究的重點在「教什麼」，屬學科內容的研究。第二種研究的重點在「用什麼教」，屬教材編製的研究。第三種研究的重點在「如何教」，屬教學過程的研究。這三方面的研究是息息相關的，只是重點有所不同而已。對照國內教育改革的趨勢來看，在傳統的統一教材時代，教材研究的重心自然傾向「如何教」。隨後開放教材編製，教材由統編本走向多元的審定本，教材研究的重心也隨之轉移至「教什麼」，以作為選擇審定本教材的判準。在九年一貫新課程規劃中，除了維持多元審定教材外，更進一步允許（要求）學校教師可依學校環境和學生背景自行編製教材，由是可預見未來教材研究的重心將移轉至「用什麼教」，並由是帶出教材研究的全面性。

在這樣一個解咒的過程中，自然會造成教師及家長一時的不適應。但這也正是一個教師專業增權的過程，教師不應輕易的放棄。事實上，由「用什麼教」而導引出的教材編製研究，正可利用過去教材研究的相關成果，開展出兩條教材編製的可行途徑：

其一是從學科內容著手（教什麼的研究），將學科知識、技能結構化、系統化，並經適度的生活化後，編製成教材。這是由演繹學科內容開展教材的編製途徑。

其二是從教學過程入手（如何教的研究），就現有教材與學科內容進行教學過程分析，形成教案，再針對此教學過程重構（增減或刪除）教材。這是從教學過程歸納的重構教材的編製途徑。

教材編製和教材研究，可說是教師在教學實施的具體實踐過程中，自然形成的教育概念。基本上，這是一種專業自主的反思，它是從批判「課堂教學的內容是否應受限於教科書內容？」以及反省「教師是否只是解釋並忠實向學生傳遞教科書知識的工具？」產生的。這其中貫穿一種不同的教材觀與教學觀：教師作為課程實施的執行者，在學生應享有適切受教權的目標下，明確的設定合宜的教學內容，以利教學，為此，教師有權選擇編製教材。

當教育改革的潮流逐步走向更尊重教師專業自主時，加諸於教師的義務也相對的提高。教師對教材的研究，也應由單向的「教什麼」「如何教」轉變為全面性的教材研究，使解釋教材與編製教材成為雙向互動的教學實踐。

除了上述在應然層面，對有關教師就教材的教學觀及教材編製與研究有所澄清外，在現實教學環境中審定版教科書的選用，仍是目前教學現場事實的必然。若教師對上述觀點能進行深入的探索，相信對教材與教學的定位將會有一翻新的思考。面對多數教師及家長仍習慣於教科書的使用，如何選擇一套適用的教科書，也是教師必須具備的專業能力。以下將就教材編製的不同取向加以解析，以幫助教師形成教材選擇的原則。

四　如何選用教材的探討

（一）語文教學派典的爭論

　　長久以來，語文教師就一直存在著「意義優先」和「字詞優先」的爭議，這些爭議乃肇因於不同教育哲學的派典之爭。這些衝突往往表現在學習歷程與學習結果、一般讀物與基礎讀物、整體學習與部分學習、真實評量與標準化測驗等語文教學的觀點上（見表一）。具體來說，強調意義優先者主張閱讀與寫作能力是平行發展的，需在真實而整全的情境下學習，而在讀寫的脈絡中自然的培養語音、字詞的知識與技能，不應直接而系統化的教授這些零碎的知識技能。主張字詞優先者則以語音、字、詞、句的知識和技能為讀寫的基礎能力，應優先系統性的教學。

意義優先	字詞優先
學習歷程	學習結果
質的研究	量的研究
一般讀物	基礎讀物
整體學習	部分學習
真實評量策略	標準化測驗
進步主義建構主義	行為主義

表一　意義優先和字詞優先的比較

（二）教材選取的兩種取向

　　表面上教材在這場爭議並非關鍵角色，爭議的焦點主要集中在教

學觀、學習觀與評量觀點的差異上。但前已言及，教材是實現教與學的重要工具。且教師的教學內容會受到教材制約，教材中所提供的學習重點和內容，其實是主導教師教學規劃的主要條件。所以不同的教育主張者，往往透過教材編製來呈現及實踐自我的教學理念。因此以教材作為主要教學媒介的教師，在選取教材時必須注意編輯者背後的教育理念與自我主張是否相合。

歸納來說，教材的選取上可從兩種取向來思考：

・編輯理念取向：選取的教材其編輯理念符合自身的教學觀。

・內容形式取向：純就教材呈現之內容形式來選取。

由於目前國內各出版公司編輯理念並不明顯，且差異性不高，一般說來均可歸屬於「字詞優先」取向。所以在選取教材時，事實上無法落實以編輯理念為判準的這一取向。

（三）就「內容形式取向」來選取教材

若單就教材內容與形式編輯取向來選擇教科書，則有以下幾個項目值得注意：

1 形式──編輯特色（書相）

由於教科書是學生長期使用的書籍，故不論是從第一眼的印象，到長期的使用閱讀，「書相」是必須考慮的。所謂的「書相」包含以下幾個角度：

・版面編輯是否賞心悅目

　由於教科書是學生長期使用的教學媒介，美術編輯是另一種美學教育，對學生美感經驗的培養有很大影響。

・圖不壓文與兒童閱讀視力的保健有關

‧圖文比例是否恰當

低年級圖文比例各半，方便學生經由插圖來理解文章的內容。中高年級圖的比例逐漸降低，讓學生習慣文字閱讀。

‧插圖是否具有特色

圖像也是一種符號，語文學習就是要幫助學生了解符號與意義的關聯，好的插圖不但能幫助學生理解文義，也是對文義掌握方式的一種示範，此外插圖更是美術教學的良好素材。

‧文字編排是否符合視覺心理與學習心理

好的教材編輯者在編輯時，會考慮學習者視覺與心理的因素，例如：一行文字不能過長、字體不宜過大或過小、版面擺置不宜太擁擠、教學重點要眉目清晰等。

2 內容——取材特色（內涵）

以教材（課文）為中心的教學，學生學習內容多來自教材（課文），故教材本身內容夠不夠豐富與有趣，也是考慮的重點。一般教材內容編輯可分成三大部分來思考：

單元內容

‧單元主題是否多元、有趣與創新，而不流於老生常談或刻板印象。

‧主題或課文內涵是否呈現多元價值，讓學生經由文章認識真實而豐富的世界。

‧本土、世界並重，關懷原住民及弱勢團體，平衡介紹（選文與插圖的比例），並與世界接軌，認識多元文化。

‧以兒童為中心（包含以兒童經驗及以兒童學習為中心）

語文形式

　　教材中所出現的語文形式，不應僅限於文學的語言（所謂狹義的文章），而應包含：

- 文學的語言——以書面語為主，重文學性的語言。
- 生活的語言——接近口頭語言的敘述文章，幫助學生從口語過渡到書面語。
- 實用的語言——環境中各類形式的非文學性文字（如印刷品、說明書、廣告等）。

語文練習

　　以淺顯易懂的文字介紹或歸納相關的資訊，提供學生自學的機會：

- 語文知識的介紹、練習。
- 語文技能的介紹、練習。
- 思維能力的介紹、練習。

3 教學指引

　　指引是教師了解編輯理念的橋樑，也是教師教學活動設計的主要參考資料，所以在選取教材時，對教學指引的編寫內容也需考慮。

- 指引中對編輯者的語文教學理念介紹得是否清楚。
- 是否清楚呈現各年級（段）學習內容與重點的安排規劃。

　　對於這點教材編輯者應有完整規劃，但教師選用時，則不需受此規劃的拘限，否則勢必六年都需選用同一出版公司的教材，這在學校班級課程設計及規劃上是不合理的。

- 語文知識是否正確清楚
- 教學建議是否實用

　　一般教學建議的敘寫方式有兩類：

　　流程式——若採這種方式，則每一教學活動至少需提供二組不同流程，方便教師視情況調整。

　　活動式——沒有固定的教學流程，只提供聽、說、讀、寫或統整的教學活動，由教師自行組織調配。

五　結語

　　本文借用童話故事中美麗的公主被施以魔咒，陷入每年沈睡情節，來描繪近五十年來在教育系統中課堂教學及評量，受制於教科書的拘限，宛若故事中的魔咒般不得解脫。而近年來一連串教育改革活動，正可說是一嘗試進行解咒的合理化歷程。這猶如童話故事中被魔咒陷入沈睡的美麗公主，在勇敢而英俊的王子親吻之後，解除了魔咒，驚愕的甦醒過來，而城堡裡的一切也跟著轉醒過來一般。國民教育因教科書的鬆綁而甦醒過來，但是教科書鬆綁的結果，是否能如童話故事中王子與公主從此過著幸福快樂的日子，抑或是反倒陷入另一個意義解構、充滿焦慮的困境中，真可說是禍福難測。教科書的鬆綁既為教師及學生帶來了更廣闊的教與學空間，又造成廣泛家長及教師的不安與危機意識。究竟應如何在一個「後教科書」的時代，重拾教材在教學上的意義，確是值得我輩教育工作者深思與探索的。

2002年發表於《研習資訊》19卷第3期。

國小語文教材編製之理論與實務探討

一 緒論

（一）研究動機

　　自從民國八十五年實施新課程標準 (1993)，開放國小教科書編製由傳統統編本改為審定本，並由學校教師自由選用，國內教改因此而邁進了一大步。於此同時，教科書編製的理論與實務以及教材與教學等問題，在長久被忽視後又重新受到了關注。一方面，由於長久以來學校教師對教科書的依賴並未隨著教育環境的更迭而有所改變，當教科書由全國統一版本轉變成可以由教師依學生程度、學校環境、教師能力等因素自由選擇時，正考驗了教師的教學觀與教材觀。另一方面，當各出版社網羅了相關的教育學者與實務教學者著手編製教材時，同樣的也面臨了教學觀與教材觀的考驗。教科書的開放是教育鬆綁的一大步，但經由教科書的開放是否真能帶來教育的鬆綁，則仍是值得觀察的。

（二）研究目的

　　針對以上現象，本文試圖從教材的定性分析、教材與教學、語文科教材編製的實務等問題著手，一方面澄清教材使用的功效與限制，一方面重構語文教材編製的理論與實務。

（三）研究對象

以國小語文教材的編製與運用為探討對象，並以國教研習會研發的國語實驗教材（1994～1999）為範例。

二　本論

（一）教材的定性分析

有關教材的概念，簡要的說，凡根據教學大綱和教學需要而編寫或製作的教學材料都可以稱之為教材（張鴻苓，1993）。一般在國內語文教材指的主要是語文教科書和習作，但廣義的教材除此外尚應包含課外閱讀教材、語文補充教材以及為語文教學所製作的掛圖、影帶及電腦輔助教材等。隨著科技的發展、教學觀念的改變，可預見未來語文教材的種類也會越來越多。但弔詭的是，從目前的情況來看，不論是學校教師或家長均狹隘的將語文教材界定在語文教科書上，其中因素甚多，在此不多所論述。以下將就教材的一般描述說明入手，深入闡述，嘗試梳理出教材的基本功能與特性，以有助於爾後教材之編製及教材功能限度之澄清，使教師在使用教材時更得心應手。

針對上述有關教材意涵的簡要說明可再做深入探討。

1 教材是依據教學目標而編製的

教材的編製不是任意為之的，必然是有所依據。而所依據的或為課程標準的教學大綱，或為教學上實際的需要。換言之，教材是依循一定的目標而編製的，這個目標可以是國家的教育政策，也可以是任何一間教室裡教學上設定的目標，這就呈現出教材界定的廣狹性。一般所謂的教材指的是依課程標準或教學大綱中所規定的教學目標而編

製的教科書，當然，教學目標也可能是來自某一學會基於對該學科教育的理念而編寫出來的。此處與教師自訂的教學目標不同，也就是說，教師可以依據其授課的需要而編製教材，但此與課程標準中規劃的教學目標是有所區隔的，區別主要在：一是整體的規劃；一是局部的或針對單一課題的規劃。但是，不論是何種類型的教學目標，它都不單是編製教材的依據，同時也是實施教學計劃、評價教學品質、和檢核學生學習效果的依據。

2 教材的編製內容應包含知識體系和能力體系

　　課程標準中所提示的教學目標是學校教學的指導原則，而教材則是落實此教學目標的最佳工具。因為課程標準中所列的教學目標多半是原則性的、概括性的、抽象性的，只有通過師生共同使用的教材，才能具體的將課程標準中所提示的學科性質、教學目標、教學內容、及學生應發展的能力等要求實現。職是之故，教材的編製應包含有作為學生知識體系學習所規劃的學科概念、法則、理論以及與知識形成緊密相關的能力體系。此外要注意的是，因為教學是在課堂中展開，故教材編製時，針對教學內容亦應考慮到在現況下學生的認知發展狀況，重新結構學科的知識系統，以便學生能進行有效的學習。

3 教材在編製上的對立性

　　教材一詞本身具有雙層含意：一是指教授的材料，這是針對教師進行課堂教學時所使用的材料而言。一是指學習的材料，這是就學生在進行學習時所藉助的材料而言。

　　教材就此雙層含意而言，本身是矛盾的與對抗的。作為教的材料，教師講究的是知識結構、量的多寡等問題；作為學的材料，學生關心的可能是材料的趣味性、實用性的問題，而此對立性必須在編製

教材時慎重考慮，以實現教材是教授及學習的共同材料，是教師與學生的中介的功能。

總結以上論述，筆者可以對教材的概念作適度的澄清與描述：

- 教材是依據教學目標而編製的。
- 教材內容應包含學科概念與知識的客觀陳述。
- 教材除知識體系外，還應提供有助於各種能力發展的學習步驟、思維方法。
- 教材是教師教學主要的依據，教材為教師教學大體劃定了內容，安排了程序和步驟，提示了教學方式和學習方法。
- 教材也是學生學習主要的媒介，教材的編製應與學生的心智能力發展配合。
- 教材作為教與學的共同材料，必須兼顧兩者之間的相融性與對立性。

（二）教材與教學

教學過程的構成要素包含教學者、學習者、教學目標、教學內容、教學方法以及教學成效等。因此，教材的編製必須考慮到這些構成要素的關係與聯繫，以下分別論述。

1 教學者、學習者與教材

教學是在教材、教師、學生這三個互動因素的構成中遂行的教育活動，在這個活動中，教師、學生是互為主客的兩造，教材則是實現教與學的重要工具。就教師的角度而言，教師對教材的態度是「教教材」？還是「用教材教」？兩種不同的教學觀，對教材編製的要求就會不同。就學生而言，學習雖然是受導作用與自主性學習並存的過

程，但同樣存在著是學教材？還是用教材來學習？兩種不同的學習觀。

所謂「教教材」（或「學教材」）是把教材自身當成了學習的目的，所以對教材必須精熟，它假設所有應學習的知識、技能都已包含在教材中，教師的責任是將教材裡的知識傳授給學生，學生則以把教材讀通、讀熟為職責。

反之「用教材教」（或「用教材學」），教材本身只是學習的課題或媒介物，提示教師應當教授的項目、要點，而學生則透過教材的學習獲得一定的知識、技能，以及學習的手段與方法。

兩相比較，「用教材教」（學）似乎更妥切的表現了在教學過程中教材的性格與功能，而這也正積極的反映了教材編製本身先天的不完備性。

2 教學目標與教材

教材作為全面實現學科教學目標的主要媒介，教材的編製必須建構出合理的學科學習體系，並以之設定不同階段的教學目標。所謂合理的學科學習體系，是指兼顧學生的年齡、心智特徵與學科邏輯順序（在此允許不同學習體系的建構），而教學目標的設定應包含學科知識的傳授，和學習能力的培養。學科知識的傳授是知識的累積；學習能力的培養則是知識建構能力的發展。具備學科知識並不代表具備實用的能力，學習能力應包含二個層面：一是運用學科知識技能的能力；一是學會學習的能力。

（三）教學內容與教材

教學目標是經由學科知識、技能的組織與教學活動的實施而完成

的，這兩者構成了學科的教學內容，教材的編製必須適切的呈現這兩者。首先，在學科的內容上，教材中應放入的是基礎性的知識，所謂基礎性的知識，是那些最具遷移性、適切性、概括性、以及對瞭解和掌握學科最必要的知識。再者，良好的教材不單是呈現知識而已，還應呈現知識構作的歷程，作為教學的活動參考，其中包括思維方式、操作過程、作業步驟等。

　　然而學生不可能以原封不動的形式學習教學內容（學科的知識），否則就是一種注入式教學，是單純的觀念灌輸，學科的知識概念唯有通過具體的事實與現象才能掌握。因此，教學內容必須教材化（鐘啟泉，1996）。所謂教學內容的教材化，就是通過貼近學生經驗的生活現象來融合或媒介學科知識和概念，使學生易於掌握教學內容。

　　要言之，教材內容應包括各種陳述和概念，各種原理和法則，以及操作過程和步驟。但由於考慮到學生的學習狀態，教學內容必須適度的教材化，與學生的生活結合（此不同於生活教育或生活經驗學習）。而不同的學科與生活的關係也不同，故結合的方式自有微妙的差異。經教材化的教學內容，本身可以具有喚起學生問題意識的功能，但這種功能還是必須在教學活動的過程中才能充分發揮。

三　教材編製的實務探討

　　民國八十年教育部委託臺灣省國民學校教師研習會研究室進行國小語文科課程實驗，實驗的內容包含教材的編製、教學的改進及教師的改變等，並在全國二十一縣市選取實驗學校進行實驗。本實驗從八十三年起正式進行教材教學實驗，至今正好滿六年，實驗教材從一至六年級也已編製完成。本次實驗在教材的編製上可說是除國立

編譯館外，最完整的一次實務經驗（民間審定本現在只編至四、五年級）。故本文將以這套實驗教材（1994～1999）的編製實務經驗對照上述理論，藉以對顯出教材編製在理論與實務間的落差，以為未來從事教材編製者提供可資參考的借鑒。

（一）編輯理念的研擬

本套實驗教材的編製時間適值八十二年新課程標準的公佈，因此在擬定編輯理念與教學大綱時，基本上是遵照此套標準。此外，亦參照了大陸的教學大綱。

按八十二年新課程標準中所列語文課程的總目標為：

⑴培養倫理觀念、民主風度、科學精神、激發愛國思想，弘揚中華文化。

⑵擴充生活經驗、陶鎔思想情意、培養想像思考的能力，樂觀進取的精神。

⑶認識國語文的特質，培養熱愛國語文的情操，和對自己所發表的語言文字負責的態度。

⑷具有使用標準國語，充分表達思想情意的能力。

⑸具有認識常用標準國字、閱讀書報及欣賞文學的興趣和能力，並能利用圖書館以幫助學習。

⑹具有表達思想情意的語體文寫作能力與興趣。

⑺具有正確的寫字方法和良好的寫字習慣，並能欣賞碑帖。

此總目標之第一、二項為小學各學科之共同目標，只是藉國語科總其成。第三項培養熱愛國語文的情操，是參考國外資料而定的。第四、五、六、七項則各為說、讀、作、寫的目標，而注音則併入說話的目標（古國順，1995）。此外，課程標準也詳細的提示各年段目

標，仍是以說、讀、作、寫，作為分項目標並呈現出層次性。

以說為例，低年級目標為：

⑴熟讀注音符號，能讀寫每個字；

⑵培養聽說國語的能力與習慣。

中年級目標為：

⑴利用注音符號幫助識字，增進閱讀能力；

⑵增進聽說國語的能力。

高年級則為：

使用標準國語，充分表達思想情意。

由此次課程標準的內涵可看出，除一般性的強調說、讀、作、寫的要求外，特別重視語文能力的培養。

大陸一九八八年頒布的《九年制義務教育小學語文教學大綱》中指出，小學語文教學的目的是：指導學生正確的理解運用祖國的語言文字，使學生具有初步的聽、說、讀、寫能力，在聽、說、讀、寫訓練的過程中，進行思想品德教育，發展學生的智力，培養良好的學習者。在此大綱中闡明了聽、說、讀、寫的關係，和聽、說、讀、寫訓練與思想教育的關係，也闡明了培養能力與發展智力的關係（戴寶雲，1993）。

實驗教材編輯小組在參考了國內外語文教學的趨勢後，認為語文教育的目的是在培養學生的語文能力，使學生能用語文表情達意，擴充經驗，陶冶性情，發展思維。而語文能力的培養必須經過大量閱讀，反覆練習，實際應用，自我修正的歷程，才能達到精熟正確的階段。

這樣的語教觀點是基於以下的信念而來的：

⑴語文學習是奠基於完整的生活經驗中；

⑵在真實而豐富的語文環境中才能真正學會語文；

⑶語文是社會互動的工具；

⑷語文學習是自然的；

⑸思維是語文的基礎；

⑹教學的目的在讓學生學會如何學習；

⑺語文學習成功的因素在於對兒童有信心。

準此，乃擬定了編輯理念與教學大綱。

1 低年級

低年級的兒童需要從口頭語言的聽和說，過渡到書面語言的讀和寫，在這一時期，學習的最大瓶頸就是字認得還不夠多。因此，在教材的設計上要著重：

- 結合情境的教學

提供情境豐富的課文，引導學生從學習活動中充實生活經驗，提高學生對閱讀的興趣與對語文的信心。

- 兼顧語文的實用性

強調語文在日常生活中運用思考的能力。

- 掌握語文的特性

中國文字有的常見、有的罕見、有的簡單、有的複雜，語文學習裡要介紹字的筆畫結構和組合方式，建議學生先習寫常用、常見和筆畫結構簡單的字，生活和談話中常常出現但是不易習寫的字，編入課文讓學生認念。

2 中年級

中年級語文教學的重點從學習閱讀移到從閱讀中學習，教材設計著重幾個方面：

- 呈現生活經驗中比較不常見的事物，讓學生配合既有的經驗和新

學的文章，拓展知識的視野。

• 提供不同類型的文章，讓學生熟悉不同寫作方式的表達技巧。

• 介紹文學作品，提昇文學欣賞能力，激發閱讀興趣。

3 高年級

高年級學生對語文已有相當的基礎，應培養他們面對作品時能夠整理文義，分析結構，體驗技法，進而發展出豐富的思維，並有能力妥適的表達。教材的設計應著重幾個方面：

• 以語文知識技能為經，學習活動為緯，進行整體性語文學習。

• 接觸不同的觀點，學習各式各樣的表達方式，培養多元思考的能力。

• 透過對文章的理解，豐富學生的情意內涵，提昇學生對文學的鑑賞能力，激發閱讀興趣。

這樣的編輯理念其特色在：⑴強調學習過程重於知識的獲得；⑵強調語文學習意義先於形式；⑶接受學生語文能力發展的獨特性；⑷尊重教師專業自主；⑸主張教材應具有自明性，學生可以獨立學習。

（二）教材編選的原則

1 單元主題的設定

依據課程標準，語文教材編排方式採單元組織方式編輯。但單元的元素是什麼？單元與單元之間如何聯繫？則並未界定清楚。前文述及教材內容應包含學科知識與概念，以及幫助能力發展的學習過程與思維方法。因此，在組構語文教材的單元時可以有下列幾種取向：

• 以主題內容作為組構單元的元素，例如：四季、歡樂的節慶等。

- 以文體作為組構單元的元素，如記敘文、詩歌等。
- 以語文知識、技能作為組構單元的元素，如句型、說明文結構。
- 以語文能力作為組構單元的元素，如閱讀聯想法、如何分段等（何文勝，1997）。

這四種取向各有利弊，大多數國（華）語教材均採用第一種方式以主題內容來組構單元，只有大陸的某些教材是採用第三、四種方式來組構單元。

用主題內容來組構單元的優點是貼近兒童的生活經驗，由於語文科教材的呈現方式是透過一篇一篇的文章為主，文章中對主題精彩的描述，容易引起兒童的興趣。再者，不同的主題內容往往會帶出屬於這個主題的相關語彙、句型、篇章結構、思維方式等語文知識技能，方便教學設計。但用主題內容來組構單元也有其限制。首先，囿於教材篇幅有限，一個單元能收納的文章不多，對於學生深入瞭解單元主題內涵，進而擴展學生對該主題的視野，並無法提供有效的幫助。等而下之，若幾篇文章的同質性過高，反而會降低學生的學習興趣。其次，若以主題內容來組構單元，則單元的主題應有哪些？理據何在？以及如何以單元主題來配合語文知識技能的學習，這些問題是很難回答清楚的。而且，不論如何去編排主題，都很難提出一個合理的解釋，來說明這樣的主題是適合兒童的經驗與發展的。

實驗教材在編製過程中也考慮過這問題，為吸引兒童能主動閱讀教材，最後仍採取以主題內容組構單元的方式來編排。但針對上述疑慮，在教材編製上做了一些調整：

- 將每一單元主題收納的文章擴大為九到十篇集結成一分冊，一學期有三個單元，共有三分冊。教材如此安排，一方面解決主題受限於文章篇數，而導致內容過窄或同質性過高的問題；一方面配合編輯理念，提供學生大量閱讀的機會。

- 在主題的選定上，將與兒童有關的生活經驗區分為六大領域，雖然並不能提出充分的理據，指稱這六大領域含括了兒童的主要生活經驗，但是經由領域的劃分，主題的安排就可以避免重複或遺漏。單元主題見下表。

領域 主題 年級		自然	社會	文化	語文	生活	感情
一	上				開始《開始》 發問《問問題》		
	下	跳躍的生命《嘩啦啦》	快樂的生活《天天不一樣》			成長與學習《七歲再見》	
二	上		快碌的生活《忙碌的小鎮》			家《秘密屋》	解決問題《黃狗生蛋》
	下	旅遊《飛行貓》		發明與創造《犀牛三明治》			秘密《畫鬼臉》
三	上	變化《七十二變》	朋友《我喜歡你》		符號與文字《三位怪先生》		
	下			面具《面具》		挑戰《走過就知道》	希望《蝴蝶屋》
四	上	謎《誰殺了大恐龍》	禮物《記憶盒》		作家《假期的臉》		
	下			民俗與圖案《盜靈芝》		時間《時間穿梭機》	關不住的愛《昆蟲萬歲》
五	上	動物的智慧《大腳丫》		談美《我們一起去看天》	圖書館《我們一起去看天》	拜訪《大腳丫》	衝突《我們一起去看天》

領域 主題 年級		自然	社會	文化	語文	生活	感情
五	下	綠手指 《大野狼的告白》	好幫手 《棒球小子》	好吃！好吃！ 《大野狼的告白》		十歲那年 《棒球小子》	
六	上	大尋奇 《他賣了一隻鬼》	一念之間 《他賣了一隻鬼》	大千世界 《他賣了一隻鬼》			
	下				文學花園 《美夢成真》	文學花園 《美夢成真》	文學花園 《美夢成真》

- 為避免因單元主題內容的學習，造成語文能力偏失的情況，故有
  必要針對語文能力結構出它的要項，幫助檢核各冊教材語文能力
  的練習重點。

　　附帶值得一提的是，因為每一分冊有一個主題，在教材的名稱上
能否以主題來命名——此有別於以往教材均以國語稱之的作法，曾引
起編委很大的爭議。

2 文章選取的原則

　　語文教育意指語言文字教育？或語言文章教育？亦或語言文學教
育？爭論已久，各家論述已多（曾祥芹，1995）。語文教材因學科特
性關係，教材是由一篇一篇文章組成。因此，選文成為語文教材編製
的一項重要工作，此中涉及對語文教育的若干基本理念上的爭議，如
教材中選用的文章是否為範文？亦或只是例文而已？選文時是否考慮
意識型態的問題？選文長度是否有限制？選文時如何界定以兒童經驗
為中心？以範文或例文的爭議為例，主張教材中的文章為範文者，在
選文時字斟句酌，深恐文章有任何差錯或不妥。從積極面來說，是要
學生多接觸優美的的作品；從消極面來說，是擔心造成學生錯誤的

學習。（余應源，1996）這一主張者又往往是語言文學教育論的支持者，而在教學上則多持教「教材」的觀點，實則這三者是互為表裡的。但就這樣的觀點來編製教材可能的偏失在：

⑴教材的內容為求美文可能會流於枯燥或遠離兒童生活經驗，引不起兒童的興趣。

⑵語言的工具性功能可能無法兼顧，因為文學只是文章的一類，生活實用語文往往不是以文學形式呈現。

⑶在選文上會產生很大的困難，文學作品美的判斷常有仁智之見，不易取得共識，而且一般兒童讀物多半不符合範文要求，文章來源是大問題，最後往往由編輯者動筆創作，而陷入一惡性循環的狀況。（專業作家的作品無法使用，而由非專業人士的創作做為教材）

再就文章的長度是否應有所限制來說，有些專家學者認為閱讀的基礎在認字識詞，所以教材中的文章須考慮它的生字量與總字數，生字不宜過多，總字數不宜過長，以免造成學生學習上的負擔。因此，教材中的文章普遍偏短，然而事實上，短文在學習上有時反而更形困難，文短相關線索就少，理解上會比較辛苦；文長雖然生字較多，但相對的內容線索也較多反倒容易理解。再者，文章之所以吸引人，乃在於文章中豐富而動人的描述，如果為顧及生字量的問題，而將一些情節或描述抽除，則文章將索然無味宛如大綱提要，這又如何能引起兒童的閱讀興趣？

對於以上種種爭議幾經討論後，實驗教材對文章的選取原則大致如下：

• 文類分配分布比例依照課程標準的規定。

• 文章內容排除單一意識型態，提供多元觀點，並照顧到弱勢團體以及時代趨勢。

- 本土化與世界觀並重。
- 以兒童經驗為中心。
- 除兒童文學作品外，教材中應包含各類生活實用語文的形式。
- 教材中的文章應力求文學性但非範文。
- 文章長度視各年段學生能力及文章本身需要調節，不硬性規定，但須提示教師長文的教學目標和教學方式。

（三）文章編排方式

教材中文章編排方式須考慮的因素除文類的分配比例、主題內容合不合適外，更重要的是文章的功能，亦即文章在教學上不同的應用。

文類的分布分配如前述，依課程標準規定為原則編排，低年級以韻文、故事、記敘文為主；中年級則加入簡易說明文、應用文；高年級再加入小說、劇本與議論文。

文章主題內容則依單元主題規劃，力求觀點的多元化。至於文章功能則依不同年段規劃出幾種不同功能的課文提供教學參考：

1 低年級──分為聽說課文與讀寫課文

聽說課文：

文章較長、用字較多、不列習寫字，由教師唸給學生聽。它的功能在幫助兒童達成下列目的：

- 培養聽的理解力、提高思考能力。
- 擴充口語詞彙，讓學生認識更多口頭常用但不一定會寫的字詞。
- 充實書面詞彙的經驗與知識。
- 從認得部分文字也能理解文章的經驗中，增加兒童獨立閱讀的信心。

讀寫課文：

文章短、用字少，大多是朗朗上口易於記誦的韻文，也有短篇故事，它提供兒童兩種識字學習的途徑：

- 從字音學識字，採對號入座的方式，在反覆誦讀中一字連結一音，經由字音增強字形的認識。
- 從字義學識字，從上下文義中，在有意義的情境裡，鞏固字形的認識。

2 中年級──分為略讀課文與精讀課文

略讀課文：

新出現的文章形式，文章較長，詞彙較豐富，不列習寫字，可以作為交談報告、課外閱讀或文學賞析的材料，功能在充實學生的詞彙，練習不同的閱讀方式與累積文學賞析的經驗。

精讀課文：

以較多書面語寫成的文章或內涵豐富的文章，提供學生作為累進字詞彙，深究探討及閱讀技能實際操作的材料。

3 高年級──分例文與獨立閱讀課文

例文：

文淺易懂，在形式或內容上具某種典範性，透過對例文的眉批和視窗說明，向學生示範文學賞析、閱讀理解及寫作技巧等語文知識與技能。

獨立閱讀課文：

小說或長文，提供學生做課外閱讀的材料，建立學生的閱讀信心與習慣，實際操作各種閱讀策略增進閱讀速度。

將教材中的文章依功能做不同的規劃，目的是在提示教師與學

生，每篇文章的教學可以有不同的重點而非千篇一律。此外，每冊教材約使用六週時間，教師和學生可共同依教學目標、程度、喜好等因素，選擇教學課數（約五至七課）與課別，不需每課都教，有些課文可做課外閱讀或獨立閱讀的材料。

（四）習寫字的規劃

　　從傳統統編本教材到現今審定本教材，在每篇課文下面都列有該課的習寫字。事實上，以這種形式列出習寫字要求學生習寫，在概念上是有爭議的。因為習寫的概念是針對不會寫的字而說的，但是對於同一班級的學生而言，需要習寫的字不盡相同，是否有必要全班共同習寫相同的字，這是值得思考的。而且這樣的安排會導致學生被動學習的習慣，因此，實驗教材在習寫字的規劃上，採用建議習寫字的方式呈現，將具體的習寫字交由任課教師及學生共同決定。實驗教材不在每課下面列出習寫字，而是將本冊各課用字整理成一個用字總表，在總表中用不同顏色區別出建議習寫字與認讀字。建議習寫字是依照常用度高、筆畫數少及構詞性強三個項度統計整理出來的，也就是以容易寫而且最常用、最有用的字先習寫，若是學生已經會寫了則可以略過。除此之外，不是建議習寫的字，但學生很感興趣或者課文中重複出現，教師覺得很重要的字都可以習寫。這樣的設計是希望學生養成獨立學習、自我負責的習慣，所以，實驗教材只在每一分冊應習寫多少字上做規範，而不要求大家習寫共同的生字。又根據統計，海峽兩岸小學六年大約共習寫二千五百字到三千字，而從常用字的研究發現，最常用的二千四百字在文章的覆蓋率高達百分之九十九（朱作仁，1991），至於哪些字應該先習寫則不是那麼重要，只要在小學畢業時能運用書寫約三千字即可。

再者，字是書寫單位，詞才是意義單位，閱讀理解、寫作表達依靠的是詞的概念，所以，實驗教材到了高年級不再列整冊字表，改以常用詞表建議學生從詞中學字。

（五）語文知識技能的練習

語文教育的目的在培養學生的語文能力，但是語文能力如何界定則是眾說紛云，按張鴻苓（1993）的分析，語文能力目標可析解為語文基礎知識、語文基本技能和思維能力。而語文基本技能是語文能力的主體，語文基礎知識既是語文能力的基礎，又是訓練基本技能的理論指導。思維能力則是掌握語文基礎知識和基本技能的必要條件。理論上語文能力的培養應訂定出目標序階，方便教材編製時一併思考，如何在教材中呈現這些知識、技能與思維活動作為教與學的參考依據。

因為思維本身是潛藏性的，必須藉助語言和文字的理解表達進行練習，所以思維能力的培養可以結合文章教學，在聽、說、讀、寫、作的活動中訓練。至於語文知識與技能的學習序階問題，由於實驗教材的編製是採單元主題的方式，所以對語文知識、技能的安排無法照顧到知識、技能本身的序階，只能依單元主題和文章性質、內容隨文設定。如是安排，可能產生教學上只是文章知識的傳授而非能力的培養，以及知識、技能的零散練習，缺乏整體概念。

為彌補這方面的缺陷，編輯小組將國小部分須練習的語文知識、技能按低、中、高年級做大區段的劃分，融入各冊教材中。

1 低年級

語文知識：以字的筆順、筆劃，形、音、義分類，詞性、句子結

構為主。

語文技能：以聽說溝通能力的練習為主，例如：有條理說話、討論的規則、問問題、回答問題的方式、口頭報告、訪問、聽指示做事等。此外，也旁及讀寫的相關技能，如讀出主題與細節、讀故事說大意、畫故事結構圖、寫信、寫便條、寫作準備等。

2 中年級

語文知識：包括文字、語法、文體、修辭及文學等相關知識，例如：文字的演變、認識部首、詞的結構、認識量詞、句子的分類、詩的特色及文章的結構等。

語文技能：以增進學生溝通和讀寫能力為目標，例如：各種閱讀方式的練習、工具書的使用、資料蒐集的方法、描寫的技巧、比喻的運用、寫讀書報告及寫自傳等。

3 高年級

高年級將語文知識與技能搭配起來，進行整合知識、表現自我的整體性學習，以閱讀策略的練習、讀法的講求和敘寫技法的探討為主，包含段落篇章的大意整理、賞析、敘寫手法的練習及作家與作品的賞析等。

（六）教材體例的設計

教材不同於一般閱讀材料的地方在於，教材是教師教學，學生學習相當重要的媒介，而且在某一段特定期間內使用的頻率非常高，所以如何在教材的編排體例上力求清晰明朗，將教學的目標、內容、活

動甚至精神、層次分明的呈現在使用者面前，是教材編製過程中另一個不容忽視的問題，這也就是前面所說——教材須具有自明性，方便學生學習。

實驗教材在編輯體例上仍然是採低中高三年段不同的體例來設計，目的是為了配合不同年段的不同學習方式和學習重點。

1 低年級

每一學期有三分冊，每分冊都由一個主題概念來貫穿各篇文章內容，每分冊教材的編輯形式又分為三部分：

課文

每一分冊約收錄八到十篇文章，按內容區分為二到三個小單元，在整個單元之前會有一個主題提示，提示這個單元的可能內涵，或閱讀這冊書時可以注意的地方。在單元之後又會有一個主題歸納，針對這個單元的內容形式做一個分類整理的示範。

語文練習

在每一個小單元之後，會列一些討論的問題供說話教學之用，另外還會放入一些有關聽、說、讀、寫的技能練習。

總複習

在教材最後，提供一塊園地把本冊出現的一些字詞歸納統整，包含字音、字形、字義的分類、筆順示範、圖畫辭典等，另附錄本冊用字表方便教師、學生檢索。

2 中年級

每一學期有三分冊，每分冊都由一個主題概念來貫穿各篇文章內容，每分冊教材的編輯形式又分為兩部分：

課文

每一分冊約收錄八到十篇文章，按內容區分為二到三個小單元，在整個單元之前會有一個主題提示，提示這個單元的可能內涵，或閱讀這冊書時可以注意的地方。在單元之後又會有一個綜合整理，針對單元裡文章的內容或形式做綜合性整理的示範，每個小單元之後會有一些討論問題讓學生做思考和文學討論的練習。

專欄篇

將語文知識技能分成五個專欄來呈現：

學習篇——談的是一些語文知識，幫助學生從已有的經驗中整理出一些文法的概念。

寫字篇——談的主要是軟硬筆寫字的一些相關知識與賞析。

欣賞篇——主要在幫助學生進行文學賞析，增進學生在閱讀時的文學素養。

技能篇——聽說讀寫作等語文技能的操作練習。

應用篇——聽說讀寫作等語文技能的實際應用。

書後另附錄本冊用字表方便教師學生檢索。

3 高年級

每學期有兩分冊，每分冊又有兩本：一為文集，一為讀本，兩者有相同的單元主題，需搭配使用以發揮語文整體學習的效果。

文集

包含兩到三個單元，每個單元選錄約十篇文章，體裁、內容力求多樣化，以此作為探討單元主題概念及語文學習的基本材料，每個單元前後仍有主題提示、主題歸納和綜合討論。

讀本

與文集有相同單元，每個單元均以語文知識技能為架構，配合主

題情境設計有語文學習重點和擴充活動，並以兩篇文章作例文，以「眉批」和「視窗」介紹相關語文知識和背景，此外還有閱讀練習提供閱讀的策略及要點。

實驗教材按不同年段設計出三種編輯體例，看似複雜，但實際上，這正是在落實教材定性分析中所說的，教材是教師教學主要的依據，教材為教師教學大體劃定了內容，安排了程序和步驟，提示了教學方式和學習方法。教材也是學生學習主要的媒介，教材的編製應與學生的發展配合。

實驗教材的編製，歷經了六年，其間參與的學者專家與在職教師約三十餘人。在教育理論上常說課程是發展的，實則教材的編製過程也是一個發展的歷程。因為實驗教材的編製與學校實驗教學幾乎是同步進行，所以，來自學校教師和學生的回饋，也成為編製過程中調控編輯理念的重要參考依據。

四　結語

語文教育的領域是寬廣的，語文教育的內容是豐富的，語文教育的教學是多元的，語文教育的過程是發展的，這一切對語文教育理念的實踐幾乎全落在教材的身上。雖說教材是死的，教師是活的，教學的成功與否端看教師能否把握教學要領，但是畢竟人的因素變異性太大，如果能在教材上著手編製出一套優良的教材，中等之資的教師也能成為一位稱職的語教老師。但由於長久以來，受限於全國統一教材的規定，編製教科用書的工作只能讓少數學者專家參與，久而久之，教材編製的相關研究乏人問津，教材的風貌也亦趨固定，缺乏變化。

因此，民國八十五年審定本教科用書的開放，引起民間與學界一片叫好聲，民間企業競相禮聘學者專家投入教材編製行列，而學生家

長也翹首企盼，希望從此學生能讀到多樣而有趣的教材。但隨著審定本教材一冊一冊的面市，一些疑慮開始出現，如：每個版本的習寫字不同，是否教育部應統一各版本的習寫字？課文比以前長，學生的學習負擔會不會太重？每冊課數會不會太多？學校使用版本不同將來升學考試會不會不公平等等。這些疑慮正反映出國內有關語文教育的基礎研究與認識不夠，大家還是用經驗性的觀點來思考語教問題。此外，更讓人訝異的是，國內這麼多的語教學者投入教材編製的工作，結果編製出來的教材，不論是在形式體例上或是在語文教育的基本觀念上，竟是如此的相似，這到底是什麼原因，實在值得探討。如果教材的編製反映的是編者的語文教育觀和學習觀，這種現象是否意謂著，語教學者對語文教育的觀點是如此的一致，讓人不安的是，這樣一致的教育觀，如何面對多元開放社會中的各類學生？故而，明雖開放實則囿於舊有框架的編輯，將使教材開放的美意大打折扣。

即將在民國九十年實施的九年一貫課程在課程總綱（1998）中提出了更新的理念：學校必須因應地區特性、學生特質與需求，選擇或自行編輯合適的教科用書和教材，以及編選彈性教學時數所需的課程教材。屆時，學校教師將承擔起若干教材編製的工作，因此作為教材使用者的教師，除了對教材進行教學上的研究外，也應對教材編製的理論與實務有所瞭解。

本文只是一個實務案例的呈現，在整個編製的過程中對語教觀念的差異甚至衝突，對學生學習途徑看法的大相逕庭，對教材功能的不同堅持等等，都讓編輯小組深深感受到，教材編製工作還有太多的盲點需要突破，希望經由本案例的公開，能引起學界對教材編製研究的的重視，使未來語文教材的編製更趨完滿，經由理想的教材讓學生語文學習得更好。

本文完成於2003年，發表處不明。

幫助學生成為一個真正的閱讀者

── 兼論兒童文學在閱讀教學中的運用

一 前言

在一個資訊快速流通的社會裡，每個人必須不斷的閱讀以獲取最新的資訊，來適應日新月異的生活環境。閱讀能力的強弱已成為影響個人自身發展的關鍵因素。一個善於閱讀的人，不論是在知識的儲備、智能的發展、新知的攝取上都會高人一等。因此閱讀教學可說是語文教育中最重要的一環。

所謂閱讀，指的是從書面文字資料獲取意義的過程，而閱讀教學則是指，學生在教師的指導下從閱讀各類書面文字資料的實作中，逐步發展閱讀能力的過程與活動。在閱讀教學中幫助學生建立起閱讀的策略，提昇學生閱讀的能力，比教會學生了解一篇課文的內容更重要。學生習得了閱讀的策略和技巧，對鞏固他們的閱讀習慣，進而發展成一生的閱讀興趣是有關鍵性的影響。

在閱讀教學中包含兩個要素：一是閱讀能力的發展，一是閱讀教材的應用。本文目的即在介紹影響閱讀能力的多種因素，以及如何應用教材幫助學生提昇閱讀能力。

二 閱讀能力是什麼

　　閱讀能力一般來說主要指的是認讀與理解能力，傳統的語文教學者認為閱讀就是認字和組合字、詞或句的過程。學生在面對一篇文章的時候，要先能唸出字音了解字義把字組成語詞、句子才能了解文章的意義，因此，一個尚未能認識足夠字量的學生基本上是無法閱讀的。所以，閱讀教學的重點應放在朗讀、學寫生字以及課文的講解上。但是近年來，新的閱讀研究提供了另一種不同的看法，新的閱讀理論認為，閱讀雖然需要認字，但主要還是一個推理猜測的過程，需要運用一些技巧和策略（洪月女譯，1998）。也就是說，讀者在面對文章時，會運用自己的生活經驗和先備的語言知識去思考、推測，他們會利用上下文的語境做猜測，幫助推斷、記憶生字語詞的意義；他們也會整理句子和段落的意義，從而理解全文。因此，一個能唸許多字卻掌握不到意義的學生，並不是真正的閱讀者。換言之，閱讀的重點是在文章的理解，有效的閱讀並不是精確的知覺、辨認文章中所有的文字，而是了解意義（吳敏而，1994）。

　　再者，閱讀也不是一個被動的理解過程，而是積極主動的建構過程。古德曼教授即指出閱讀其實是一個動態的歷程，閱讀時所獲取的意義是讀者與文章交易時建構出來的，讀者從文章讀懂的意義，取決於讀者帶到文章裡來的意義。因此，影響閱讀能力的因素不單純只是認字的問題而已，只要是能影響意義摘取的因素，都是影響閱讀能力的因素。

三 影響閱讀能力的因素

影響閱讀能力的因素包含語言能力、先備知識、情緒因素、閱讀技能等，以下分別論述。

（一）語言能力

對初學的閱讀者而言，閱讀是讀者利用語言的三種系統——語音、語法、語意來了解書面文字的活動。語音是指有關字音的辨識，口頭語言用聲音的符號來傳達訊息，書面語言以文字來表達思想，形和音都是符號系統。閱讀和聆聽的能力均開始於大腦對可觀察到訊號的感知，在閱讀時，讀者會運用語音系統的知識，以及文字系統和語音系統二者之間關係的知識，來幫助理解字義。語法則是有關句子和句型變換的使用規則，沒有語法規則就無法用語言與人溝通，口語的語法系統提供讀者線索，幫助讀者理解文章的語法結構和意義。語意則包含字詞彙的意義、概念和相關知識，閱讀時必須把意義帶到文章中裡，才能從文章讀取意義。

要言之，閱讀時讀者會以原有的語音、語法、語意知識來幫助了解文章的意義。相關的語言能力越強（也就是說口語能力越強），讀者對意義的掌握會越好。一個熟練的讀者在遇到較難理解的文章時，常會利用其語言經驗把文章轉換成口語形式來猜測其意義。所以語言能力在閱讀理解上扮演相當重要的地位，由於它可運用的資料來自多方面（語音、語法、語意），相當豐富，這些資料可以幫助識字、猜測意義或推測相關的論述。基本上，當這三個系統在我們腦中結合得越密集，越能幫助我們理解文章。

（二）先備知識

　　閱讀能力的強弱和相關的語文知識、經驗的豐富與否有相互的關係。當代的基模理論 (Schema Theory) 有力的說明了人類獲得知識的過程 (Rumelhart, 1984)。基模是人類知識的基本單位，基模的內容除了概念和知識本身外，還包括如何運用這項知識的資料。當進行閱讀時，讀者所持有的基模有助於處理文章中的訊息，讀者把觸發到的基模結合起來，就形成了他對文章意義的理論和假設，如果假設得不到預期的引證，那假設就要加以修改。換句話說，文章中的線索會對讀者引起一種可能的解釋，然後這種解釋為隨後出現的句子所評價，一直到一種合理的解釋被發現為止。所以，理解一篇文章就是發現了合適的基模。

　　閱讀的過程就如古德曼所說的包含了抽讀、猜測、引證、修改等步驟。在這些過程中，讀者對於他所接受到的文章訊息——字詞彙、句型、語意乃至篇章結構、修辭、邏輯關係等資料，都有相應的基模來了解。如果讀者缺乏所需的基模，就會造成誤解或無法閱讀。所以閱讀時讀者所持有的基模不論是內容基模（有關文章內容的知識）或是文章基模（有關文章結構的知識），均足以影響讀者對文章的理解。

（三）情緒因素

　　情緒因素主要指的是興趣和動機，興趣在閱讀中常表現為一種積極的態度，而動機則常是伴隨興趣而來，閱讀的興趣可以直接轉換為閱讀動機，成為激發閱讀的推動力。這兩者對於提高閱讀的注意力，激發閱讀中的聯想與創意，增強理解，具有不可忽視的影響力。一般影響閱讀興趣產生的因素有：1. 外在因素：包含閱讀環境、閱讀要

求、閱讀材料等因素；2. 內在因素：包含讀者的年齡、程度、喜好、專長、需要等因素。在現行的語文教學中，往往忽略了學生的情緒因素，例如：教材內容過度的無趣、制式的教學模式及評量方式，都讓學生提不起學習興趣，甚至視閱讀為畏途。

（四）閱讀技能

　　閱讀活動為達到一定目的必須採取一些特殊的技能。閱讀技能包括各種閱讀方式（朗讀、默讀、精讀、略讀、速讀）、思維技巧（分析、概括、想像、聯想、推理、評價、判斷）和一般的理解策略（如認字的策略——運用上下文猜測、分析字形部件猜音義、利用音義猜字形，理解的策略——利用文章的結構、邏輯關係、關鍵句及先備知識來幫助理解）。這些技能並不等於閱讀能力，但是它對閱讀能力的發展有促進作用，同時它也可以反映閱讀能力發展的水準和個別差異，這些技能的自動化程度越高，越能有效的達成閱讀理解。所謂自動化，就是不須意識也能做到的技巧。通常在某一時間內我們只能專注於一件事，例如：剛開始學習開車時，要一邊操控方向盤一邊踏離合器換檔，就會發生很大的困難，如果還要一邊調整音響就更麻煩了。但是對一個熟練的駕駛人而言，這一切都已自動化了，不須思考就能操作順利。在閱讀時，從眼睛提供視覺刺激給大腦開始，到大腦建構出意義來，其間包含一系列複雜技能的操作，這種自動流程的順利與否對閱讀能力提昇是很重要的。當讀者能很迅速的瀏覽一篇文章時，代表他已具備很好的自動化程度了。

四 教材在閱讀教學中的應用

（一）教材的內涵

根據研究，人類確實擁有學習語言和用語言來學習的能力。口頭語言雖然複雜，但是兒童沉浸在一個需要用語言來生活的環境中，語言的學習卻是那麼的輕鬆。因此，我們可以這樣說，當語言學習的重點不在語言本身，而在我們使用語言的目的時，語言的學習最為容易。同樣的道理，在一個真實自然而又豐富的語文環境中，我們的語文自然能夠學得好。

口語與閱讀學習不同的是，口語學習需要實際運用的學習環境，而閱讀學習則需要各類書面文字資料作為閱讀對象。透過閱讀各類書面文字資料的實作，才能逐步發展閱讀能力，這涉及到閱讀教學中教材使用的問題。

如何善用教材來幫助學生提昇閱讀能力，並不是一件簡單的事。優良的教材應該能利用學生的長處，順著他們的習慣，幫助他們進入文字的世界。長久以來，學校裡的閱讀材料主要是教科書裡的範文，是編輯者依語文教學的特定目標所編寫的。事實上，教材的概念並不等於課堂使用的教科書概念，教材概念要比教科書寬泛得多。大陸學界曾有「語文教育」是「語言文字教育」，或「語言文學教育」亦或是「語言文章學教育」的論辯（曾祥芹，1995），爭論的觀點只在文章意義界定的廣狹上，並未注意到閱讀活動的主體──閱讀本身的目的與意義。從閱讀的社會真實景況來看，閱讀的動機、目的可以是多元的，可能是為了獲得知識；可能是為了解決生活上的困難；也可能是為了消遣。因此，在教學上教材的使用也應是多元的，可以是一本

書、一篇社論、一封書信、甚至一張廣告單。

　　美國全國教育進步評量 (NAEP) 中有關閱讀評量部分，測驗設計的一個向度就是閱讀目的，在此向度下分為文學陶冶而讀、為獲得知識而讀以及為執行工作而讀三大類。而肯塔基州教學績效資訊系統 (KIRIS) 中有關閱讀評量部分參照NAEP，將閱讀目的分為四類型：知識性、文學性、說服性、實用性。知識性閱讀作品取材來自報章雜誌或百科全書；文學性閱讀取材主要來自短篇故事、小說、詩、戲劇和短文，包括古典和現代作品；說服性作品的取材來源包括：演說詞、社論和評論、廣告；實用性閱讀取材來源包括：時刻表、說明書、產品保証書、申請書、消費手冊等。（歐陽教等，1998）

　　由是可知，國外閱讀教學非常重視「生活中的閱讀」，強調閱讀的目的性。因著目的不同，閱讀的材料自然也不同。閱讀除了為獲得資訊與知識外，另一項重要的功能就在應付日常生活所需。所以，為了培養學生閱讀的興趣，除了讓學生能有效的理解內容引發閱讀的樂趣外，也需兼顧到閱讀的實用性。

（二）教材的應用

　　不論是文學性的作品亦或是知識實用性的材料，在評估教材對學生閱讀能力的培養上是否有助益，仍需回到這些教材文章本身的一些基本特徵來思考，這些特徵包含了字詞、句子、文章結構。唯有這樣才能真正扣合教材與教學，達到提昇學生閱讀能力的目標。

1 字詞

　　字詞的困難度不在於筆畫數的多寡或概念的深淺，而是在於它的出現次數（出現次數越少越難認念）和抽象程度（心理學中有所謂的

基層語詞 (basic level term)，這一類語詞的學習對兒童來說，較低一層次的語詞比高一層次的語詞要來得容易多了，例如「桌子」就比「咖啡桌」或「傢俱」容易學習。再者，口頭語言的經驗對學習書面文字是有幫助的。在兒童正式進入書面文字閱讀之前，他們已有相當豐富的口語經驗，具備了大量語詞的音義概念。這些先備的經驗能幫助兒童在閱讀時推測詞義、辨識字形，所以在教材的選用上，對初學閱讀（低年級）的學生，為鼓勵他們自己嘗試閱讀，利用已知的知識經驗練習有效的猜測、揣摩，從而磨練閱讀的技能，教學者應多提供他們兒歌、童詩、故事一類的文章。藉由兒歌、童詩句子短、押韻、取材生活化的特質，幫助學生利用對號入座的方式，經由聽音→認字→識字→寫字→用字的歷程，將字詞的形音結合起來，達到自動化書寫能力的要求。此外，童話故事對於學生字詞的辨識和語詞的理解也是相當有效的教材。故事文字量大、詞語豐富，學生不能像兒歌、童詩一樣用對號入座的方式來理解語詞，但故事本身情境脈絡的線索以及關鍵語詞的重複出現，都有利於學生去辨識、理解語詞。

2 句子

一般教學者對於教材難度的認定往往取決於句子的長度、句子結構的複雜性和字詞難度等因素，但這似乎不是決定性的因素。有時候較複雜的句子比改寫成短而簡略的句子更容易理解，關鍵在推測線索的多寡。讀者在閱讀時必須依靠他們既有的語言文法知識，利用作者所建立起來的語言線索，去決定句子的文法結構，讀者只有建立他自己的文法結構才能夠理解意義。當然，書面語言和口頭語言不盡相同，寫出來的句子和說出來的句子會有不同的結構。由於口頭語言受環境的支配，可透過肢體語言或補充來幫助表達意思，因此，在口頭語言裡，常會省略連接詞、名詞、主語等，但仍能達到溝通的目的。

文章則缺乏這些外在條件的支持，必須加強句子結構的完整，方能達到清楚表達的目的。在教材的使用上，可以選取包含有長短句子的文章，使學生了解文字以表達意義為主，複雜的思想當然需要長一點的句子來說明。

至於在句型的練習上，童詩是可資利用的教材。童詩有長短錯落的句子，句子的結構、形式同質性高，且常重複出現，能幫助學生熟悉句型結構。此外，在兒童讀物中，有一種新的類型：可預測書(Predictable books)。這一類型的書，內容、形式具有高度的可預測性（句型、語詞或內容會重複出現），這也是幫助學生熟悉句型的好教材。

3 文章結構

文章的結構是作者表現思想內容、顯示文章主旨、展現人物風貌的一種主要手段。在閱讀時，透過對文章結構的分析就可以釐清作者的思路，掌握文章的內容，從而提昇讀者的閱讀能力。

文章是由段落構成的，經由句和句的聯繫，段與段的關聯構作成一篇文章。每個句子有它主要表達的意思，每個段也有它的主題，學生需要學習去分析在一個主題內可能包含的豐富意涵，以及各主題間的邏輯關係。因為掌握主題、了解主題的關係是理解能力的主要表現。主題的敘述方式構成文章的結構，不同文體所呈現的內容及表達的方式各具特點，因此在文章結構的安排上也不相同。一般而言，文章的結構可以分為兩大類：一是敘述性 (narrative)的文章結構；一是說明性 (expository) 的文章結構。敘述性的文章結構，常是由首發事件、角色內在的情緒反應、嘗試過程、結果及反應等所構成；說明性的文章結構常以說明對象的性質、特點、功用等為說明內容，呈現的方式可分為，因果關係、比較對照、時間關係、條例式的說明等四種。

　　練習掌握主題可以增進閱讀理解能力，而文章結構總是有規則可循的。因此，常接觸各類文章就可對文章結構產生相應的基模。研究顯示，學齡前的兒童已具有敘述性文章（故事）結構的知識，他們會利用這些架構來處理故事中的訊息。因此，閱讀教材應多提供相關的文章形式如：各類故事、寓言、小說、劇本等，幫助學生在已有的基礎上，增進對敘述性文章結構的掌握。至於說明性的文章學生初期的閱讀經驗較少，但這類文章卻是日後生活中重要資訊的來源，例如介紹各類知識的文章、操作手冊、說明書等。或許說明性的文章本身趣味性不高，較難吸引學生主動閱讀，但若能結合生活情境從實用的功能上來設計教學，必能吸引學生樂於接觸這類型的文章，從而熟悉掌握說明性文章的結構。

五　結語

　　閱讀能力是很複雜的，因此培養學生閱讀理解能力必須以閱讀能力的構成因素為基礎，配合不同的教材加以適當的引導，把教材的訊息和讀者的認知基模連貫起來。一方面著重讀者的興趣；一方面強化技能策略的自動化，才能真正的提昇學生的閱讀能力，使學生成為一個不單具有良好的閱讀技能，而且還能因應不同的閱讀目的及材料，採取適當閱讀策略的真正閱讀者。

2003 年發表於《臺灣地區兒童文學與國小語文教學研討會論文集》

文學要素的教學

一　前言

　　近幾年來隨著社會風氣的開放、兒童圖書譯介、出版的發達，加以在前教育部長曾志朗的推動下，兒童閱讀已蔚為風氣。兒童閱讀不只在家庭、社會開始生根發芽，伴隨著教改風潮及教育典範的轉移，兒童閱讀的觸角也開始向學校伸展。兒童閱讀在學校的發展大概可以分成兩條路線來觀察：其中一條路線是配合教科書的開放（由統編走向審定），兒童讀物逐漸走進教學現場，帶動的是教材多元和教學改變。另一條路線則是由學校積極推動各項相關的閱讀活動或競賽，使閱讀成為校園的重點活動。

　　本論文所關注的重點在：課堂教學隨著教材的多元化，教學也應隨著調整。因此，當兒童讀物已走進教學現場，面對這些不同於傳統教科書的教材，教師的教學重點以及教學方法似應有所調整，否則這一波的兒童閱讀運動在學校發展終將徒勞無功。

　　民國八十九年底，本人在編著《童書演奏》一書時，曾於序文中探討兒童讀物如何進入教學現場（趙鏡中，2000），當時曾點出不利於兒童讀物進入教學現場的三種迷思觀念，也簡要的提出閱讀教學活動可從文學性、生活性與跨學科性三方面來思考設計。時至今日，兒童讀物除了已成為出版市場的新寵外，兒童讀物也順利的進入了校園。但兒童讀物（特別是兒童文學作品）在教學現場的使用，卻似乎

不及民間社會來得紮實與活潑。在教學上，兒童文學作品往往還是侷限在傳統課文教學模式的思考範疇內打轉。因此招致用繪本或故事來教學，只是一種花俏的活動，有趣、好玩但學不到什麼的嘲諷。當然這樣的批評並不見得公允，但多少反映了兩個值得思考的問題：一是教師對語文教學的目標仍相當的混沌不清；另一是兒童文學除了它吸引人的插圖及有趣故事外，在語文教學上它的功能及意義是什麼？如何透過適切的教學，使學生更喜歡閱讀，對作品也能有更深入的理解，其實是兒童文學進入教學現場後，伴隨著教學創新的衝擊，而必須要認真思考的問題。

如何讓兒童文學作品進入教學現場後，不至於變質為另一本教科書的翻版，或是流於妝點門面的擺飾，除了教師要對傳統以字詞教學為主的閱讀工學 (skills technology)的教學理念重新調整外（李連珠譯，1998），對於兒童文學本身的特質的掌握，也是刻不容緩的工作。本人以為兒童文學作為語文教學的教材，具有以下兩層意義與功能：一是藉由對作品的深入探討，使學生領會作品背後所包含的社會、文化及人生的意涵。一是藉由對作品表現形式的掌握，進而發現作者的敘述藝術。而以上這兩項功能與意義，透過文學要素的教學均能有效的達成，因此本論文試圖闡明文學要素教學的親近性與必要性，以澄清兒童文學作品作為教材的實際功效；同時也提供若干類型的教學活動，此乃是獲得上述兩項功能與意義的適當教學途徑。

二　文學要素教學的意義

有人說：文學最重要、最核心的功能在「使看不見的東西被看見」（龍應台，1999）。透過作家的眼、作家的筆，使我們能看見每天生活現實背後更貼近生命本質的真實。舉例來說：中國古書列子裡

　　有這麼一段故事——〈愚公移山〉，故事講的是一座大山擋住了一戶人家的出入，於是老爺子（愚公）決定要把大山給挖走，鄰人有位智叟，就過來勸他不要白忙了。可是老爺子卻很有骨氣的說：只要我們這一家族世世代代挖下去，總有一天可以把山給挖平的。

　　讓我們假想，如果我們就是生活在那個時代、那個村子裡的人，那我們看見的、理解的會是什麼呢？愚公、智叟不過就是那些好管閒事的街坊鄰居，嘮叨個兩句，還是各過各的日子。

　　但是透過作家的眼光，在愚公移山的故事裡，你不僅只看到了愚昧與智巧，你同時也看見了愚公的「愚」和智叟的「智」背後對世俗價值的諷刺，看見了人類為解決生活的困境所做的努力。文學使你看見這些原本你看不見的東西。

　　美國的兒童文學家羅北兒（楊茂秀譯，1996）從這個故事看見另一些「看不見的東西」，所以他寫了另一個移山的故事——《明鑼移山》。故事講的還是移山，但是移山的方法卻不同，主人翁明鑼為了要移山，跑到村子裡去請教聰明老人，老人提供了一些辦法都沒法把山搬走，最後老人教明鑼跳移山的舞——先把左腳放在右腳後面；然後再把右腳放在左腳後面；接著再把左腳放在右腳後面。最後終於藉著移山的舞把山給移走了。在這個故事裡，我們看見了一種自欺欺人的愚昧（或是上智），同時卻又隱約認出自己處事的原型——遇到麻煩的人，先是打他，不行就嚇他，再不行就賄絡他，還是不行那就走為上策。這就是文學所提醒我們的：除了現實的生活世界外，還有另外一個可能更真實的世界存在。

　　文學的教學除了知識外，更重要的就是素養教育。知識使我們得以看見生活的世界，素養才能使我們看見那原本看不見的另一個世界。因此，兒童文學的教學，不是要把作品單純的當成是認知和語文技巧發展的資源，或是知識和文化傳承的傳遞工具，而是希望透過教

學,豐富學生的文學經驗,使學生成為一個有感受力的讀者。為此,文學的教學應該著重個別讀者的文學經驗與回應,鼓勵學生主動的介入閱讀歷程,協助他們發展自我特定的閱讀態度與技巧。

當然,我們也希望學生能夠意識到作品傳達個別經驗的方法,了解作家創作的風格,以及如何組織文字與事件,創造出動人的故事。所以,我們也需要教導學生發展出一套理解文學的語言和概念,如:角色 (character) 意象 (image)、情節 (plot) 主題 (theme)、結構 (structure)、場景 (setting) 等。諾德曼(劉鳳芯譯,2000)認為適當的語言可以讓文學討論得以實現,並培養出對於討論的熱忱。

本論文鎖定文學要素的教學,並非是要獨立、個別的來探討這些要素的教學,而是希望如諾德曼所說的,透過對這些討論文學語言的了解與學習,使學生最終能發展出理解與欣賞文學的策略,願意去感受和談論文學的錯綜複雜性,進而更喜歡閱讀文學。

事實上,角色、情節、場景和主題這些故事構成的要素,是孩子喜歡探討故事的主要部分。在孩子進入課堂學習之前,這些故事的要素早就緊緊抓住了孩子想像力。從孩子們日常的談話、遊戲、甚至行為表現中,很容易看到那些吸引他們的故事中角色、事件、場景的影子。所以幫助孩子較有系統的整理、組織這些他們天生就感興趣的故事要素,對發展他們進一步理解和喜愛文學是非常有效的途徑。因此,故事要素的教學具有以下意義(Tarlow, 1998; McCarthy, 1997):

(一)處理故事的構成要素,不僅能幫助學生發現故事中更豐富的內涵與意義,同時也能提供學生有效的寫作工具或竅門,幫助學生創作自己的故事。

(二)探討故事中的角色、情節、場景和主題,能幫助學生發展他們的閱讀技巧,例如:推測角色的感情;預測故事的事件;比較或對照場景的真實與虛構;以及超越故事要素的創造理解技巧。

（三）增進學生對文學作品的欣賞和喜好，經由深入探討和發掘好作品的基本要素，使學生瞭解這些要素在一個故事中如何發展和建構，因而使故事變得豐富。

（四）增進學生對文學作品的討論和批判能力，藉由對文學要素一些專有名詞的學習和瞭解（例如：角色、情節、場景、衝突、高潮、解放、抒解、意象、對話等），使學生能發展出共通的詞彙，來討論或書寫有關他們所閱讀的作品；也能使學生直接聚焦在故事的某一特定層面，來談論他們的心得。

三　閱讀的心理基礎

閱讀心理學與閱讀教學是息息相關的，如果能了解一般人在理解一篇文章時的心理規則，教師也就能較容易的掌握住閱讀教學重點，知道如何去引導學生分析文章，從而了解文章的結構及文章主題。以下引用認知心理學中的「基模理論」(Schema theory) 及後設認知理論 (metacognition theory) 來說明學習者在閱讀過程中如何獲得理解。

（一）基模理論

基模理論是一種關於人的知識的理論。也就是說，它是關於知識是怎麼被表徵 (representation) 出來的，以及關於這種表徵是如何以其特有的方式進行知識應用（統整及組織新舊知識）的理論 (Rumelhart, 1984)。依照基模理論，基模是人類知識結構的基本單位，人腦中每一個概念都有它的基模。

基模是由許多變量 (variable) 所構成的，基模的內部結構就如同劇本一樣。當我們認為某一種情境是戰爭時，就會把情境中的人物、

事件、對象等，與我們所具備的基模中的各種變量相聯繫。當我們把這些對象與基模中的變量相關聯後，我們就可以決定，在何種程度上我們所看到的情境是和我們稱之為戰爭的基模相一致。所以基模也可以說是一套期望（a set of expectations) 的組合。只要進入的訊息符合那個期望時，則訊息就可以被編入記憶中，基模中的變量就得以具體化 (instantiated)。換言之，基模的核心作用即在於建構對於一個事件、一個客體或一種情況的解釋。因此，基模作用可以用來說明人的理解過程。

此外，基模也可視同一種「理論」，「理論」可用來預測未被觀察到的事件，並確定那些我們所沒有觀察到事件的性質。當一個基模可以提供對於某種情境解釋的時候，我們並不需要觀察這情境的所有面向，這個基模就可以提供許多超出我們觀察之外的東西。例如：如果我們認為看到的是一輛汽車，我們就會想到它有引擎、方向盤，有一切屬於一輛車所該有的部分。

魯墨哈特（Rumelhart, 1977；引自張必隱，1992）提出了基模的六個主要特點：(1)基模具有變量；(2)基模可以被包含於另一個基模中；(3)基模可以在各種抽象的層次表徵我們的知識；(4)基模所表徵的是知識而不是定義；(5)基模的活動是一種主動的過程；(6)基模是一種認知的手段，其目的在於評價對於它所加工材料的適當性。

在進行文章閱讀時，讀者把經由讀物內容所觸發的基模結合起來，就形成了讀者對該文章的理解和假設。就文章理解來說，閱讀過程即是一個不斷對那些可能假設的評價過程。換言之，理解一篇文章就是發現了合適的基模，這些合適的基模對於這篇文章做了適當說明。我們說一個讀者讀懂了某篇文章，就是說讀者已經找到了一種假設（即基模），並且這種假設提供了對於文章各個方面一致的說明。

按照基模理論，一個讀者不能正確的了解文章，至少有以下三種

原因：

　　1.讀者可能並不具有適合於該篇文章的基模，在這種情況下，讀者就不可能了解文章的內容。

　　2.讀者具有適合該文章的基模，但是作者在文章中所提供的線索，不能使這種基模活動起來。在這種情況下，讀者也不可能了解文章的意義，如果我們能夠向讀者提供更多的線索，讀者就有可能了解這篇文章。

　　3.讀者可能發現關於文章的一致解釋，但是這種解釋並非作者的解釋。在這種情況下，讀者可以「了解」文章，但是他錯誤的了解了作者。

　　此外，用基模理論來說明認知過程，其中一個關鍵問題就是推論。安德森（Anderson & Pearson, 1984；引自張必隱，1992）認為在閱讀理解過程中，至少有四種推論的類型：

　　1.選擇何種基模的推論：為了理解一篇文章，讀者必須利用從文章中所得到的線索去選擇適當基模，這就需要進行推論。

　　2.運用已經選擇出的基模，去指導在這一基模中變量的具體化：在已經選擇了一定的基模之後，還需要使這個基模中的各個變量具體化，這也需要進行推論——讀者要決定文章中一個特定的人物或事件，應該滿足何種特殊的變量。

　　3.在已經選擇了某種基模之後，運用「一般設定」(default values)的推論，去使重要的變量具體化：當讀者在文章中發現缺少一些特定的、實質的訊息時候，就需要運用「一般設定」去滿足那些特殊的變量。這在理解過程中是常有的事，因為作者一般都會認為，有相當一部分的知識是他和讀者所共有的，所以通常作者寫作時就會省略這一部分共有的知識。而讀者必須使用推論來填補這一部分的空白，使特殊變量具體化。

4. 缺乏某種知識的推論：在理解過程中最後一種類型的推論，是基於缺乏某種知識而作出的推論，這種推論的進行基本上是在當詢問者（教師）給予讀者（學生）一個工作或要求他們做出這樣的推論時，才會發生，相較於前三者是發生較少的類型。

總結來說，讀者的基模乃是一種結構，它有利於從記憶中有計畫的回憶文章中的信息，同時它也允許重新建構那些忘記了的或是並未學習過的成分。安德森指出基模理論對閱讀與教學可以得到以下啟示：

1. 一個人的先備知識是他能夠理解什麼的主要決定因素，所以如果一個人知道的越少，那他所能理解的也就越少。

2. 一個人所具有的隨意性知識，是使他在閱讀時產生混淆、速度緩慢，以及做出不適合推論的主要原因，因為在閱讀過程中，他無法掌握閱讀材料中事件與事件之間的關係。

3. 不好的讀者不可能在閱讀中進行推論，而這種推論乃是把文章中所給予的訊息，編織成首尾一貫、整體表徵所必須要做的。

因此，在教學過程中，教師應不斷豐富學生的相關知識，不但要使學生了解教科書裡的知識，更需要使學生了解實際生活中的知識。在教學時教師應重視內容各部分之間、各種事件之間、各種概念之間的關係，使學生能夠得到系統化的知識。此外，教師也需要求學生對所學習的材料或內容進行思考與推論，以了解事物之間的內部關聯。

（二）後設認知 (metacognition) 與閱讀

後設認知指的是一個人對他自己思維或學習活動的知識和控制。在後設認知的活動中包含兩個部分，一是對於認知的知識；一是對認知的監控。這兩個部分是緊密關聯的。

所謂「對於認知的知識」，指的是一個人對於他自己的認知能力

以及他與學習情境之間一致性的知識。這種知識是穩定的，且是在比較晚期才發展出來的。例如一般人具有這樣的認知知識：有組織的材料比雜亂無章的材料容易學習；包含有熟悉的語詞、概念的文章比較容易閱讀等。對於兒童來說這種對於自己認知過程的知識，是在比較晚期才發展出來的，但對兒童是否能有效的學習具有重要意義。

至於「認知的監控」，它包括有：檢查問題；計畫下一步的行動；監控行動的有效性；檢驗、修改和評價學習活動的策略等內容。如果一個學習者可以在一定程度上意識到自己的認知過程，能夠監控這種過程，並且能夠有效察覺到在學習過程中出現的問題，那他將有可能採取補救的活動去解決這個問題。

就閱讀而言，為了解意義而閱讀是閱讀的基本目的，而任何的理解企圖都必須包含對於理解的監控。當讀者進行閱讀的時候，他們提出對於文章最合理解釋的假設，並且用可以得到的訊息來檢證這些假設。當獲得更多訊息時，假設還可以被進一步的修正。如果閱讀過程中不能夠發現有根據的假設，那理解就會受到損傷。就正如閱讀能力差的讀者，沒有意識到閱讀必須從文章中獲得意義，他們只是把閱讀當作一種解碼的過程，他們只讀出文章中的詞，而不對文章內容進行積極主動的判斷。

所以，一個有效的閱讀活動，讀者對於他的認知活動必須具有一定的監控。布朗（Brown, 1980；引自張必隱，1992）提出了在閱讀活動中六項主要的後設認知技能，包含有：(1)澄清閱讀目的；(2)識別出文章中重要的訊息；(3)集中注意文章中的主要內容；(4)監控閱讀的活動，並且決定理解是否發生；(5)運用自我提問的方法，去決定閱讀目的是否已經達成；(6)當理解失敗被發現後，採取補救的行動。

以下這些活動將有助於後設認知技能的發展。

1.學習集中注意於主要概念

　　閱讀的時候要集中注意於主要概念，以及辨認出文章中的基本組織特點和其中的關鍵成分。重讀、閱讀時邊讀邊畫重點、做筆記等是常用來協助學生掌握文章重要成分的活動。

2.利用文章中的邏輯結構

　　如果文章是沒有意義的，學生要學習它是極端困難的。如果能夠覺查出文章中的邏輯結構，也就能夠對文章進行更好的學習。

3.閱讀時的自我提問

　　閱讀時自我提問可以鼓勵讀者：(1)確定閱讀目的；(2)辨認並突出閱讀材料中的重點；(3)提出問題，這些問題需要理解了文章，才能給予正確的答案；(4)考慮到對問題的可能回答，這種自我提問的策略，能引導學生積極監控自己的學習活動，並且能使他們採取有策略的行動。

　　綜合以上兩種理論所述，可知閱讀理解的歷程是主動的、建構的，讀者會引出推論，調整概念，也會忽略文章中不重要的訊息。而後設認知在閱讀過程中更扮演重要的角色，經由對理解的監控將可確保閱讀理解的成功，以及閱讀的有效性。

四　文學要素的教學

　　一般文學理論將角色 (character)、情節 (plot)、場景 (setting)、主題 (theme)、觀點 (point of view)、意象 (image)、結構 (structure) 隱喻 (metaphor) 等看作是文學文本的要素或特徵，但諾德曼（劉鳳芯譯，2000）則認為「它們實際上是能力好的讀者所具備回應文本之策略的詮釋體系的重要元素」。換言之，這些要素也是方法，是閱讀文本時

建立一致性的方法、策略。讀者對這些策略的個別和整體的理解，能夠讓讀者發現文本當中的趣味和意義。這也是本論文在論述文學要素時的出發點，以下僅就角色 (character)、情節 (plot)、場景 (setting)、主題 (theme) 這四個要素（或稱之為策略）加以說明。

（一）角色

1 「角色」的意涵

　　對兒童而言角色是進入文學最直接、最可接受的途徑。角色是故事的核心和生命線，直接聯繫到讀者。不論故事情節多令人興奮；場景多麼的奇異；主題多有意義，關心角色發生了什麼事，卻常是真正推動我們深入故事的動力。當故事中的主角使我們憶起所認識的人，或自己的某些特質；或者當主角的願望、弱點、價值觀、以及解決問題的方式和我們的觀點產生共鳴時，我們就會目不轉睛的盯著故事看下去，並且隨著角色同喜同悲。

　　角色同時也是故事中最容易與讀者自身經驗相關的部分，在進行這種方式閱讀時，讀者是假設文學作品反映真實的生命，故事中所提供有關角色的訊息，只算是冰山的一角，但是讀者可以利用對於人們平時行為反應的了解，來進一步推測角色的形象、動機、甚至是結果。諾德曼（劉鳳芯譯，2000）指出，在作品中角色的發展方式有兩類，一是透過文本提供有關角色的充分訊息，使讀者能深入的了解角色。另一類是透過故事中的事件，逐漸改變角色，使角色更複雜。一般來說，作家在塑造角色時，大致會採取以下幾種方式：1. 作者直接聲明角色是怎麼樣的人；2. 作者讓角色自己說話；3. 作者透過角色的想法或感覺，來顯現角色的特性；4. 作者敘述角色的行動；5. 作者藉由其他人的回應來描繪角色。

當我們討論或回顧喜愛的書時，通常在腦海裡首先浮現的是那些令人印象深刻的角色，引起閱讀興趣並使我們持續閱讀的原因，也通常是那些令人讚賞的角色。因此，對學生而言，「角色」是自然且熟悉的文學要素，他們藉著角色開始探索文學。

2「角色」的教學

教學重點

- 從角色的行為來思考如何描述一個角色
- 探索角色的興趣、習性和價值觀
- 探討故事中角色的改變
- 能隨著故事的發展來聯繫、建構對角色的認識
- 能藉由思考角色的行為、感情、想像、喜好和排斥等線索，來找尋角色的人格特質。
- 幫助學生透過視覺化的活動，來理解故事中的角色
- 協助學生填補角色未公開的想法、感情和動機

教學活動

- 做一個角色地圖，收集對角色描述的語詞，建立基本資料。小組合作一張角色情緒海報，介紹角色在不同情況下可能的感受或想法。替角色寫一篇傳記或做一本簡貼簿，內容包含有角色喜愛的各種收藏品、個人嗜好、好朋友的相片、得獎作品等。
- 蒐集故事中作者對主角不同的描寫方式，包含有直接描述、間接描述。比較不同類型故事中的角色（如民間故事、寓言、神話、幻想故事、真實故事等），在造型、思想、行為上的差異。幫助學生透過語言的活動（如：戲劇表演、文字網等）清楚表達他們對角色的直覺理解。在班上組一個小組圖像討論會，這個討論會的成員必須依故事畫出一些圖，用以展示故事

中的事件順序、角色臉部表情，並寫出他們的對話或思考，然後跟全班分享他們所畫的圖。

（二）情節

1「情節」的意涵

探索情節就是探索一個故事裡發生了什麼事情，以及為什麼發生。如果關心角色能幫助學生引發對故事的興趣，那好的情節發展則能持續他們對故事的興趣。因為當我們集中興趣在故事情節的發展時，就會不斷注意接下來會發生的事，注意每一個事件從何發展而來，又將如何與先前已發生的事相關聯。

歸納出最基本的故事結構，對學生掌握情節將有所幫助。一般故事的結構大致如下 (Tarlow, 1998)：

> 故事典型的開始是先介紹主角出場，同時呈現某一事件的萌發狀態。這個事件將導引出某一種結果或是某一個問題需要被解決。
>
> 隨著事件或問題的發展，一些阻礙的插曲開始出現。原本單純的事件可能引發出複雜情況，主角開始逐步去解決他的問題，或是原本的問題演變出新的面貌。

接下來，問題在某些點上得到突破，呈現出解決的曙光。結果是主角解決了他們的問題，或是達成了他們的目標，或者是因另一個事件的發生而改變了故事方向，並帶來一個完滿的結局。

在這樣的故事結構中，情節就是故事中一連串相關事件的發生。在情節的開展與理解上，有一些關鍵的概念是必須被掌握的：

1. 開始：在故事「開始」的時候，能知道誰是主角。

2. 衝突：當「衝突」發生時，能認出主角所面對的困難是什麼。

3. 糾紛：當主角試圖去解決這個衝突時，引起了哪些「糾紛」。

4. 高潮：通常是一個事件，主角必須選擇一種方式去解決衝突，「高潮」是故事中最刺激的事件。

5. 解決：問題獲得「解決」，故事結束。

　　情節可說是文學最基本的要素──它使故事成為故事，研究情節所發展出的技巧和策略，例如：預測、摘要、認識類型、因果關聯等等，是閱讀理解最重要的部分。情節也是文學要素中要求學生處理訊息量最大的一種，幫助學生有系統的組織這些訊息，是探索情節教學重要的部分。

2「情節」的教學

教學重點

- 確認故事的起頭，並注意到事件或問題萌發的線索
- 能了解故事情節通常是一連串的因果關聯
- 能理解作者如何透過問題／解決來發展故事情節
- 能利用圖表表現出故事中，問題與解決的關係
- 能將自己生活中的問題與經驗，和故事情節相關聯來思考
- 能確認故事中事件的順序，並能掌握故事的高潮
- 鼓勵學生經由對角色、場景概念的建構來理解情節
- 能辨認出問題解決的合理性

教學活動

- 做一個情節梯，將故事中的重要事件填寫在階梯上，故事的高潮（也就是最重要的事件）寫在最上一層。
- 利用情節梯中最後的事件，想像故事在這之後會發生什麼事，請學生寫一段新的冒險。

- 設計四格或八格漫畫（包含開始、衝突、嘗試、高潮、解決）來幫助學生更貼近情節的各個層面。
- 以個人經驗來發展故事的情節（如：我經歷過最刺激的事件），可藉由情節梯來幫忙，並以角色、場景來協助故事的開展。
- 利用圖表來分析故事中主角和反對力量之間的衝突。（主角想要……，是什麼阻礙了主角想要的……）
- 透過「我想要做……」，「不，你不可以，因為……」的句型，請學生練習各種可能的衝突，並討論哪一個衝突可以發展成一個好故事。
- 用數學方式呈現故事情節的發展模式：
  事件1＋事件2＋事件3＋重大事件4＝情節
  重大事件4＝重大事件＋重大決定＝高潮
  高潮＝衝突的解決

（三）場景

1「場景」的意涵

　　場景是指故事發生的時間和地點，場景對文學作品中角色思想與行為的影響，就如同真實生活中環境對一個人思想、行為的影響一樣。一個成熟的讀者會從故事裡角色所處的環境脈絡，來評價一個角色。例如：從較簡單的層面來說，如果一個地方的天氣在一天之中有極大的變化，那天氣將影響到角色的生活。從較複雜的層面來說，一個家庭或文化團體的習俗和信仰，將明顯的影響到角色行為和態度。

　　場景的探索可以非常貼近於故事來觀察，也可以向外擴展延伸至廣大的世界。探索可以聚焦在一些特殊、細微的事物上，例如作者如

何去描繪一枝草的葉片，也可以關注在非常廣闊、遙遠的地方和任何過往時代。有些故事如果欠缺場景，幾乎不可能閱讀；有些故事卻好像適合任何的場景；但是多數的作者都會投入相當的心力在場景的營造上，而這些都將在故事中呈現出來，並影響故事的其他部分。

閱讀時可以從不同的方式去關心場景，例如：

- 幫助學生透過故事裡的線索來確認場景。故事是發生於現在或很久以前，是在他們所熟悉的地方或是遙遠的地方，是真實的世界亦或想像的世界。
- 鼓勵學生利用作品中的訊息，幫助他們理解新的世界、時代和新的地方。
- 將孩子們的注意力集中在作者、繪者如何利用語文和視覺意象，來營造故事的時代、場所和心境。
- 請學生利用他們對故事場景的認識，來預測故事中會出現什麼樣的人物、事件或說話的語調。
- 注意在一個故事中，場景改變或不同的場景是如何協助故事的發展。

此外，當學生投入場景探索的活動時，會喚醒他們的感官知覺，並注意到自身環境中的人和情境，以及其間的交錯關係。

2「場景」的教學

教學重點

- 能掌握故事發生的時空背景。
- 比較讀者所生活的真實世界與所閱讀故事中的世界有何不同。
- 藉由關注角色的生活情景，來探索場景設計的合理性。
- 關注故事中場景的變換，對角色、情節的影響。
- 探索作者如何透過自己的經驗、感受，去營造故事的場景。

- 幫助學生了解，作者如何透過文字或圖像，來表現故事的時空背景。
- 了解作者對場景的描述或圖像呈現背後的隱喻。
- 留意故事中所提供的有關人物如何在不熟悉環境中生存的線索
- 了解自己的生活環境。

教學活動

- 提供一個普通的場所（如：市場），請學生想像在哪個地方、不同的時間會看到……，聽到……，摸到……，聞到……，記錄下來，彼此分享。
- 認識自己的生活環境：請學生記錄自己的生活環境中，有哪些特別的場景。
- 比較不同故事發生的時間和地點，想一想還有哪些可能的場景。
- 利用學生熟悉的故事，請學生思考如果我是故事中的主角，我會選擇什麼樣的時空背景來發展故事。
- 拍攝真實生活的場景，並注意照片中的細節，利用照片中的場景，編一個特別的故事。
- 將故事中的場景畫出來，彼此分享。
- 時間穿梭機：假設你能搭乘時間機器穿越時空，你會想去參觀（拜訪）哪一個時代？哪一個地方？想像一下，在那裡你會看到什麼？
- 比喻練習：選擇一個你去過的地方，想一想在那裡你「看到……，它看起來像……」；「聽到了……，它聽起來像……」；「感覺到……，它感覺起來像……」。

（四）主題

1「主題」的意涵

　　主題就是意義，而尋找意義是理解文學作品最具建設性的策略，因為各種思考文本的方式，實際上只不過是了解文本意義的種種不同方式而已。再者，這些意義讓讀者能夠更深刻的了解自己生活。所以，探索故事的主題是參與文學作品最個人化的，也是最有收穫的一種方式。

　　主題是作者透過故事作為媒介，呈現出關於一般人生的某種觀念。探索主題通常是讀者的工作，因為大多數的故事中，作者不會用太多的文字來陳述主題。相反的，讀者必須把故事裡的觀念和事件結合起來，以形成一個有關人生的完整訊息。每一個讀者都是帶著他獨特的背景去理解故事，所以他們會對同一個故事得出完全不同的主題，但都是有根據的、正確的。

　　許多讀者常會搞混主旨 (main idea) 和主題 (theme)，例如：你問某故事的主題是什麼？許多學生會用有關這個故事主旨的一句短語來回答，例如：「把山搬走」、「外星探險」、「好心有好報」等。雖然這樣回答很容易就歸納出故事的主旨，但是他們並沒有碰觸到主題。有些人則認為故事主題應該能輕易的辨認出來，用短短的幾個字，就可以陳述出故事的道德教訓（就像寓言故事）。但是這種簡化表達故事主題的思考，往往使我們忽略了對故事細微之處的關注和感受，同時也陷入一種將所有故事寓言化的危險中。事實上，只有當我們過度強調主題所帶來的教訓時，才會假定所有的故事都是寓言。

　　但是不容否認的，一般兒童故事確實具有豐富而強烈的教訓，例如：古典故事如〈灰姑娘〉、〈醜小鴨〉、〈三隻小豬〉影響每一代的孩子，使他們相信仁慈、勤勞、寬容及其他道德的價值。這些故事所

傳遞的訊息孩童不會遺忘，它們持久的發揮著影響力，可見這樣的主
題是孩子所關心的。民間故事、寓言和其他古典文學是介紹故事主題
要素的理想材料，通常這類故事以一種清楚而簡明的方式呈現一種強
烈訊息。

　　對故事主題可以從下面這些角度進行基本的掌握：

- 故事通常包含有人生中重要的訊息，這些訊息可能是：有關我
  們如何面對或處裡生活中的挑戰，或是有關我們如何去感受、
  行動，使自己變得更好等等，這些訊息就是故事的主題。

- 主題通常是藉由故事中主角發生了什麼事來呈現，有時候我們
  可以經由注意主角學到了什麼，或是他們是如何改變、成長
  的，來發現故事的主題。

- 雖然故事中的主角在很多方面和我們非常不同，但是我們仍可
  將他們的經驗應用到自己生活中，從他們身上學到東西。

- 另一方面，讀者可以將不同的故事拿來做比較，或是將作品內
  容和自己的生活做連結，來獲得對主題的理解。

2 「主題」的教學

教學重點

- 從探索故事中的主角學到了什麼，來確認故事的主題
- 將故事主題與學生的經驗相連結
- 探索如何從角色的行為和抉擇中顯現故事的主題
- 從故事的細節中，揀選出與主題相關的部分
- 比較主題相似的故事，在情節安排上的差異
- 利用同樣主題創作新的故事情節
- 確認故事所傳遞的訊息，能改變人們的思想和行為

教學活動

- 全班合作一棵主題樹，樹幹是故事的主題，每片葉子則寫上故事中的事件，或是主角從故事中學到的東西（可能是一種技能或是一個道理、德行），也可以請學生將自己生活中相似的事件，或從故事中學到的東西寫在樹葉上，貼上去。
- 提供學生一個主題（如：與自然共生，我們學到許多有關世界和自己的知識），請學生想一想哪些故事具有相似的主題，與同學分享。
- 選兩篇主題相近的故事，請學生比較這兩篇故事在情節的發展上有什麼不同。
- 改寫故事，選擇一則故事全班討論有關故事的主題，然後請學生在故事中增加角色，讓故事有更豐富的發展，但是不改變故事原有的主題。
- 蒐集不同故事所呈現的價值或德行，也請學生蒐集他們自己所認同的價值或德行，作一張對照表。
- 配合故事的主題，寫一封信給故事中的主角，說一說你的感想

五　以讀者為本的教學活動

　　以上所提供的多是針對個別文學要素的教學活動，文學教學重要的還是對文學整體的掌握，因此除了這些較個別化的練習外，接下來將介紹一些較著重以讀者為本、以閱讀樂趣為導向的教學活動，使能平衡整體的文學課程。

（一）聊書活動

　　觀念能夠引發觀念，藉著自由分享對故事的不同回應，學生對故事或故事個別要素的一些個人觀點或領悟，將可以得到發展，這就是聊書活動的主要意義。不是教學，也不是設定議題的問答，只是對閱讀提供一個「聊天」的機會。讓學生有機會談論他們所關心的事：可能是生活中相關的經驗，可能是關於插圖的一些看法，或是故事中他們弄不清楚的地方等等。這些「閒聊」看起來似乎沒有什麼價值，但是它至少提供了一個讓學生享受閱讀、與他人分享、建立團體意識、開始更深入思考議題的機會 (Short & Kauffman, 1995)。逐漸的，這樣的團體自然的會從會話 (conversation) 走向對話 (dialogue)，學生開始關心批判和探究。

　　雖然通常會建議讓學生管理他們自己的聊書活動，或建構自己與作品的互動，不需要教師的介入。但是當教師注意到在全然自主的文學討論時，學生常陷入原地打轉的泥沼，或是單向發言引致的不滿，或是草率的結束對話等現象時，也就是教師該適時介入的時機，以便將聊書導回「正軌」。

　　在文學討論或聊書的活動中，帶領人應具有以下的條件 (McCarthy, 1997)：1. 對所討論的故事具有相當的認識；2. 閱讀過類似的故事；3. 對於討論的結果，思考過可以達到最主要的成果或理解；4. 知道如何解說或提問，以促使對話能持續進行；5. 關心參與者內心深層的想法，並鼓勵更多的參與，朝向關鍵的理解邁進。

　　作為一位聊書（討論）的帶領人，必須注意並適當運用一些個人的特質與技巧，例如：1. 帶領人應將個人的情感融入故事中，並願意與他人分享自己與故事互動的經驗；2. 帶領人要知道適可而止，當舞臺搭建好，帶領人就要消失，讓其他的人討論分享，共同建構這舞

臺；3. 帶領人了解當對話陷入泥沼中，或是呈現單向發言時，適時的引入自己的看法或提問，使對話能再度展開，朝預期的方向前進；4. 帶領人了解在討論分享的過程中，當學生提供一些對了解重要觀念的訊息時，適時的做一個歸納註解，將有助於接下去的對話。

　　一位機智的聊書帶領人，他的熱情和聚焦，可以幫助學生對文學作品獲得更多的領悟。此外帶領人所採取的模式，也會幫助學生了解如何對文學要素進行批判和回應。

（二）文學圈

　　文學圈簡單來說就是一種討論團體，也是一種探究團體。這種學習活動是以討論分享的方式，來培養學生合作學習及自主學習的機會。文學圈的活動重點不在於能否精確理解書中內容，或學習如何閱讀；而在於讀者間的合作思考、建構意義。它實踐了在閱讀過程中讀者藉著與文本，以及與其他讀者的互動，來建構個人的意義，亦建構共同意義的學習模式。文學圈的活動不但協助學生獲得意義，同時也增加了對文本與世界的了解，並培養批判理解的能力。

　　文學圈可以採「分享式」或「主題式」兩種方式來進行（林欣怡譯，2001），每一個小組4至5人為一組。有時同一小組的成員會閱讀相同的文學作品，然後就成員對該書的不同詮釋加以討論。由於全組成員都閱讀過相同的書籍，所以能夠針對文學要素所產生的不同理解，進行較深入的討論。當然，討論是否夠深入，主要還是取決於學生在閱讀時，有沒有把焦點放在故事的特定情節或要素上。

　　有時候則可以針對主題，採取主題套書的方式進行，也就是說每個主題所使用的相關圖書都不相同，但都環繞在這個主題上。在每一小組中，學生會閱讀各種不同的書籍，彼此分享看法，並且將

各書本的觀點加以連結。這樣的活動方式目的在提高讀者對互文性 (intertextuality) 的覺知。所謂「互文性」是指藉由與過去所建構的文本關聯，來詮釋另一文本的過程，互文性強調「文本間」的「互動」過程，以及在過去與現在文本中關係的建立。因此互文性能幫助讀者建立新的關聯與創造新的意義，並超越現有的知識，建構自己對世界的了解。

為了協助學生順利進行文學的討論，文學圈模式的原發展者 Short（Short & Harste, 1996，引自林欣怡，2001）提供了一些文學討論的策略，概略介紹如下：

塗鴉版：在桌上放一張大紙，小組成員各就一個角落，把他們關於這本書的想法塗鴉般的寫在（或畫在）紙上，這些雜亂的回應、想法、評論、或聯繫成為分享討論的素材，並試著組織彼此之間的關係。

留最後一句話給我說：每個人從書中選擇三到五個你認為有趣、震撼、混淆、有爭議的句子，寫在紙卡上，然後在背面寫上你選擇的原因。在小組中，由成員先分享他所選出來的段落，大家討論後，再由原提出段落的人分享他選擇的理由。

從描繪到延伸：讀完一本書後，畫出這個故事對你的意義，在小組裡與他人分享，先讓別人說說他們從你的速寫中看到什麼意義，然後才說你自己的看法。

書面對話：用書寫的方式進行對話，兩人共用一張紙和一枝筆，輪流針對一本書進行交談。

故事圖：畫一個圖呈現這個故事，圖中要包含故事的構成要素。

時間線：做一條時間線，用來組織故事中的主要想法、事件、或聯繫其他歷史事件。

（三）文學回應日誌

　　文學回應是讀者和文學作品之間直接的互動，而且是相當個人化的。一個人對某一篇作品所有的喜好、觀點、情感和關聯，通常是和另一個人相當不同的。閱讀時，我們會將個人特殊的經驗、背景和先備的知識，帶到我們所讀的書籍中，所以我們每個人對一篇故事或一首詩都會有獨特不同的文學回應。

　　在文學回應日誌中，學生會和故事以及作者有著個人層面的交互影響。如果學生對教師有相當的信賴，並且覺得在日誌中的書寫是安全的，他們就會寫得越深入。針對學生的記錄給予鼓勵性、支持性的評論，而不是批改或評價，教師需要做的就是創造這樣的日誌寫作環境。

　　文學回應日誌的內容，能夠幫助教師評估和發展學生的閱讀能力和閱讀行為。相似的日誌回應模式，能使你知道誰在閱讀和體驗文學上需要加廣或延伸。

　　至於學生針對故事或書籍所寫的回應日誌，可以有不同的樣式與種類。下面列出一些項目可作為學生回應的主要內容，教師可以參考這些項目，經由與學生討論後加以增刪，然後張貼在教室中，作為提醒學生記錄日誌時的參考。

　　文學回應可書寫的項目：

- 認同故事誘發出的情感
- 認同故事中所傳遞的重要訊息
- 重說故事或為故事做摘要
- 將個人經驗和故事做連結
- 連結其他的書或是作者
- 陳述自己的意見或偏好，並且提供論據

- 對作者想法的詮釋
- 分析場景、情節、角色或主題等的特色
- 分析文學的風格
- 確認故事的主題，或將故事主題擴展到較大的世界
- 進行預測或假設
- 問一些自己關心的問題

日誌也應算是教室中讀寫活動的一部分。透過文學回應日誌能整合語言學習和文學，並連結獨立閱讀和寫作、文學討論和技巧練習等課程。

課堂中實施文學日誌的活動，可由讀文學作品給學生聽開始，選擇作品時應考慮這些作品易於做有力的回應。教師在選擇文學作品時可以參考的祕訣包括 (Bromley, 1993)：

1. 選擇你喜歡且知道的書。對一本你所喜歡書的熱情會顯現且蔓延開來，你的學生可能會抓緊你的熱情且會隨著遷移，這些都會在日誌中呈現。

2. 選擇能增強和增加單元內容或學習領域深度書。你可以在他們聽課時為他們製造連結，並邀請他們將這些連結寫在日誌中。

3. 請學生提供選書的意見。當你使用他們喜愛的作者或作品時，你已將學生置身在所讀的故事和所寫的日誌記錄中了。

4. 選擇書中主角和你的學生差不多年紀的書籍。如果書中角色和你學生的年紀差不多，或他們的背景、面對的情境相似，就算學生無法自己閱讀，但學生仍能了解並喜愛這樣的小說或故事。

5. 所有年齡層的學生都可以和他們分享圖畫書。「大聲朗讀」是值得做的，且能滿足所有年齡層的經驗。處理較複雜主旨或主題的圖畫書，受到年紀大也受到年紀小的讀者歡迎。事實上，許多圖畫書包含困難的生字和概念，透過口語閱讀，能同時分享給不同年齡的聽眾。

六　結語

　　文學要素的教學，目的不在於教會孩子有關於角色、情節、場景等的相關知識或敘寫技巧，而是希望透過從這些角度的探討，引發或提昇孩子閱讀文學的樂趣。因此，在教學上不會太在意文字解碼的歷程，也不擔心讀得是否完全正確。而是把閱讀文學當成是問題的來源，讓我們繼續思考而非讓我們接受解答，並且珍視因理解上的不同，所形成腦力激盪的討論。

　　在方法上鼓勵更豐富、更細緻的回應，並且就著學生正在建立的口味和興趣去討論，可以將學生的回應作為師生進行文學討論的核心，鼓勵他們看到自己的回應，以及文本與他們自身經驗的關聯性。

　　當兒童讀物走進了教學現場，下一步就看它如何在課堂裡生根發芽了。

2004年發表於《語文和文學教學——從理論到實踐》。

文學裡的文化和空隙

　　聽完老師們的報告，我做了一個整理，現在把這些想法跟老師分享。我想大家都看到了一個現象，就是以往我們的教學比較強調老師怎麼教，這次研討會裡面我們看到整個大方向在調整。我想兩岸三地，這個方向都一樣，我們開始重視學生怎麼學。我覺得這是在教育上，回歸到比較本質的層面來思考，畢竟學習者才是主體。所謂「教學」就是我們怎樣幫助學生學到東西，這次我看到兩岸三地的教師們都能做到這個方向。

　　另外提供一些建議，給大家參考。在教師教學的過程裡，我覺得在臺灣現在有比較大的問題，就是對於傳統中國文化的接觸機會逐漸減少。這其中可能包含一些政治因素，今天我們不談。另外一個因素，可能是對於西方事物的接觸比較容易的緣故。現代是一個資訊的時代，我想香港、大陸內地的孩子都是一樣的，通過網絡，通過出版，他們會接觸更多外來事物。我記得鄭教授談過到底是先學文學，再學語文，還是先學語文再學文學。我認為這兩者應該是一起的，學習語文，同時也用語文來學習，所以會受到閱讀資訊、材料的影響。

　　再討論另一個問題，到底什麼是兒童文學？這個兒童是指誰？是不是有一個特定的對象？我看到大陸新的課程綱要，所規定的東西好像都蠻深的。之前，我閱讀到教育學院所提供的教師設計的一些教案，以及剛才老師介紹的六年級新詩教學，大家都覺得學生可以做到，可以理解。可是我會有點擔心，好像作品跟讀者之間的距離遠了

點。文學作品跟讀者間固然有空隙，閱讀文學的樂趣就是可以填補這個空隙，但如果這個空隙太大，變成了老師必須教很多，學生才能懂，可能會影響學生閱讀的興趣，這是我的一個粗淺的看法。在臺灣，像范姜老師，她用的詩很多，有相當一部分是外國的詩。我在讀東西方詩時，真的有這樣一個感覺，就是西方選給孩子看的詩，他們的視野真的是比較接近孩子的眼光，比較不沉重。

臺灣的孩子對傳統文化的接觸是越來越少，令我感到憂心。但是另外一方面，看到香港、大陸的孩子接觸傳統文化很多，相較起來，接觸西方的東西好像又少了一點，我想我們兩邊可以有一些平衡。

另外一方面，也是由這個問題引申而來的，剛才陳老師做了個調查，就是學生覺得寫詩比寫散文困難，我覺得這跟剛才提到的看法有些相關性。其實，我們說孩子是天生的詩人，按理說，如果沒有那麼多寫詩的格式，寫詩應該比寫散文容易，因為有感覺的時候就能寫，語言文字本來就是幫助我們表達。寫詩可以突破很多的限制，散文第一句跟第二句如果不能連在一起的時候，就會覺得文章不通順，要表達的意思不清楚。可是，詩本來就可以跳躍，所以我比較好奇為什麼孩子覺得寫詩比寫散文難。其中的原因可能就是以往的教學把詩給教難了，把詩抬得太高，好像只有少數人能做。如果說孩子是天生的詩人，我不希望經過教育之後，他變成一個只能欣賞詩，而不能創作詩的人，這是蠻可惜的。該如何把孩子的詩人性格保存下來？關鍵就在他學習語言時，敢於大膽的操弄這個語言，玩語詞、玩句型，玩創意，假如教師能給孩子這方面的啟發，孩子對於寫詩就不會覺得那麼困難。

教學活動的部分我們看到了老師非常花精神去思考如何以學生為本，如何以活動帶孩子，而不是教師一直在教。剛才范姜老師所介紹的活動，有一些教學的活動及策略，事實上小學高年級甚至中學也是

可以用的。只是在小學低年級，我們多用具體的圖像來帶領，例如她
教學生畫論據、意見的椅子，或者是做對照表。這些概念對高年級的
學生，甚至國中的學生來講也是一樣需要的。

這篇文章是趙鏡中先生2004年接受香港教育學院「課堂教學過程的取向與策
略：語文和文學」研究計畫的邀請，在「文學教學及語文教學」工作坊上就
文學教學的看法發表的講話，發表於《語文和文學教學——從理論到實踐》。

語文學習領域的探究與省思

一 譬喻

「教育改革像月亮，初一十五不一樣。」這是一個譬喻，反映出教師面對教育改革時的心情與思考，簡明而傳神。

譬喻是一種說明的方式，是藉由其他的字句來描述某件事情，在使用譬喻時，我們運用了意涵及類比的力量，經由意涵及類比喚起我們對某事件的感受。所以譬喻可以說是一個人的感覺、價值觀、需求和信念的結合物。

語文教學的創新與改變已經談了多少年，但是教師對語文「教」與「學」的思考仍陷入一團混沌。如今面對九年一貫課程，強調以能力為中心的教學，教師們又當如何去建構自己的教學觀。誠如上述月亮的譬喻，教育勢將隨社會、政治、環境、思潮的更替而不斷的改革，但變中總有不變的部分。語文學習中不變的部分又是什麼呢？說是不容易說清楚的，還是借用一個故事做譬喻來點撥一下：

> 在〈花園〉這則故事中，蟾蜍很羨慕青蛙有一座花園，於是青蛙送給了他一包種子，心急的蟾蜍立刻將青蛙送給他的種子埋進土裡，他不只對種子喊叫，還擔心種子怕黑，點了蠟燭在一旁唸故事給種子聽，不只如此，在之後的三天，他唱歌，唸詩以及演奏音樂給種子聽，累壞的他不知不覺睡著了。青蛙發現種子幼嫩的芽從土裡冒出來，立刻把蟾蜍叫醒，他們很開心，

這裡將有一座美麗的花園。

我以種花、經營一個花園來譬喻學習和教學。請各位教師先思考一下這個譬喻，你對它有什麼感覺？你是否也有類似的譬喻可以用來說明自己的教學觀或信念？你可以從過去的教學以及做學生的經驗中蒐集這一類的譬喻，這對澄清自己教學的價值觀和信念會有幫助的。

二 語文學習領域的挑戰

教育改革的過程中，最讓教師感覺不習慣、且難以適應的就是一些形式上的變革。但吊詭的是：這一部分卻又是學校、教師最容易呈現出改革績效的部分。至於教改的核心問題：教育理念的更新、落實，以及教師心智習性的調整等，則往往積習難改、曠日費時而難有成效。話雖如此，但形式的改變仍應有其象徵的意義（當然，也可能有實質的意義），教師還是需要了解以便因應。

九年一貫課程改革的目的在配合世界趨勢，為國家培養二十一世紀所需的公民，而新世紀公民所應具備的基本能力明顯的與二十世紀有所不同，是故學校教育的內涵與形式勢必將有所調整。就形式而言，原本的學科教學過度強調分化，缺乏統整，不足以應付新世紀日趨複雜的生活景況。因此，將學科教學改換成領域的學習，以培養學生整體思考的能力。

另一方面，隨著資訊科技的發展，知識訊息的傳播無遠弗屆，知識的取得不再是問題，國際間競爭的將是知識的創新與管理。換言之，未來社會重視的是活學活用的能力。因此，學校教育的內涵將順此趨勢重視學生能力的培養。

因此就形式與內涵觀之，九年一貫新課程在語文領域相較於舊的

課程標準做了以下調整：

（一）教學時數的減少

新的課程綱要將語文領域區分為本國語文、鄉土語文以及第二外語三部分（本文僅就本國語文部分加以說明）。

由於整體授課時數減少，本國語文授課時數相較於舊的課程時數明顯減少，雖然說授課時數不必然代表學習效果的良窳，但畢竟豐富而大量的讀寫對語文學習是有幫助的。因此，面對時數的減少教師必須發揮「留白的藝術」。所謂「留白的藝術」即是以教師的專業知能，配合課程綱要中的基本能力及學生條件，整理出各學習年段學生學習的重點，建構出學校及自我的語教課程特色。簡言之，即是教重點而不是教課本。由是觀之，傳統以教教材為主的語文教學模式，已無法應付現今教學環境的改變，教師必須更具專業性與自主性，而不只是課程發展負責下游執行的教書匠。

（二）以能力為導向的教學

跨入二十一世紀，我們的社會正經歷一場廣泛而深刻的變革，那就是伴隨著微電子、電腦、電信、生物科技等新興科技的彼此結合，以及相關基礎科學的突飛猛進，所造就出的一個以知識為基石的社會。知識社會的來臨迫使我們必須重新去思考：如何定義知識、如何看待知識、如何管理知識，更重要的是如何有效的學習與創新知識。

知識社會中，兩個主要的樞紐能力——學習與創新，都需要從教育的根本著手改變。傳統的教育方式是以專家歸納的所謂有效學習模式，來進行課程設計與教學，以提高孩子的成功率。後工業時代教育的目標則完全不同，隨著科技的發展，所造成的知識快速傳遞、知識

加速累積等現象的愈來愈明顯，無可避免的對教育也產生了強烈的衝擊，組織與創新成為後工業時代社會與教育所注重的能力。

聯合國教科文組織在《Learning: The Treasure Within》一書中提出未來教育的四大支柱：學會認知、學會做事、學會共同生活、學會生存（聯合國教科文組織，1996）。這四大教育支柱可說是對未來教育的內涵和目標的重要指標。

知識社會的來臨，對語文教育的衝擊可從以下幾個方面觀察到。

1. 由於傳訊科技的發達，造成口語交談重於書面溝通。

2. 強調功能性（實用性）的讀寫，不耐長篇大論。

3. 隨視訊呈現形式的改變，網狀閱讀取代線性閱讀（如：視窗）。

4. 強調語文的創發性（如：新詞彙的產生）。

5. 重視資訊取得與組織的能力。

這些現象有些已具體而微的浮現在社會裡或教室中，不斷的挑戰傳統的語文教學理念。例如：電腦輸入法 vs 筆順筆劃教學，多媒體教學 vs 單篇課文教學，新語彙的創發 vs 標準語詞。

三　對語文教學的探究與省思

總括來說，新世紀語文教學的取向應是以培養語文能力為中心的教與學。語文能力不只是知識與技能，而是在知識學習和技能培養的基礎上，進一步概括化、系統化，發展智力所形成的能力。（施仲謀，1996）。因此，教師必須重新思考什麼樣的條件（環境、教學方式等）才適合這樣的語文能力發展？

（一）對語文教學的省思

當九年一貫課程綱要將學科教學改變為領域學習時，事實上已標誌著未來的課程設計將更具統整性、更貼近生活、更以學習者為中心。

因此，在思考「什麼情況下語文學習比較容易？」這個議題時，教師可以更經驗性的去觀察和反省，找出對學生最有利的學習方式，而不必一昧以專家規劃的學科知識為主。以下提示一些觀點供教師參考，或許在這樣的條件背景下，語文學習有可能變得有趣而容易：

• 當語文學習與學習者生活經驗相關的時候，語文學習會較容易。（真實、完整的語文）

• 當語文學習的內容具有生活和學習上的意義時，語文學習會較容易。（有意義的學習）

• 學習語文同時也透過語文學習到其他的新事物，語文學習的內容會較豐富而有趣。（統整學習）

• 尊重學習者個別的差異，將學習視為一種嘗試錯誤的過程，孩子對語文學習會較有信心。（無所謂準備度、失敗的問題）

• 語文學習有真實的作用。（社會互動）

基於以上的觀點，教師進行語文課程教學規劃的時候，可以從下面這幾個角度多加思考：

• 提供大量讀寫的機會（雖然強調大量讀寫、創造讀寫環境，但仍需重視閱讀的樂趣以及有意義的書寫，才能真正引發學生學習的興趣。）

• 多目的、多功能的讀寫教學（結合生活中不同目的、不同形式的閱讀與書寫活動，培養學生實用的技能。）

• 思維與討論（重視學生思維能力的發展，透過對話、溝通，協助

學生建構自我的意義與價值觀。）

- 方法與策略的學習（針對不同目的、不同形式的閱讀與書寫活動，發展學生的解題能力，以及利用語文解決生活問題的能力。）

（二）教學實施 —— 以語文能力為中心的教學

以下將就目前學校教學現況，提供兩種語文教學的可能模式，供教師考參：

教材教學 —— 以課本為主軸（ 可增減內容 ），思考教學內容與策略。每篇文章有不同的教學重點。

統整教學 —— 以主題（ 含概念、議題等 ）為主，在主題探究過程中提示學習策略及語文知識、技能。

第一種模式仍是以教材教學為主，但教師有權因應不同的教學目標與需要彈性調整。

教材是教學實施的重要媒介，教學是在教材、教師、學生這三個互動因素的構成中遂行的教育活動，在這個活動中，教師、學生是互為主客的兩造，教材則是實現教與學的重要工具。就教師的角度而言，教師對教材的態度是「教『教材』」？還是「用『教材』教」？兩種不同的教學觀，教師在課程的設計安排就會不同。就學生而言，學習雖然是受導作用與自主性學習並存的過程，但同樣存在著是「學教材」？還是「用教材來學習」？兩種不同的學習觀。

所謂「教『教材』」（或「學『教材』」）是把教材自身當成了學習的目的，所以對教材必須精熟，它假設所有應學習的知識、技能都已包含在教材中，教師的責任是將教材裡的知識傳授給學生，學生則以把教材讀通、讀熟為職責。

　　反之，「用『教材』教」（或「用『教材』學」），教材本身只是學習的課題或媒介物，提示教師應當教授的項目、要點，而學生則透過教材的學習獲得一定的知識、技能，以及學習的手段與方法。

　　兩相比較，「用『教材』教（學）」似乎更妥切的表現了在教學過程中教材的性格與功能，而這也更符合了新課程的精神。事實上，教材本身一定有它的侷限性（例如：課文的內容、深淺是否適合全國各地的學童？課程的編排理念是否能符應全國學童的發展與教師的教學理念？教材編製受限於成本的考量是否能滿足師生的需求？等等）。因此教師在選用教材時，必須考量教材編輯的教學理念是否與自己相符，在教學實施時更應清楚設定教學的目標與策略（一般審定的教科用書雖附有教學指引供教師參考，但教師仍需依自身班級情況斟酌調整），適時的調整與補充。而不應像以往，以教教材為主，每課均進行同樣的教學內容與流程。切記，學生需要的是大量而豐富的讀寫環境，以及有意義和有策略的學習。

　　第二種模式則是跳出教材的拘限，以學生有興趣的主題或學生當發展的能力為主軸，設計統整的教學活動。

　　理想的統整教學設計，首先應思考學生學習的內、外在條件，再進行活動的設計。所考慮因素包含：(1)學生的先備經驗、知識；(2)教師在此課程中想帶領學生學習的知識、技能、策略；(3)學生想學的內容是什麼。

　　此外，統整教學非常重視功能性的學習，所謂的功能性指的是語文在個人與社會中所產生的互動、溝通等實際作用或目的。換句話說，語文的學習活動應是搭配著溝通、理解、娛樂、解決問題等真實的目的而進行的。所以在這樣的統整教學活動中，自然會出現諸如：文學特質的討論、閱讀形式與閱讀理解的練習、語文與生活的聯繫、讀寫結合的操作等活動。在這樣的活動中內容（各種知識內容）與形

式（語文的形式）是並重的，語文學習是透過真實而有意義的活動來完成的，而透過語文也使各學科內容更豐富。

當然，要求這樣的課程設計，對現行教師在工作內容過度繁雜的情況下，可算是一種高難度的挑戰，但這總是一個理想方向，值得追求。而在實施上，教師可以結合教材教學，以現有教材做適度的擴編或延伸來達到統整教學的目的。另方面，也可將教材教學與統整教學搭配實施，一個學期內除教材教學外，可進行一至二個主題統整的教學。

四　建構語文「教與學」的新關係

還記得一開始所提到的那個故事譬喻嗎？在這個譬喻裡，教師就好像一位盡職而又心焦的園丁，恨不得種子一天就長大，雖然沒有揠苗助長的去傷害幼苗，但宵衣旰食卻也傷了自己。青蛙在此說得好：「讓陽光照著他們，讓雨水淋著他們，不久你的種子就會長大了。」學習（或成長）確實是無法一蹴可及的，它需要一點時間（沒有進度的壓力）與空間（多一些可能的方式）；需要一點引導（搭一個攀爬的鷹架）與等待（從錯誤中成長），最後終會有所收成的。

語文學習何嘗不是如此，隨著新思維的發展、新時代的挑戰，教師確實有必要重新去思考，語文課程中「教與學」的新關係，以便構作出更適合兒童學習的環境。

本文完成於2005年，未發表。

兒童文學教學的變奏與協奏

一 前言

「三年坡」是一個韓國的民間故事，當一群小二學生，閱讀到故事中聰明的小孩建議老人到山坡上多摔幾跤，就能長命百歲時，小朋友開始七嘴八舌的討論起來：

「為什麼是摔一跤活三年；摔二跤活六年，越摔活的越久？」

「故事裡是這樣說的啊！」

「是那小孩說的！為什麼不是摔一跤活三年；摔二跤就只能活一年半，越摔活的越短？」

「對啊！那該怎麼辦呢？」教室裡一時間吵雜了起來。

突然有個孩子大聲說：「啊！我知道了，我會在第三年的最後一天才去三年坡摔跤，如果是越摔活得越久，那我就可以長命百歲了。如果是越摔活得越短，那也沒關係，反正只少活一天而已！」

三年坡這個故事反映的是：如何去面對生活中一些不知來由的禁忌？故事透過一個小孩的機巧，解除了這條禁忌的魔咒。但是當學生一起閱讀這個故事時，卻引發了對故事合理性的探討。學生們以純真、開放、不受拘限的心靈，對故事進行了一次顛覆式的思考。

這樣的討論對話，有助於學生語言和思維的發展，但是這樣的討

論要發生在學校語文教學課堂的機會，卻是相當的少。因為學校的語文課程裡使用的是教科書，教科書所編寫的課文不同於兒童文學作品，這些課文是為了特定的語文教學目的所設計的，通常內容較為貧乏，說理明白，又不具故事性，因此學生閱讀及討論的意願不高。反倒是充斥坊間的各類圖畫書、故事書、小說，深受學生的喜愛，成為學生課外閱讀的主流。

但是，另一方面，兒童文學作為課外閱讀材料，一般教師大多是要求學生讀完後，做些佳句摘錄，心得感想的功課，就算完成，似乎與語文學習搭不上任何關係，頂多當成評量考核的一項工具。事實上，兒童文學在語文教學上可以發揮的功能非常大，對學生心智的學習成長，也扮演非常重要的角色。

雖然隨著閱讀運動的推展，以及教師自編教材的開放，圖畫書、故事、小說、童詩集這些兒童文學作品逐漸進入到教室課堂中，但是兒童文學作品在進入教學現場時，面對了哪些挑戰？教師、學生是如何看待這些作品？教學上又是如何使用這些作品？這些都是值得探討的問題。這些問題的探討所觸動的不只是學生一學期要讀幾本兒童文學作品，圖書館如何推廣閱讀活動等表象問題而已，它所應探究的該是更深層關於語文課程的理念，教材使用的方式，乃至於教學活動的設計等問題。因此，本論文即以「兒童文學如何進入語文教學現場」為主要論述焦點。

本文想要探討與論述的重點有三部分：

第一、對兒童文學進入教學現場的困境加以檢視。

第二、提出兒童文學作品與課文的差異點，並說明為什麼兒童文學可以作為語文教學的主要教材。

第三、提出兒童文學在語文教學上的理想做法。

二　發現協奏與變奏

　　如果把兒童文學作品當作是一首首樂章，當它進入課堂教學時，就彷彿是一場音樂發表會，課堂就是演奏廳，教師、學生都是演出者。教師好比是樂團的指揮，他可以和學生協奏出優美的文學樂章，也可以脫離主旋律，演出一場文學變奏曲。

協奏

　　當《哈利波特》的旋風吹襲臺灣的時候，雙峰國小的范姜老師，帶領五年乙班的學生以《哈利波特》這本暢銷小說所進行了一次小說教學的課程。在進行完一系列的讀寫活動，最後老師要學生寫下自己在整個活動中以及製作《哈利波特續集》的感受時，班上一位學生在自己創作的小書序言中這樣寫著：

> 這是一本花了五個小時做出來的書，裡面有各式各樣的學習單和哈利波特的續集，這是一本好書，希望你會喜歡！（因為我已經盡全力了）
> 在《哈利波特》中我找到了許多東西，分別是愉快、歡樂和一些不同的快樂，這種快樂讓我在看《哈利波特》就算落後九個單元的情況下，依然感覺不到任何沮喪與哀傷，這也許是我的錯覺，但這種快樂慢慢輕輕的拉我進魔法學校。

變奏一

　　有一次筆者到實驗學校進行課堂觀察，下課的時候，幾個學生圍

著我，悄悄的對我說：

> 「教授，拜託你下次編課本的時候，不要挑那麼長的文章當課
> 文好不好！」學生誇張的把兩臂張開，比劃著。
>
> 「雖然那些故事很好看、很有趣，可是每次老師在圈寫生字新
> 詞的時候，嚇死人的多喔！」
>
> 另一個同學說：「還有，上個星期讀侯文詠的小說〈單車
> 記〉，真的很有趣。可是後來老師要我們寫段落大意，天哪！
> 教授你知道嗎？總共有32段耶！快寫死人了，而且寫完也不
> 知道在說些什麼。拜託教授，下次課文短一點比較好。」
>
> 「嘶～！」我倒抽一口冷氣，「小說要寫段落大意——？？？」

　　小說要怎麼教？這個問題對於大多數臺灣的小學教師（可能包含中學教師）而言，可能是從來沒有想過的問題，也可能是不需要想的問題，因為在小學（或中學）的教科書裡很少出現小說這類的文章。所以當國語實驗教材中放入了一篇完整的小說時，出現上述這種透過段落大意來歸納出篇章大意的教學現象，也就不足為奇了。

　　現行的語文教學課堂中，教科書中的課文是學生學習語文的主要（甚至是唯一）材料，教師認為課文的學習必須透過教師的帶領，學生才能學到東西。所以，每一篇課文都需要精讀，一字一句慢慢的教過去。配合這樣的教學理念及教科書的使用，也發展出一套固定的教學模式和流程，即所謂的國語科混合教學模式。但是從上述的現象中，可以發現閱讀的興趣對學生主動學習的影響；也發現貼近學生生活經驗的兒童文學作品，對學生的吸引力是無與倫比的。所以傳統的語文教學不論是在教材內容的選擇上，或是教學的方法上都面臨重新調整的要求。

　　這幾年在臺灣，隨著教改風潮的興起，以及兒童出版的蓬勃發

展，再加上國教研習會（現已改制為國家教育研究院）課程研發的推動，兒童文學在語文教學現場的使用，益趨普遍。此固然是一個可喜的現象，但另一方面，由於教師受限於傳統語文教學的觀念和做法，雖然在教材上開放了，但教學上仍是固守著舊有的思維，因此就會出現上述怪異的教學現象。

深究這些現象之所以產生的原因，必須適度釐清兒童文學在語文教學上的功能、目標，以及重新思考兒童文學的教學方法。兒童文學的教學目標，筆者以為可以歸結為兩大要項：

（一）文學的對話（溝通、互動與回應），這包含：讀者與文本；讀者與作者；讀者與讀者之間的對話，這是一種文本交流的對話，也是一種心靈的對話。這兩種對話構成了閱讀上的互文性，建立起有關該文本的關係網絡。

（二）發展理解與欣賞的策略，學習文學對話的技巧，協助學生發展一套理解閱讀經驗的語言以及一套對文學詮釋的體系。

至於兒童文學的教學方法，則應採取全語言和讀者回應理論的觀點，來設計教學活動，重視閱讀的歷程而非閱讀的結果所得到的訊息，注意個人感受和理解的差異。

三　兒童文學進入教學現場的困境

兒童文學要進入現行的語文教學現場所面臨的困境可從兩方面來說明：第一個層面是關於教科書的限制，這主要關涉到教科書編輯與設計的理念問題。第二個層面則是關於語文教學上的限制，這主要關涉到教師的教學理念及如何使用教材的問題。

首先探討關於教科書編製的若干限制。在探討之前先來看一個教科書的編輯實例：

變奏二

在編輯五年級的國語實驗教材時，編輯委員針對〈花一把〉這首詩進行討論。

> 花一把
>
> 花一朵好看
>
> 花一山好看
>
> 花一盆還好
>
> 花一把
>
> 就笨了
>
> 除非你拿它去送人
>
> 經過討論後，大家都覺得這首詩可以放進教材中。但是過了一會兒，突然有位委員說：可能要再考慮一下，因為這首詩沒有生字，那老師要教什麼？

從這則案例中可以看出，以傳統語文教學觀念套用在文學上所出現的迷思。當成人假設兒童在閱讀作品時會如何反應，因而判斷兒童應不應該、適不適合、喜不喜歡某一篇作品時，其實是冒了一個很大的風險，因為這樣的假設常常出錯，因為通常這樣的假設所考慮的往往是一篇文章的文字難易、內容意象的真實與虛構等，以此作為判準，其實背後所隱含的觀念仍是閱讀就是認字識詞，語文教學的責任就是擴充孩子的字詞彙量。但是有時候難字新詞並不會妨礙讀者的閱讀，及對作品的喜好。更積極的說，如果不需要完全理解作品中的字詞彙就能體會作品的樂趣，那為什麼不讓孩子快樂的去讀呢！而非要將閱讀變成枯燥的語文學習工具，限制閱讀的方式與目的。

長久以來國內外對於語文教學就有兩種不同的理念取向：一是全

語言取向，是以意義為導向的語文教學觀。認為編序化的技巧練習，和教科書所呈現的語言形式是不科學化的，剝奪了學生建設性閱讀和書寫的機會（李連珠，2000）。在語言的讀寫教學上強調應採取整體的做法，而非將特定的技能逐一教給學生。由於對意義的關注，使得他們對只重視解碼技能，而不關心學生的興趣提出強烈的質疑，進而主張以真實、有意義的文本作為學生學習的材料，特別是兒童文學作品。

　　另一是技能取向的語文教學觀，強調語文學習的過程是由細節發展至整體的機制，語文教學就是幫助學生分步練習，逐一精熟一些各自獨立的技能 (discrete skills)。最能配合此種技能取向的教材稱之為「基礎讀本」(basal reader)，這些教材是循著一個漸進式的技能發展模式設計的，以確保學生能循序漸進的習得特定的讀寫技能（王瓊珠）。依照這樣的理念所編輯出來的教科書，其中的作品（或稱課文）往往是在一定的限制框架下重新撰寫出來的。以下面這篇課文為例：

> 今天
>
> 　　今天是不上學的日子，我起來的時候不早了，爸爸媽媽都起來了。媽媽把屋子院子打掃得乾乾淨淨，爸爸到院子裡去澆花，太陽在天上高高的照著，我們的家看起來好乾淨、好美麗、好溫暖。
>
> 　　爸爸說：「我們今天出去玩玩」。我問爸爸到哪兒去玩，媽媽說：「到我媽媽家去玩好不好？我有很多日子沒看見老人家了。」我們都說好好好，小狗跑來跑去，小貓跳來跳去，都很高興要跟我們一起去。
>
> 　　我說：「不過媽媽的老家很遠。」爸爸說：「路遠不要怕，

我們快快的，馬上就到了。」

媽媽的老家院子好大，綠的樹、紅的花，樹上有小鳥飛來，屋子裡有小白兔，窗口放著一把米，一小杯水，都是給小鳥吃的喝的。

我們要回家了，外婆說：「今天玩了一天，明天要早起到學校，好好讀書寫字。」

我們過了美好的一天，下回我還要再來。

這篇文章不論是從敘寫的技巧，或是遣詞用字的能力來看，都不能算是一篇好文章，甚至會以為這是某個小朋友的試寫文章，但其實這是兒童文學名家林海音先生為一年級教材所編寫的課文。為什麼會這樣呢？一位文學名家為什麼會寫出這樣的文章？這就是因為要配合編輯理念的要求（限制字數及只能使用已習寫過的字）所導致的結果，有人戲稱這類的文章為教科書文體。

由於兒童文學作品並非為教科書特殊的目的所創作，所以兒童文學要進入教學現場有它在教學及編輯理念上的衝突與限制。另一方面，就算理念上能接受兒童文學作品的非結構性、非編序性的特色，但在實務的編輯上，要將兒童文學進入教科書中仍有其困難處。主要的困難還是在於文長、和體例上的限制，例如：小說由於文長，教材就不可能放進原文，因此有些教科書就採取原著改寫的方式，例如《小王子》這本書經改寫後成為一篇不倫不類的怪文章（參見康軒版四年級教科書）。又如圖畫書，圖和文的搭配是這類書籍相當重要的一部分，翻頁有時也是閱讀的樂趣所在，而語文教學正可以利用這種假設、猜測、印證的歷程來發展學生閱讀的能力。但受限於教科書的版面、頁數，這部分也幾乎不可能達成。

其次，再來探討關於語文教學理念與實務上的限制。同樣的，再

以一個實際的案例現象做開始：

變奏三

在一年級的實驗教材裡，選用了一首童詩〈把眼睛打開〉。

把眼睛打開

我看見天空

把耳朵打開

我聽見花開了

把窗戶打開

風進來了

香香的

某教授撰文評論說：這首詩千萬不能給學生讀，因為這首詩傳
遞了兩個錯誤的訊息。首先，眼睛可以打開，但是耳朵怎麼打
開？根本不可能。其次，花開怎麼會有聲音，而且就算有聲
音，人的耳朵也是聽不到的。所以詩裡所說的全是錯誤的，違
背科學知識，不應該提供這首詩給學生讀。

技能取向語文教學觀的編者和教師，將教科書中的課文當作學生
認知及語文技巧發展的主要資源，教學的重點多放在字詞彙、句型、
篇章結構及內容知識的教學上，忽略文學本身及文學閱讀的樂趣。因
此，在閱讀文學作品時才會把注意力放在科學知識的正確與否上。

龍應台指出：文學最重要、最核心的功能在「使看不見的東西被
看見」（龍應台，1999）。透過作家的眼、作家的筆，使我們能看見
每天生活的現實背後更貼近生命本質的真實。文學的教學除了知識
外，更重要的就是素養的教育。知識使我們得以看見生活的世界，素

養才能使我們看見那原本看不見的另一個世界。因此，兒童文學的教學，不是要把作品單純的當成是認知和語文技巧發展的資源，或是知識和文化傳承的傳遞工具，而是希望透過教學，豐富學生的文學經驗，使學生成為一個有感受力的讀者。

此外，兒童文學進入教學現場，還面臨另一個與教師教學實務上有關的問題。即便是教師同意使用兒童文學作品（或稱兒童讀物）作為教科書之外的補充教材，但教師仍有所擔心，因為教科書是人手一冊，兒童讀物不可能每人一冊，經費上有困難，因此教師擔心會造成學習上的不公平現象。這樣的擔心看起來似乎確實需要注意，但仔細的解析起來，其實問題關鍵還是在於教師已習慣於統一的教材教學模式，不知如何進行多文本的閱讀教學。全班人手一冊的教科書，看似公平，但實際上也只是一個齊頭式的假平等。有些老師會因此要求全班學生購買同一本兒童讀物作為補充教材，以示公平。這種現象反映出教師還是認為相關的語文知識技能必須教師帶領學生才能學到，如此作法與教科書教學何異，只是換了一本較豐富、較有趣的課本而已，學生非但沒有機會大量閱讀不同的作品，學習的內容還是固著在固定的材料中。

以上所談的是兒童文學進入教學現場所面臨到的一些挑戰，這些困境有些只需要在做法上略作改變、調整就能解決，如解除教材的魔咒，將兒童文學作品適時的納進語文的課程中，當成教材的一部分。又如在編輯教科書時，適度收錄優良的兒童文學作品，而不全以技能、知識作為唯一的取材考量。有些則必須從語文教學的根本信念上著手，才有可能改變，使兒童文學順利進入教學現場，如重新思考文學教學的目標和活動方式，讓教師了解閱讀文學的目的不在於學習其他專家如何閱讀和理解，而忽略個人感受和理解的差異等。

接下來將分析兒童文學作品與教科書課文之間的差異。

四 為什麼需要兒童文學？課文不行嗎？

文學是否適合作為語文學習的教材？這樣的問題對於中學及大學的學生來說，似乎根本不成問題。在中學和大學中有關於語文的課程，所使用的教材本就是文學選輯而成。但是對於小學生而言，由於正處在學習書面語言的階段，對於如何能更有效的學會一套語言符號系統，不同的語文教學理論導引出了不同的教材觀。

在臺灣，語文教學長久以來即屬於技能取向，因此有統一的教材及固定的教學步驟與程序。及至教材開放，採取所謂的一綱多本，但語文教學的基本理念仍難一夕改變，以致由民間出版公司所編製的教材仍是屬於「基礎讀本」形式的教材。

在探討兒童文學與語文教學的關係時，有必要就兒童文學作品及教材中的課文做一比較，分析其間的差異得失。首先，就教科書中所編寫的課文談起，一般課文具有以下等特點：

1. 課文主要的目的是設計來教學生讀書與識字的。
2. 因考慮到學生識字量及學習量的限制，課文一般不能太長。低年級課文受學生識字量的影響，有時並不成文，只是一些句子的組合。
3. 配合學生習寫字量的限制，課文中的用詞不會太艱深，每課的習寫字量也有一定的限制。
4. 課與課之間沒有明顯的程度及長短的差異。
5. 課文多為配合單元主題重新撰寫，且為集體創作，往往去除了作者個人的風格（甚至沒有作者）。
6. 由於文長受到限制，課文常是一種去情境化的文本。
7. 課文的主題一般來說非常明確、正向，同質性高，文類也清楚。

8. 以文為主，插圖只是為美化版面，不具有協助學習的功能。

　　相較於課文是針對語文教學的特定目標所編寫的，兒童文學作品在創作之初，並不會思考到特定的語文學習目標或功能。但由於兒童文學的文本確實為兒童營造出專屬的天地，並喚起不同於其他文學形式的情緒與感覺，（劉鳳芯譯，2000）因此，在兒童的學習成長之路上是有其功能與意義。兒童文學所指範圍包含詩歌、故事、圖畫書、小說等形式，基本上均具有以下特色：

1. 故事內容提供豐富而多層次的意義，呈現在文章中或交織在圖與文的細節裡。

2. 提供了敘述的複雜性，讓閱讀者有深入分析的可能性。

3. 文字或圖像容易喚起特定的情境，同時也喚起特定的語言對話形式。

4. 藉文字與圖像訊息間豐富的互文性展現其功效，使得圖畫書成為提供初學的讀者最有力的媒介，協助孩子主動建構意義，特別是當小孩與有技能的成人讀者一起閱讀時。

5. 有些作品用幽默、節奏、對話等方式來吸引讀者，藉此促使讀者思考、反省自己的經驗。

6. 故事意義的精微處不是那麼明顯可見，能吸引讀者反覆閱讀，仔細留意視覺圖像或文字風格，逐漸發展出對文章的回應。

7. 故事之所以能抓住讀者的注意力，憑藉的不是故事的長度或情節的複雜性，而是讀者在形塑文章意義過程裡，所經驗到的快樂。

　　從以上針對教科書中的課文和兒童文學作品的特色比較，可以發現這兩類文本明顯的不同。但作為語文學習的材料，還需從學習者（即學生）的觀點來考量。為回答「為什麼用兒童文學，而不用課文」這個問題，可以歸結為以下四個主要的原因來說明：

（一）能激發學生閱讀的興趣

　　兒童文學作品通過貼近孩子的生活內容，如友情、恐懼、變化、夢想等作為創作的主題，以有趣的方式、不同種類的敘寫形式與表現手法來呈現，容易激起學生的學習熱情。優秀的文學作品不單注重表現人們的生活體驗，幫助兒童發展出同理心，也留心兒童在面對有關傳統、發展、接續等新認同問題時，如何尋找出意義，學生容易被感動從而激發閱讀的興趣。

（二）示範語言及文學的手法

　　兒童文學作品在思維和文字難度上符合學生的學習特點，閱讀作品時學生能在完整的語境中掌握不同的語詞，還能學習到許多語法、句型和文學表現的技巧，並從文學大師的佳作中體會到語言的妙用。這要比從枯燥的課文中圈選生字新詞優美詞句來學習，要有趣多了。此外，好的兒童文學作品，絕不是簡化了的成人文學，它具備文學作品應有的各項要素，提供作者、敘事者、角色關係間的深刻洞察，也使用相同的文學手法，學生在閱讀兒童文學作品時，一樣可以學到人物、情節、場景、主題、觀點、文筆、語氣等文學特性（吳敏而，2001）。另一方面，圖畫書的視覺要素有助我們對圖像深入的批判閱讀，插圖也能協助將故事視覺化，有助年紀較小的讀者「看到」故事。

（三）豐富學生的想像力

　　想像力是人類的重要能力之一，也是創造性思維的基礎，文學作品為學生進行創造性思維提供了豐富的材料。閱讀文學作品時，讀者

進入了作者所虛擬的世界裡，隨著故事情節的推演，經由想像，除了感受到那個世界或文化裡所發生的事情，還可以讓讀者了解另一個世界或文化裡不同的想法。所以說，閱讀文學作品使讀者得以充分發揮自己的想像力，盡情遨遊在作品創造的想像世界中，幫助讀者理解及欣賞人類經驗的多元性與普遍性，認識多元文化社會裡自己與他人的關係。

（四）促進學生對話與合作

語言是社會的產物，只有經常使用語言，才能把語言學得好。在學習文學作品時，為學生提供了使用語言的良好機會，因為閱讀文學主要的樂趣之一，就是對話，學生需要彼此對話，討論作品的意義。另一方面，組織學生以文學作品為中心，進行對話、交流，和他人分享自己的想法，也可以幫助學生更深刻的理解作品，並把作品中的觀點和自己的觀點、經驗結合起來，超越作品本身，創作自己的作品。

五　作品、教師與學生的協奏——兒童文學的教學

如前面各段所述，兒童文學作品進入教學現場，它的性質與課文完全不同，在教學方法上所蘊含的教學理念也與課文教學的理念不盡相同，所以使用兒童文學教學，就不應該再以傳統技能取向的觀點來設計課程。那麼一個理想的兒童文學教學圖像是如何？以下將從讀者反應理論及交易式社會心理語言的閱讀理論，來鋪陳出理想的兒童文學教學方式——一種讀者與作品、作者合作互動的協奏。

（一）交易式社會心理語言學的閱讀理論

有關於閱讀理論、閱讀教學及語言學的研究，近三十年來已取得了相當輝煌的成果，並建立了堅固的知識基礎。其中主要的研究成果之一，就是對於「閱讀是一個交易的過程」(reading is a transactional process)（洪月女譯，1998 ）這個看法有了更深入的了解。在這個觀點下，所謂的「文本」指涉的是一種「意義的可能性」(Goodman, 1996a)。這個意義並未固定在文本中，而是存在於文本、讀者及作者間。在閱讀的行為中，讀者帶著個人有關語言的知識及獨特的經驗從文本中建構出意義。因此，閱讀不僅只是閱讀文字，同時也閱讀這個世界 (Freire & Macedo, 1987)。

K. Goodman (1996b) 使用「了解中」(comprehending) 而非「已了解」(comprehension) 來強調讀者在閱讀過程中主動建構意義的現象。他指出，閱讀是一個動態、建構的過程，牽涉到讀者與文本間的協商與溝通。他強調閱讀不是「發現」意義，而是「創造」意義。Y. Goodman (1987) 指出，這個閱讀模式反映出一個交易式心理語言與社會語言的閱讀觀點。這個觀點視閱讀過程既不是由下而上，也不是由上而下，也不是互動的；而是交易 (transactional) 或是轉化 (transformational) 的過程。

（二）讀者反應理論

讀者反應理論在近代文學閱讀的理論中，佔有重要的地位，它是從文學批評的領域發展而來的，其中以 Rosenblatt 最具代表性。讀者反應理論強調每個讀者都是帶著他們獨特的語言知識及文化背景來閱讀文本的，所以每個讀者詮釋的獨特性必須受到尊重。

Rosenblatt 採取 Dewey 及 Bentley (1949) 說法，將「交易」的概

念引入文學。Rosenblatt 指出閱讀所獲致的意義是讀者個人對文本的詮釋,而非作者原來的設想。因此他主張,文學不僅是文本,而是由讀者建構出來的意義。這樣的想法明顯的挑戰傳統有關讀者與文本關係的看法。有關於建構理論,Flood 和 Lapp (1991) 提出四個基本立論:

1. 文學作品的意義存在於讀者與文本的交易過程。
2. 文學作品的意義並非被包含在一個靜止的文本中。
3. 因為每個讀者都是獨特的,所以不同的讀者對相同文本的理解會有不同。
4. 讀者個人對文本的反應是建構意義關鍵性的要素。

另一方面,這種交易和建構的觀點,高度重視美學的立場和讀者個人的反應,Rosenblatt (1989) 指出人們是在「美學」(afferent) 和「知識」(efferent) 這兩種態度的連續作用中閱讀。在「美學」的交易中,讀者的注意力集中在閱讀的樂趣上。在「知識」的交易中,讀者所關注的焦點在於從文本上取得的訊息。根據 Rosenblatt 的說法,這兩個立場並不是相互排斥的,因為讀者可能是在兩種態度間游移。Rosenblatt 更進一步主張,美學應該是閱讀文學時主要的態度。換句話說,閱讀文學作品主要應該是為了獲得愉快的閱讀經驗;為了享受閱讀而非為了學習技巧。

Rosenblatt (1978) 也主張,對於文學作品的回應,個人的反應雖然是主要的,但非全部。他建議讀者應首先分享自己的反應,然後透過與其他讀者的對話來檢視自己與別人的反應,以此平衡自己的意義與自己、別人共同的意義。因此,讀者之間的對話是應該被鼓勵的,以免讀者掉進狹隘的追求正確詮釋,而忽略其他聲音的危險。

（三）兒童文學的教學

　　將以上兩種關於閱讀的理論應用在語言與文學的教育課程上，應可勾勒出一幅理想的文學教學圖像。如何營造這樣一個理想的文學教學圖像，可以從兩方面著手：

1 教材的選擇

(1) 使用高品質的文學

　　高品質的兒童文學作品對幫助學生發展讀寫能力是非常重要的，兒童應該從閱讀大量不同的作者及作品中，學習不同的寫作風格及思考風格。學生或許讀的不好，但並不表示學生沒有能力理解和欣賞複雜文本的內容（劉鳳芯譯，2000），不要因為學生缺乏文本的解碼技巧，而剝奪了學生閱讀高品質作品的權利，閱讀的慾望會逼著我們去挑選好的作品來讀。

(2) 閱讀真實的作品

　　使用作者的原作而非簡化的課文當教材。教科書的課文通常是簡化的作品，原意是希望降低閱讀難度，但事實上卻是增加閱讀的難度。因為一篇簡化的文章，省略了細節，也因此降低了可預測度。而當一篇文章的可預測度降低，閱讀的困難度則相對增高。

(3) 閱讀多元文本

　　學習與了解，是一個搜尋及建構意義的過程。讀者在閱讀多元文本時，將能擴大他們對每一篇文本的了解，同時也被鼓勵做深入的思考，這是讀單篇文本所無法做到的。藉著多元文本的閱讀，讀者可以聯繫書中經驗與生活經驗、聯繫不同作家觀點，從建立新的關聯中創造新的意義 (Short, 1991)。

(4) 提供不同的文學經驗

藉此發展批判性閱讀技巧，培養學生對作品型態差異的瞭解，提供不同類型、不同繁複層面的作品給學生閱讀，讓學生瞭解他們的回應其實與文化和社會有密切的關聯。另一方面也讓學生從大人決定孩子可以或應該喜歡什麼的威權中解放出來。

2 教學的實施

(1) 教學必須反映讀者的多樣性

讀者和文本間的反應與關聯是由個人背景形塑而成的，因此教學應該尊重每一個讀者的文化差異與獨特性。

(2) 研究文學而非技巧

文學研究應該強調美感轉化、個人連結與投射而不是只研究技巧與知識，例如：各種文學回應的方式的練習，但要注意的是切入時的精神，否則練習將成為麻煩的功課。

(3) 回到文本

文章內容提供理解整體意義的可能性 (meaning potential)，以及各種支援閱讀的線索，所以讀者從閱讀完整的文章中，不但可以認識文本中特定的文字、語詞、句型或意象，也可以學習如何利用線索閱讀，思考文本中不同的選擇，注意文本中特定的知識與假設。

(4) 鼓勵討論團體

透過投射、分享及討論，學生會意識到他們對文學作品的回應是如何反映出他們自己的心理定位。鼓勵學生在團體中討論關於他們對於這篇文章的種種反應，使學生對自己、他人及文章能有較深入與豐富的了解。

(5) 享受文學的樂趣優先於教學目的

　　Rosenblatt (1978,1989) 強調閱讀文學應首重於閱讀經驗的享受。他特別提出這個關心，因為他發現許多教師把文學當教學時，太過強調知識的教導，而忽略了美感的經驗分享。基於此觀點，讀者個人經驗是應該被鼓勵、尊重的，並以此為起點，瞭解自己、瞭解別人。教師需了解，擁有闡釋文本權力的人是讀者，而非教師。

六　代結語——當兒童文學進入教學現場的同時

　　兒童文學進入教學現場，不單只是課堂的教學材料改換成兒童文學作品，以及教學活動的調整而已。更重要的是，希望藉由兒童文學的閱讀、教學，培養學生養成閱讀的習慣，學會閱讀的技能，成為一位真正的閱讀者。因此課堂中閱讀環境的營造，成為另一個影響兒童文學是否能全面進入教學現場的重要因素，所以在本文的結語處對於這一點再略加說明如下：

　　閱讀環境與氛圍的營造，對提昇閱讀的興趣是有決定性的影響。所以如何善用班級教室有限的空間，規劃出舒適而又方便的閱讀環境，也在考驗教師空間規劃的能力與根本的教學理念。

　　閱讀環境的營造可分為兩個方向來思考：空間的規劃與書籍的陳設。關於空間的規劃，班級教室可以區隔出若干不同功能的角落，透過適當的動線安排與美化（如插　盆花、鋪上桌巾），將使原本呆板的教室呈現為具多功能而又舒適的閱讀環境。其次是有關書籍的陳設，書籍陳設應以方便學生取用為原則，並可依不同的目的、功能將書籍做適當的分類，以吸引讀者選取閱讀。

　　準此原則，有關閱讀環境的營造可做以下幾點具體建議：

1. 班級圖書的來源

- 教師自己長期的收集
- 學生每月提供班級共用的書
- 圖書館借用的書

2. 出版書訊及電腦網路的建置

推薦學生優良讀物或新書資訊

3. 主題區的設置

除一般書的陳設外，又可依作家、畫家或配合教學主題、概念設置主題區，陳列圖書、錄音帶，或做新書介紹。

4. 讀者劇場的設立

為提供閱讀者有發表、對談的機會，可不定時的設立讀者劇場，讓讀者以各種方式呈現、表達自己的觀點與想法。

5. 學生作品展示區

建立教室是學生表演舞臺的觀念，充分利用教室空間，提供學生展示自己的作品或創作成果。

本文完成於2006年，發表處不明。

文學與語言的協奏

一　在文學欣賞中學習語言，在語言學習中欣賞文學

　　語言的學習不只是透過文學，還有社會性的語言，知識性的語言需要學習。但是，不容否認的文學為語言學習者提供了生動的語言內涵和氛圍，以及高品質的語言範本，同時也提供了學習者關聯自己經驗和觀點的想像空間。

　　文學的學習除了知識外，更重要的就是素養的教育。知識使我們得以看見生活的世界，素養才能使我們看見那原本看不見的另一個世界，看見那現實背面更貼近生命本真的美、善和真。因此，文學的教學，不是要把作品單純的當成是認知和語文技巧發展的資源，或是知識和文化傳承的傳遞工具，而是希望透過教學，豐富學生的文學經驗，使學生成為一個有感受力的讀者。

　　為此，文學的教學應該著重個別讀者的文學經驗與回應，鼓勵學生主動介入閱讀的歷程，協助他們發展自我特定的閱讀態度與技巧。當然，我們也希望學生能夠意識到作品傳達個別經驗的方法，了解作家創作的風格，以及如何組織文字與事件創造出動人的故事。

　　當坊間兒童文學出版品如雨後春筍般不斷推陳出新，資訊網路的觸角不斷深入每個人的生活中時，如何避免或招致「用繪本或故事來教學只是一種花俏的活動，有趣、好玩但學不到什麼」的嘲諷？它所觸動的反省應不只是學生一學期要讀幾本課外書，圖書館如何推廣閱

讀活動等表象問題而已，它所應探究的是更深層的教師教學習性，以及大環境中對語文學習、對兒童文學的種種迷思。

事實上，徒有文學的文本，並不表示課堂裡兒童就能享受閱讀文學的樂趣。相反的，若切入的精神不當，文學作品進入教學現場可能引發另一場災難。這乃肇因於對語文學習的若干迷思，而使文學的教學出現了變奏。如何回歸文學教學的基調，在師生合作協奏下，演奏出一曲動人的樂章，是語文教學工作者無法推卸的責任。

二　文學知識和讀寫技能的雙修

文學作為語言學習的教材，具有以下的特點：

（一）高品質的語言範本

兒童文學作品在思維和文字難度上符合學生的學習特點，閱讀作品時學生能在完整的語境中掌握不同的語詞，還能學習到許多語法、句型和文學表現的技巧，並從文學大師的佳作中體會到語言的妙用。這要比從枯燥的課文中圈選生字新詞、優美詞句來學習，要有趣多了。此外，好的兒童文學作品，絕不是簡化了的成人文學，它具備文學作品應有的各項要素，提供作者、敘事者、角色關係間的深刻洞察，也使用相同的文學手法，學生在閱讀兒童文學作品時，一樣可以學到人物、情節、場景、主題、觀點、文筆、語氣等文學特性。另一方面，圖畫書的視覺要素有助我們對圖像深入的批判閱讀，插圖也能協助學生將故事視覺化，有助年紀較小的讀者「看到」故事。

例如：〈兩兄弟〉一文，托爾斯泰巧妙的運用關聯詞將事情發生的順序、因果關係以及事情的轉折，說得清楚明白，語句不但流暢生

動，而且還富有變化。學生讀起來不但被曲折的故事情節吸引，透過教師適當的引導，也學會了說理表達的技巧。

又如：〈推敲〉一文，對於賈島專心於創作，為詩句的一個字反覆思索，忘其所以的樣態，進行了深刻的描寫，由於描寫的如此生動有趣而又詳實逼真，讓人彷彿有身歷其境的感覺。相信每位學習者讀到這篇文章，一定會被故事主角的專注所吸引，而欣賞之餘作家對人物描繪刻畫的技法，也成為學習者寫作最佳的範例。

（二）激發學習者的興趣

文學創作來自作家對生活的關注與感悟，兒童文學作品更是通過貼近孩子的生活內容，如友情、恐懼、變化、夢想等作為創作的主題，以有趣的方式、不同種類的敘寫形式與表現手法來呈現，容易激起學生的學習熱情。優秀的文學作品不單注重表現人們的生活體驗，幫助兒童發展出同理心，也留心兒童在面對有關傳統、發展、接續等新認同問題時，如何尋找出意義，學生容易被感動從而激發閱讀的興趣。

例如：〈工作表〉這則故事，作者羅北兒寫出了人們生活中需要計畫，但卻又被計畫緊緊綁死，不得掙脫的矛盾。在學校裡，家長、老師常告誡孩子，做事情一定要有計畫，殊不知墨守成規一成不變，反倒寸步難行了。相信孩子在閱讀這則故事時，一定會被蟾蜍的執著與青蛙的體貼所感動，進而深入的去思考、探索生活的智慧。

（三）豐富學習者的想像力

想像力是人類的重要能力之一，也是創造性思維的基礎，文學作品為學生進行創造性思維提供了豐富的材料，也提供了開闊的思想空

間。閱讀文學作品時，讀者進入了作者所虛擬的世界裡，隨著故事情節的推演，經由想像，除了感受到那個世界或文化裡所發生的事情，還可以讓讀者了解另一個世界或文化裡不同的想法。所以說，閱讀文學作品使讀者得以充分發揮自己的想像力，盡情遨遊在作品創造的想像世界中，幫助讀者理解及欣賞人類經驗的多元性與普遍性，認識多元文化社會裡自己與他人的關係。

例如：〈田鼠阿飛〉這則故事，描述一個負責盡職的送貨員，如何歷盡千辛萬苦，不怕苦不怕累，終於將蛋糕送到了老黑熊的家。具體體現了負責、認真的價值，但卻完全沒有說教的意味，讓孩子在趣味中，自然領會道理。

三　課堂中如何有效的使用文學作品

雖然文學作品先天就具備了這麼些幫助語言學習的有利條件，但是「名山勝水到處是，賞心還得會心人」。如果用之不當例如：只是拿來做生字、新詞的習寫；句式的練習或是粗漏的反覆習誦，倒反未蒙其利受其害了。

總括來說，文學作品作為語文教學的教材，具有以下兩層意義與功能：一是藉由對作品的深入探討，使學生領會作品背後所包含的社會、文化及人生的意涵；一是藉由對作品表現形式的掌握，進而發現作者的敘寫藝術。

另一方面，從讀者（學習者）的觀點來看，文學閱讀的樂趣主要來自思考與感受。文學閱讀的樂趣主要表現在：

（一）文學的對話（溝通、互動與回應）

這包含：

⑴讀者與文本、讀者與作者之間的對話，這是一種文本交流的對話。

⑵讀者與讀者之間的對話，是一種心靈體悟的對話。

這兩種對話構成了閱讀上的互文性，建立起有關文本的關係網絡。

（二）發展理解與欣賞的策略

從閱讀中學習文學對話的技巧，以及一套對文學詮釋的體系和共通的詞彙，來討論或書寫有關他們所閱讀的作品，增進對文學作品討論和批判的能力。

因此，學習文學作品進而通過文學作品學習語言時，必須將形式與意義適當結合。一方面引領學習者進入作品的世界，深刻體悟文章故事的內涵。一方面還要剖析、玩賞作家創作的語言，領會語言的無限創意。

以下簡要的從閱讀前、中、後，概述文學教學的重點：

閱讀前：結合學生的舊經驗與對作品的相關背景知識，導入主題。

閱讀中：閱讀時為學習者提供各種不同的理解策略、方法，引導學習者掌握作品的內涵及敘寫手法。

閱讀後：對作品進行整體的感悟，進而通過反思組織所學，並針對有興趣的議題，進行深入探討。此外更可通過書寫活動，練習表達。

四 讓文學與語言齊飛

知識、能力與素養是語文教育追求的目標，文學挑起了這個重擔，但卻舉重若輕，因為它真、它善、它美，它深獲人心。文學與語文教學的協奏，將展現在如下的旋律中：

⑴帶領學生對文本進行豐富細緻的回應（包含文本與其他經驗、電視、電影、玩具的互動）。

⑵重視閱讀的歷程，而非閱讀的結果。

⑶協助學生發展一套理解閱讀經驗的語言（如：意象、結構、型態等），適當的語言讓我們可以討論文學。

⑷提供不同的文學經驗，發展批判性閱讀技巧，培養對作品型態差異的瞭解，提供不同類型不同繁複層面的作品給學生閱讀，讓學生瞭解他們的回應其實與文化和社會有密切的關聯。

⑸複製讀者的經驗，以成人的經驗交換兒童的經驗。

⑹回到文本，認識文本中特定的文字、型態或意象，思考文本中不同的選擇，注意文本中特定的知識與假設。

接下來兩天的教學觀摩，來自臺灣的四位教師，將藉助文學的魅力，為各位教育界的夥伴展現一條語文教學的繽紛大道，還請各位先進不吝指教。

本篇文章為趙鏡中先生2006年於第五屆兩岸四地語文教學觀摩暨研討會上發表談話的演說稿。

走過來時路

—— 悅讀「大陸的閱讀教學」

　　連續三個月（九月十月十一月）出席了分別在貴陽、太原及武漢所召開的第六屆青年教師閱讀教學的研討及觀摩活動，使我有機會能更近距離的去了解大陸教師課堂教學的想法與做法。對於大陸教師在語文教學上展現出的專業知能，以及積極進修的態度留下了深刻的印象。藉由這些課堂的觀摩教學，也有助於促使自己反思、釐清對於語文教學的一些觀點、想法，也進一步思考臺灣語文教學的改進之道。

　　在貴陽的研討會上，我曾提及這一、二年以來，我個人一直在尋找一個答案：「為什麼大陸的學生在進行口頭發表時，總能夠展現出相當的自信心，而且敘事說理都能夠條理清晰、語句流暢？」反觀臺灣的學生，雖然身處一個自由開放的社會，但論事說理時總是予人意到詞不到的感覺。經過這一段時間以來的接觸，我終於逐漸了解原因所在了。我想這就是交流對話的好處吧！

　　同樣的，每次出席會議，崔巒老師總是要我多提一些臺灣的教學現況及優點，以及大陸教師在教學上顯現的困境，好藉以砥礪、刺激大陸教師的教學。敬承崔老師的指示，個人也不揣淺陋，就一己所知、所聞，提出建言。這樣的機會實屬難得，一方面讓自己跳脫出習慣性的思維模式，試著從另一種角度來「觀看」不同的教學藝術。而與此同時，也藉以重新檢視、思考及組織自己的理念，真是獲益良多。

不諱言，教學觀摩競賽它表演的性質很重，但在表演的過程中，仍是可以看出教師教學的理念與功力。所謂外行人看熱鬧，內行人看門道。「華山論劍」一番後，相信對所有參與論劍者或觀賞者，必定功力大增。如果說實踐是檢證真理最好的方法，那課堂實作則是驗證教學理念的最佳手段。臺灣目前就極為欠缺如是的活動，藉以提昇教師的教學素養。我想這是臺灣小語會往後須承擔起的責任，也必須積極向大陸學習的地方。

以下就將這兩次的出席的報告整理出來，表達對崔老師的敬意與回報，也為這三個月來的教學饗宴畫上一個暫時的句點。

之一　臺灣閱讀教學的現狀與改革

一　取景

要說明或描繪一個地區某種現象的現況，是有其本質上的困難的，特別是在一個開放、多元的社會中。因此只能以相對客觀的觀點進行一些重點式的取景，加以描述，而這只是報告者自己一些觀察所得的看法，是否公允？是否如實？都只能留待以後去驗證了。

談現況好像不說點從前，就有點突兀、有點接續不上的味道。現況是架構在過去的基礎上的，所以談現況不得不要回溯一下過去。從過去的軌跡中，也才能理解今天的各種現象，其實是有脈絡可循的。

二　現象

現象一

當《哈利波特》的旋風吹襲臺灣的時候，雙峰國小的范姜翠玉老師，帶領五年乙班的學生以《哈利波特》這本暢銷小說進行了一次語文統整教學的嘗試。在進行完一系列的讀寫活動後，老師要學生寫下自己在整個活動中以及製作《哈利波特》續集的感受時，班上一位學生這樣寫著：

> 這是一本花了五個小時做出來的書，裡面有各式各樣的學習單和哈利波特的續集，這是一本好書，希望你會喜歡！（因為我已經盡全力了）
>
> 在《哈利波特》中我找到了許多東西，分別是愉快、歡樂和一些不同的快樂，這種快樂讓我在看《哈利波特》就算落後九個單元的情況下，依然感覺不到任何沮喪與哀傷，這也許是我的錯覺，但這種快樂慢慢輕輕的拉我進魔法學校。

現象二

有一次到實驗學校去觀課，下課的時候，幾個學生圍著我，悄悄的對我說：

> 「教授，拜託你下次編課本的時候，不要挑那麼長的文章當課文」學生誇張的把兩臂張開，比劃著。
>
> 「雖然那些故事很好看、很有趣，可是每次老師在圈寫生字新詞時，嚇死人的多喔！」

另一個同學說：

還有，上個星期讀侯文詠 的小說《單車記》，真的很有趣。可是後來老師要我們寫段落大意，天哪！教授你知道嗎？總共有 32 段耶！快寫死人了，而且寫完也不知道在說些什麼。拜託教授，下次課文短一點比較好。

「嘶～！」我倒抽一口冷氣，「小說要寫段落大意？」

這也許就是臺灣閱讀教學現況的縮影：有想法的老師能帶領學生拓展閱讀的視野，引領學生進入閱讀的殿堂；同時也讓學生學會閱讀的策略。但是拘泥於傳統語文教學模式的老師，面對資訊時代的來臨，卻顯得左支右絀，無所適從。

三　關鍵

在臺灣談閱讀教學，還是離不開語文教學，還是離不開教科書。在課程綱要中明白的指出：語文教材編輯是以閱讀教材為主。因此，談閱讀教學還是要從語文教學的模式及教科書的使用談起。而課程的改革及教科書的開放，對閱讀教學現況的影響，幾經轉折，其中幾個重要的關鍵點，可說是影響重大。

幾個關鍵點

1991 年：教育部委託臺灣省國民學校教師研習會研究室開始進行大規模課程實驗。實驗內容包含：教材編製、教學改進、評量改進等。

1994 年：毛毛蟲兒童哲學基金會開始推動故事媽媽說故事活動。

1996 年：教育部頒布新的課程標準，回應教改的要求。語文科課

程標準修改幅度不大，教改的重點在開放精神的呼籲與
落實，包含教科書的開放。

1998年：開始進行九年一貫課綱實驗。

2000年：國語實驗教材編製完成（共37冊），一到六年級兩輪實驗
　　　　結束。

　　　　同年曾志朗先生擔任教育部長，開始推動兒童閱讀運動。

2003年：公佈正式九年一貫課綱，全面實施。

四　實驗

　　為何特別強調「課程實驗」這一環？因為這是臺灣教育史上空前
（可能也絕後了）的一次大規模且全面性的課程研究。這個研究包含
了三個面向：教材的編製、教學的改進以及評量的改進。國語科實驗
教材即是此研究計畫下的產物。

　　在臺灣要進行教學改進，最佳的切入點即是從教材入手，因為長
久以來教師的教學是緊扣著教材的，企求教師在教學上能有所調整，
除非教材的編輯能有大幅度的調整。當然，這樣做同樣是冒著教師面
對新的教材編輯體例與形式茫然不知所措的危險。所幸當時只是一個
大型的研究計畫，而非全面的實施，研究小組有較多的時間與機會和
實驗的老師溝通、對話，在觀念的釐清與教學的實施上能逐步作出效
果來。而這些當年的實驗老師，很多後來都成為學校裡推動語文教學
改進的種子教師。

　　一套教材的編輯其實深刻的反印出編輯群對語文教學的核心觀點
與理念（包含對學習材料、學習方式、學習歷程等），而這套實驗教
材，從正式編輯開始即受到各界的矚目，隨著教材的陸續出版深深的
震撼了臺灣語教界，以及香港、美國的華語教學。因為這套教材無論

是在文章的選取上，版面體例的規劃上，語文教學活動的設計上，與傳統的教材（其實還包括現在實施的審定教材）有著非常大的差異。

　　實驗課程所反映出的語文教學理念，已跳脫傳統偏向於技能導向的國語科混合教學理念，融合了最新的語言心理學、社會語言學、認知科學乃至全語文教學的觀點。這種科際的整合在執行上是相當困難的，學科本位造成對話空間的壓縮，不同觀點的統整成為學理與現實的拔河，同一個概念卻往往各自表述，難有交集。例如：光是一個課本的名稱由以往的「國語」，改為單元名稱如：「嘩啦啦」、「我喜歡你」，就爭執了兩個月。好在這一切的爭議，最終在實驗的前提下得到了妥協。

五　轉變

　　實驗課程帶動的轉變與影響：

在語教理念部分

（一）引進了新的讀寫理論

1 讀寫萌發

　　兒童的口說語言的發展和學習是一個自然進展的過程，語文的學習與發展就像春天的草地，風吹、日曬，然後一整片冒出來，並非經由外界刻意的教導而成。兒童在學習閱讀和寫字的過程，如同他們在學習口語的聽和說一樣，是一個主動的參與者和建構者。要言之，兒童讀寫能力的習得是一個自然萌發呈現的過程，這種早期讀寫能力的發展，即稱之為讀寫萌發。這樣的語言學習觀點與傳統語文教學所持

的閱讀準備度的概念完全不同，影響所及，教學更重視環境及意義的塑造。

2 社會互動

語文的獲得是來自社會的互動的結果。語言和其他符號一樣，都是文化團體的社會歷史產物，這是社會裡每一份子合作努力所創造出來的結果。因此，語文必然是存在於社會文化的情境中。而語文最中心的目的，從它萌發的那一剎那開始，就是為了溝通、社會接觸、和影響周圍的個人。

語文要達到社會溝通的目的，必須在使用的情境中有一完整的系統、規則，並得到大家的認同。這些系統、規則是無法完全靠模仿、背誦學會的，必須讓孩子從真實的經驗中歸納、推斷出來。如是，學校的語文教育不應與真實的生活脫節，孩子應學習真實、實用的語文，而非拆解的小零件。

3 語言心理學

從閱讀過程的研究發現，讀者運用不同的語言線索從文本中主動建構意義，這些線索包含字音、字形、語句結構、語意、語用等。在閱讀中，讀者持續地與這些線索系統互動，並統整這些不同的線索。讀者透過嘗試、預測、測試及確認的策略來達成他們的目標----從文本中建構意義。

我們理解一段文字不完全只因為你懂某個字，而是借助了其他的線索，如個人的生活經驗、文化背景、相關知識等，閱讀教學不應只是關心學生最後理解到的是什麼。學生是如何理解的？理解的過程也應被重視。

全語言看待語文學習是從上到下，先抓住整篇的意旨再談細部，

如字詞的書寫練習。以往我們常做的是從下到上，先學會字詞句再掌握整篇意旨。而心理學的研究讓我們看到語文學習是一種交互作用，生字並非不重要，一篇文章如果超過一定的生字量，我們是無法理解的；但如果讀懂每一個字也不代表你能全然理解。換言之，一個人所擁有的非視覺訊息越少，就需要越多的視覺訊息。因此，一個集中注意力在正確地認清每一個字的讀者，閱讀時就無法集中注意力在意義上。

4 認知取向

孩子不只是要會讀會寫，還要自己心中有一個判準。也就是說閱讀，重要的是個人的感受，閱讀者的意義。如班上的孩子讀到〈北風中的樹〉時會說這首詩好沈重，還說這個作家的作品都好沈重。這些話語都是在老師進入正式教學之前學生自發的感受，孩子是有感受的，只是老師是否重視，如果重視，其實延伸發展的教學方向就可能自然導向文學的賞析，如：是哪些句子讓你讀起來沈重？作家是如何表現的？甚至可以變成作家作品研究。

（二）對兒童學習信念的轉變

1. 兒童自然而然就在學習。

2. 兒童在進入學校前，已有相當的語文經驗。

3. 所有的孩子都能學習，每個孩子有自己的學習方式。

4.「完整」、「有意義」、「有趣」、「有用」的學習，孩子的學習效果最好。

5. 當孩子在自主選擇的情況下，學習的效果最好。

（如班上的孩子，在挑選想上的課別時，不畏長文選了〈孫悟空

大戰二郎神〉，也因為覺得詩美而選了古詩〈題西林壁〉）

　　6.孩子在「非競爭」「彼此合作」的情況下，學習效果最好。

　　7.孩子在「邊做邊說」的社會情境中，學習的效果最好。

在語教實務部分

　　實驗教材的推出，直接或間接的對學校閱讀教學的實務產生了相當的影響：

（一）由「教教材」轉向「用教材教」

　　教材開放事實上並未達成教師教學解套的目的，因為各出版公司的編輯理念大同小異，無法真正呈現多元的語教觀點。另一方面，教材編輯的體例，也多承襲以往的模式，並未凸顯出教學重點，方便教師教學及學生學習，所以教師還是習以為常的教教材，以教材為唯一的教學媒材。

　　但實驗教材從質與量上落實了不同的教育理念，而經由實驗的推廣，逐步的改變教師教學的習慣，認真去思考每篇文章可實踐的教學重點為何？從而真正發揮了教材的功能。影響所及，坊間的出版品，好的兒童文學作品開始走進教室。

（二）由重視識字教學轉向理解教學

　　隨著對教材的批判，教師開始思考語文教學的目標是什麼？閱讀教學的重點在哪？於是傳統將閱讀簡化為認字識詞的教學觀點受到了挑戰，而逐步走向了以理解能力與批判能力為主的閱讀教學模式。

（三）由精熟學習轉向策略學習

　　配合閱讀教學的重點轉移，以往教學佔了大部分時間的字詞教學、篇章結構教學等重視知識獲得的精熟教學模式，也開始調整為重視學習者的自主性學習，重視建構知識的策略性學習。教師放聲思考、學生實作、分享成為課堂中經常性的活動。

（四）由單文教學轉向群文閱讀

　　在政府大力推動兒童閱讀運動的影響下，學生的閱讀量開始增加，雖然教師還是習慣於單篇課文的教學，但隨著統整課程的概念推廣，教師也開始嘗試群文的閱讀教學活動，結合教材及課外讀物，針對相同的議題，進行多文本的閱讀教學。

（五）由講授教學轉向討論教學

　　傳統教學以教師講授為主，但閱讀經驗是無法由他人替代的，閱讀策略的學習，雖需要教師的指導，但更重要的是學生必須真正去操作、應用，才能內化為自身的技能，所以課堂教學逐漸的開始轉向以學生為主的課堂，小組合作、分組討論、分享對話等讀書會形式的學習，成為課堂教學的主要方式。

六　外緣

　　一九九四年，個人擔任「毛毛蟲兒童哲學基金會」董事長，開始推動「故事媽媽」的培訓計畫，希望藉由媽媽說故事、讀故事給孩子聽，帶動孩子喜歡閱讀、鍛練思考。隨後，陸陸續續各個縣市均成立

了「故事媽媽團體」或「故事協會」的民間社團，說故事成為一種風潮。

二○○○年，時任教育部長的曾志朗先生，開始推動兒童閱讀運動，特別是針對偏遠地區的孩子。透過國教司與社教司雙管齊下，一方面送書到偏遠學校；一方面開始培訓種子教師。另一方面也發動圖書館及社區資源，大力推廣。之後由於經費不足，規模縮小，改為以三百所小學為主要推動學校。

在政策的主導下，各縣市學校均積極推動閱讀活動，甚至有些學校還以閱讀作為學校本位課程，或是學校特色。一時之間風起雲湧，成果豐碩，但是否真正紮根，則仍待觀察。猶記得洪蘭教授在出席閱讀成果展，看到學生豐富多樣的閱讀成果時，一方面感動莫名，一方面卻又非常的擔心，擔心因為大人的推動，過於要求成果，反倒壞了學生閱讀的胃口，從此更不喜歡閱讀了。

洪教授的擔憂是有道理的，無論是故事媽媽的協助推動閱讀，或是學校閱讀「運動式」的推廣，都只是一種外在風氣的營造，讓孩子喜歡閱讀、願意親近閱讀。但真正要學會閱讀，從閱讀中有所收穫，更進一步發展出個人的閱讀策略、品味，還是需要回到學校課堂的教學現場，實實在在的由教師透過教學活動帶領學生學習、經驗各種的閱讀文本，各種的閱讀方式及策略。

七　解咒

閱讀教學的改進，對教師而言，新的閱讀教學思維的引進與學習固然重要，但是教材的真正開放與否，更關係著教師改進教學的意願和幅度。這裡所謂的教材開放，包含兩個層面：一是民間出版公司（即所謂審訂版教材），在編製教材時，能呈現多元的語教理念，在

文章的選用上能照顧到文學與實用性，畢竟能吸引學生主動閱讀的文章，才有可能進一步帶領學生深入閱讀，進而提昇學生的閱讀能力。另一層面指的是家長、學校、及教師，在教育的專業領域上，教師及學校要展現專業性，不應受到各種非教育現場，非教育專業的影響，從課程的規劃、實施開始，就不應拘限在固定的框架下（如：選用了某一版本的教材，就不能調整或捨棄某部分不教），而應回歸到學校、教室、學生真正的需要上來思考。家長更應支持、信任學校、教師的專業，而不應該過度介入教學。

　　不論是出版公司，或是家長、學校、教師，我稱這種擺脫既定教材框架限制的過程為解咒（解除教科書的魔咒）的過程。這個解咒的過程是否能順利完成，關係到臺灣學生閱讀能力的發展。（過度依賴教科書的問題，PIRLS 在香港的研究中可看到同樣的現象。也許大陸幅員廣大，這個問題有其現實性需考量）

八　曙光

　　面對資訊時代的來臨及知識經濟的挑戰，閱讀不單是進入文明社會的敲門磚，更是提昇競爭力的必備工具。在一連串教改的過程中，由於改革的層面相當廣泛，容易稀釋了焦點。所幸無論是「課程實驗」及教育部所推動的「閱讀運動」，或是民間自發性的故事媽媽說故事的活動，都為推動閱讀教學的改進埋下了薪火。

1. 重視閱讀的風氣已開，教師要更具信心，堅持專業，勇於嘗試新的教學方式。教師本身也應喜愛閱讀，畢竟自己沒有感冒，是無法傳染給其他人的。

2. 教師的專業是建基在不斷的進修與自我充實上，而不是一套教法用十年的經驗談。

3. 師資養成教育及進修教育，應加強閱讀教學的專門培訓，讓教師了解國際間行之有效的的閱讀教學方法，鼓勵教師在課堂嘗試。

4. 學校應給予教師及學生更大的空間，擺脫教科書的限制，讓喜歡閱讀、學習閱讀、閱讀學習成為三位一體，真正幫助學生成為一位優質的閱讀者。

5. 行政體系不以熱鬧的活動、競爭性的活動，以及浮面的成果作為績效考核的指標，而箝制了閱讀能力培育的活水源頭。

6. 社會及家庭應更重視閱讀，展現閱讀的價值，建立一個良好的閱讀文化和環境。

　　歸納出這些值得、也是應該努力的方向，一回頭卻發現，這些觀點似曾相識，國際間、香港、乃至臺灣，改進的建議都大同小異，真正決勝的關鍵還在於執行、落實的決心吧。

（發表於貴陽）

之二　建構教與學的新關係

　　很榮幸能參加這次盛會，能有機會更進一步了解大陸教師在閱讀教學上的卓越成就，讓自己成長很多。

　　我知道大家都很想聽聽崔老師對這次教學觀摩的評講，可是崔老師用心良苦，把這寶貴的時間讓出來，一方面提攜後學，一方面也希望他山之石可以攻錯，要我這個外地人談談我的所見所思，希望能對各位老師有一些新的刺激與反省。敬稟崔老師的使命，我就不揣淺漏，提出自己的一些不成熟的觀點，並分享在臺灣閱讀教學所做的一些活動，就教於各位專家及老師。

　　由於參與評審的工作，所以空餘的時間不多，很多想法、反省還

沒法沈澱釐清，匆匆上臺疏漏難免。另方面在用詞用語上，由於習慣的不同，也請各位多包涵。

　　經過八月貴陽的觀課及這次更近距離的欣賞，加上每晚課後與評委們的討論，我對大陸教師在閱讀教學的方法、過程，有了更深的體認。對於這些體認，我著要的列出幾個對照的向度，來說明我的反思。

　　⑴單一模式 vs 多元模式

　　⑵教教材 vs 用教材教

　　⑶教師舞臺 vs 學生舞臺

　　⑷內容導向 vs 學會學習

　　⑸價值輸入 vs 批判思考

　　⑹獨立學習 vs 團體合作

　　首先要說明的是：這些對照的向度，是我個人在語文教學現場觀察中，所積累出的一些對語文教學自我探索的方向。在觀課的過程中，這些向度也因著作課教師的教學活動，不時的閃過腦海。所以說，這樣一個參照模式，只是反應在教學過程中種種不同的觀念與作法，不是用來特別指稱大陸或臺灣的語文教學是較傾向某一邊，或是孰優孰劣的問題。以下加以闡釋：

一　單一模式 vs 多元模式

　　大陸小孩的程度讓我相當的驚訝與羨慕。坦白說目前的課堂教學模式並未能提昇孩子的程度（有點原地打轉的味道）。孔老夫子說「因材施教」，維高斯基說「最佳發展區」都在提醒教師不能一套教學走天下。教師應配合學生的程度、想法，承擔更大的責任帶孩子往前走。

　　當然在宏觀考量上，為全面性提昇教學的品質，階段性的採取某一種單一模式的教學，可能有其必要性，臺灣早期也走過同樣的路，全面推動國語科混合教學，確實有其成效，但後遺症卻也不容忽視，現今很多老師還是走不出這種教學方式，而無法因應孩子的改變與需求。

　　閱讀的目的是理解賞析，能幫助孩子學到理解的方法都是好方法（不是只有看註解）。固然以朗讀帶感悟確能達到對文本的理解與賞析，但除此法之外還有其他的方式或策略，也能幫助孩子獲得理解。而另一方面，閱讀教學不等於文學教學，面對資訊的快速流通，各類型的文本都需要讓學生學習閱讀，不同的文本閱讀的方式也有所不同，因此單一模式的教學必然會面臨到它的侷限。

二　教教材 vs 用教材教

　　教材是教學的媒介還是教學的全部？這個問題也是老問題了，但它卻確確實實的綁死、窒息了老師課堂教學的多樣性。在臺灣開放一綱多本，原本是一個進步的思想，但在升學考試的壓力、教師的惰性以及家長的外行領導下，教材開放反成為一大暴政。何時才能解除教師頭上這圈緊箍咒，也正考驗著教師對專業自主的堅持力。

　　用教材教可說是真正落實了教師及學習者的主體性。不論是使用審定的教材或是由教師自編（選）教材，重要的還是要回歸到學習者和教學目標的考量上。教材只是達成目標的手段或工具，閱讀教學的目標，不應只是對單一文本的理解，反覆誦讀。更重要的是透過文本帶領學生進一步的去批判、反省及應用。

三 教師舞臺 vs 學生舞臺

有時候老師會忘了學生才是學習的主體，才是教室裡的主角。我們說「一將成名萬骨枯」，希望我們老師不是踩著學生的血淚，成就自己的名聲。而當老師抱怨很累很煩的時候，其實可能就需要反省一下：是不是有太多的不放心或要求？或希望學生能立刻達到老師的標準，而不敢放手，也忘記了學習其實是一個嘗試錯誤的歷程。我們只是伴讀、陪讀，不要喧賓奪主，學生不應成為課堂學習的配角。

既然教室是學生學習的舞臺，在課堂中就應讓學生多操作（實踐），在做中學。而且要給一些具有挑戰性的問題，促使學生思考，而不是訓練生成為答錄機。課堂裡多些學生與學生的互動，少些師生單向的問答。

四 內容（知識）導向 vs 學會學習

內容知識固然是課程學習的重點，但過度重視知識的習得或複製，忽略了過程技能及方法策略的學習，會導致學生知其然而不知其所以然，成了複印機。在資訊時代知識生產的速度加倍，唯有學會學習，才是學生終身受用的能力。

古人云：書讀百遍其意自見。放在現今的環境中來看，其效率是值得商榷的。因此，教師在教學的過程中，一方面傳遞陳述性的知識；另一方面絕不可輕忽程序性知識的提醒，使學生瞭解如何能快速掌握文本的內容。此外，並應鼓勵學生養成探究的精神和解決問題的策略。

五　價值輸入 vs 批判思考

批判與創意是未來主要的競爭力，如何提昇學生的思維能力也應是語文（閱讀）教學的重點。對於文章所提供的內容或作者想傳遞的價值，正確的理解掌握固然重要，但批判的理解更是深刻掌握文本的重要手段。

批判不是否定主流或傳統價值，而是希望這些價值是學生經過批判思考後所認同的。在一個開放多元的社會中，學生必須建立起自己的判斷能力及價值觀，將來在面對複雜的真實社會百態時，才能挺立得住。一般教材中所呈現的多為單純的、美好的社會面貌，但真實環境並非如此，與其讓孩子作溫室的花朵，不如培養孩子勇於思辨的能力。況且只要是真正的價值，一定經得起試煉的。

六　個人學習 vs 小組合作

現今已是一個合作的時代，無論是學習或是工作都需要合作。但是合作不等於分工，而是能真正彼此學習、幫助。雖然有時候合作的效率比不上獨立工作，但面對龐大複雜的工作時，還是需要合作的，而合作習慣的養成應從小開始。

課堂不應是一個只講究競爭的場域，學生在學習知識的過程中，同時也可以練習與他人合作，所謂三人行必有我師焉，學習的對象與來源可以是多樣的。教師應肯定並推薦這樣的合作行為，在教學過程中多安排些小組合作的活動，讓學生實際經驗與練習如何與他人合作。

以上是我個人參與此次青年教師閱讀教學觀摩後的一些初步反

思。再次強調，這些對照的向度，看起來似乎是對立的，而個人在說明時，也似有所取捨，但在此還是要說：這是一種方便說法，事實上不必是如此二分對立的。況且教學本就是一種藝術，與其孜孜於追尋一套「最佳的教學法」，倒不如低下頭來，看看課堂裡這些孩子，想想我們能為他們做些什麼？教學本就是一項個人化的實踐知識，如何提昇教學的品質，讓學生學習的更好、更愉快、更有成就感，這應是兩岸教師共同追求的方向。

（發表於太原）

2006年發表於《小語匯》第6期。

釋放學生的學習

——建構語文教與學的新關係

一　前言

　　由於文化及社會組織的方式，與西方人相比，亞洲人較難於思考、探索、從事創造性活動。考察亞洲的教育系統，會發現它特別具有競爭性和成績取向，學生承受很大的壓力。如何抒解學生的壓力，釋放出探究、創造的活力，是一個值得追求的崇高目標。另一方面，受教權是一致的，對任何地區的學生，教師都有提供優質教學的責任。但是對於一向保有優質教育品質的學校，相信學生家長對孩子、對教師的期待將不止於把書念好，而是期待他們的孩子在面對全球化、知識經濟社會的挑戰時，能展現探究、創造的才能，從容而有創意的解決各項的挑戰。以下從幾個角度進行探討說明。

二　舊現象

故事

　　三隻小豬：媽媽要三隻小豬蓋房子，三隻小豬就地取材，老大用稻草、老二用木板、老三用磚瓦。結果老大、老二的房子經不起大野狼的一口氣，都給吹垮了，只有老三的房子屹立不搖。

　　七隻瞎老鼠：池塘邊來了一隻大怪物，七隻瞎老鼠又害怕又好

奇，想知道這隻大怪物到底是什麼？每一天，都有一隻瞎老鼠跑去摸大怪物身體的一部分，然後回來對大家描述這隻大怪物是什麼。每隻老鼠都認為自己說的是對的。直到第七隻老鼠，把大怪物從頭到腳、從上到下，全摸了一遍，然後回來對大家說：大家都猜錯了，其實這隻大怪物是一隻大象。大家才恍然大悟。

譬喻

三隻小豬：做事喜歡偷懶，又愛圖方便，不加思考，事情往往做不好，可能還會帶來災禍。只有深思熟慮、勤快做事，才能經的起考驗。

七隻瞎老鼠：要瞭解或是認識一件事物（ 真正的認識 ），必須從各個角度、層面去瞭解，才能掌握事物的原貌，否則輕率的做判斷是會惹笑話的。

故事中隱喻的教與學關係：

⑴學習重視的是最後的結果——禁得起考驗的房子、找出怪物的原貌。

⑵世界上存在客觀的知識，學習就是掌握這些客觀的知識——磚瓦房比稻草房、木板房堅固，大怪物一定是什麼動物。

⑶教學目的即在提供學習者一定而有效的學習軌道——其他途徑都是徒勞無功。

⑷教學的功能在告知學習者何者為正確知識——貶抑或漠視其他價值與可能性。

教與學的關係是緊張的、固定的，是單向輸出、被動接受的，是先假定學生不會學習，必須教師教導。

三　新關係

故事

　　天空為什麼是藍色的：年輕的兔子想要向知道很多知識的老灰驢學習，但是兔子坐不住而且注意力不容易集中，常常被其他的事物所吸引。有一天老驢子等的不耐煩就出去找兔子，在路上驢子發現生活中有好多有趣的事物，是他以前所不關心、所不知道的，老驢子終於體悟到學習可以是多樣的、有趣的

譬喻

　　什麼要先教？什麼要先學？──學習不一定是那麼有計劃，有層次的。

　　學習的方式可以很多樣──教室可以學習，戶外可以學習，隨時隨地可以學習。坐著學、趴著學、四下張望著學都可能，只要你關心、你好奇。學生想學什麼，老師就教什麼，教與學的關係是合作的、互動的、有機的。

四　新詮釋──建構教與學的新關係

　　嘗試錯誤是學習的歷程，接受學習者現階段的表現，學習的樣態與管道是多元的──學習是在舊經驗的基礎上累積的，用稻草、木板蓋房子也沒什麼不好。每只老鼠摸到什麼就是什麼。

　　知識是建構出來的，是有機的，非客觀存在，每一次的探索都可能指向知識──不必早早拿出標準來檢查對錯成敗。

　　教學目的在激發學生學習的潛能，培養獨立學習的能力──要給學生成就感，教學的功能在佈施一個豐富的學習環境。

　　教與學的關係是輕鬆的、無組織的、是雙向互動的，是先假定學習者有自己的學習意願，及不同的學習管道與方式。

五　釋放學生學習的課堂特徵

　　首先，在課堂中，學生在心理上免除了威脅和懲罰。這種心理安全感保證學生採取嘗試和創新的學習態度，以及在學習上進行有備的冒險。在活動中犯錯誤被認為是學習過程的一部分，它反應在這句格言中：成亦欣然，敗亦可喜。

　　其次，在課堂上，學生受內在動機而不是外在動機的驅動。這兩種基本動機形式的主要區別是：外在動機驅使下的學生把學習看作是達成目的手段，如取得好成績或取悅於家長和教師。相反的，內在動機驅使下的學生把學習本身看作目的，就是這種活動的熱情激勵他們努力學習。

　　第三，在課堂上，學生認為自己是一個意志自由的人，而不是受控制的人。一個意志自由的人在參與某一活動中能體驗到內心自由的感覺。即他參與學習的動力是因為他希望、喜歡和高興等等。相反的，一個受控制的人在行動中不能體驗到內心自由的感覺，他感到受外在環境和外在力量的控制，因為他必須、應該、最好等等。

　　第四，在課堂上，學生把自己看成是自主的學習者。學生認為自己不是盲從於多數人的言行，而是自己根據現有證據進行批判性評價，自己決定一些事情。在那樣的課堂上，學生通過公開的辯論和討論解決觀念上的分歧。

　　最後，在課堂上，學生把學習任務看做是一種挑戰，不把學習任務看作是厭煩和威脅。這種挑戰激勵他們努力完成學習任務，成功完成任務將激勵他們進一步發展這一領域的知識和技能。

六　教師的新角色

在前面描述的課堂特徵中，師生關係發生微妙的變化，教師扮演多種新角色。

敬業的教練：並非無所不能無所不知的專家，關心學生的能力和天賦的發展。

傳統上，亞洲的教師被看成是無所不能無所不知的專家，他的職責是在課堂上把知識傳遞給服從和聽話的學生。然而，這種教學方式阻礙學生嘗試和創新，或者有意冒險學習態度的形成，它可能使學生形成懶於思考的學習態度，他們的理由是，教師已經把正確的答案提供給我，我為什麼要浪費時間去思考問題呢？教師應擺脫這種無所不能、無所不知的專家形象。教練的角色是關心運動員能力和天賦發展的敬業教練。敬業的教練通過防止不必要的分心，保證運動員關注正確的技能。

經驗豐富的導遊：激發遊客急於遊覽景點的渴望，吸引他們的好奇心。

有過國外度假經歷的人都知道，一個經驗豐富的導遊不僅把你帶到旅遊景點，而且也讓你自己處理問題。他將激發遊客急於遊覽景點的渴望，他有感情地，栩栩如生地描述景點背後的故事。學生同樣被看成是覺醒的學習者，他們充滿想象，在概念的旅遊景點到處探索。他們在教師的幫助下從事這項活動，教師充當不斷激發他們學習興趣的經驗豐富導遊。就像一位經驗豐富的導遊試圖利用遊客對景點的渴望，吸引他們的好奇心一樣，教師嘗試為學生講授生動的課程，以便他們發現更多的問題。

啟蒙的學者：支持學生的學習活動，而不像權威教師一樣，阻礙

學生的學習活動。

教師不像權威，他不依靠嚴厲和懲罰的方法。他依靠柔性和勸說的方法完成目標。作為一個啟蒙的學者，創造性教師必須支援學生的學習活動，而不像權威教師一樣，阻礙學生的學習活動。無論何時教師都會運用學生反饋來設計一堂有趣的課，支持學生的學習活動。無論什麼時候教師都會提供多種多樣的選擇，滿足學生不同的需要，支援學生的學習活動。

聰明的法官：根據學生對情況的批判性評價，鼓勵學生自己解決某些問題。

我們都聽說過所羅門王的故事，他是聰明的法官，通過調查不同群體的正方和反方觀點，根據情況做出正確的判決。教師就像所羅門王一樣，成為根據情況做出正確判決的法官。這種角色源於課堂學習動力，根據學生對情況的批判性評價，鼓勵學生自己解決某些問題。不同的學生會形成不同的觀點，他們努力使教師和同伴相信他們觀點的正確性。

七　教學形式與策略的調整

講授教學課堂參與的百分比 (Sommer, 1969)

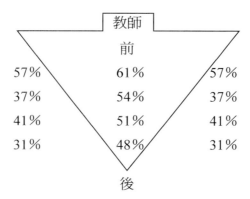

組別	指令類型	學習結果
第一組： 有控制， 有指導	讀完後，我將就該文進行測試，看看你能記住多少。你必須盡力作答，因為我將對這次測試記分，看你究竟學得如何。	事實性的學習（＋） 概念性的學習（－） 學習壓力（＋） 學習興趣（－）
第二組： 無控制， 有指導	讀完後，我將就文中內容提問。它不是一次真正意義上的考試，也不記分，我感興趣的是你能記住文中哪些內容。請採用你認為最好的方法去閱讀。	事實性的學習（＋） 概念性的學習（＋） 學習壓力（－） 學習興趣（＋）
第三組： 無控制， 無指導	讀完後，我將就文中內容提問。	事實性的學習（－） 概念性的學習（＋） 學習壓力（－） 學習興趣（＋）

教學策略與學習結果 (Grolnick & Ryan, 1987)

一、單一模式 vs. 多元模式

1. 目前的課堂教學模式並未能提昇孩子的程度（有點原地打轉），教師應承擔更大的責任帶孩子往前走。

2. 讀寫目的是理解與溝通賞析，能幫助孩子學到理解與溝通的方法都是好方法。

二、教教材 vs. 用教材教

1. 教材是教學媒介，還是教學的全部？不必綁死在教材的內容上，閱讀即是一個再創造的歷程。

2. 用教材教。教材只是學習的素材，重要的是語文教學的目標、重點（有關聽說讀寫）及學習方法。

三、教師舞臺 vs. 學生舞臺

1. 有時候老師會忘了學生才是學習的主體，我們只是伴讀、陪讀，不要喧賓奪主，學生成了配角。

2. 在課堂中應讓學生多操作（實踐），在做中學，而且要給一些挑戰性，多些學生與學生的互動。

四、內容（知識）導向 vs. 學會學習

　1. 過度重視知識的習得，會導致學生成了影印機，方法策略的掌握，才是終身受用的工具。

　2. 在資訊時代，學習方法、組織、創意才是學生終身受用的能力，老師應多提示，歸結方法策略。

五、價值輸入 vs. 批判思考

　1. 批判創意是未來的競爭力，如何提昇學生的思維能力，也是語文（閱讀）教學的重點。

　2. 不是否定主流或傳統價值，而希望學生是經過批判思考後的認同。如果它真是一個價值，哪怕火煉。

六、個人學習 vs. 小組合作

　1. 現在已是一個合作的時代，人需要合作，合作不是分工，而是能真正彼此學習幫助。

　2. 教師應肯定並推薦這樣的行為，課堂多些小組合作活動。

八　結語

　　在教學實踐上，有一個很重要的因素會影響到教師的課程決定，那就是如何去做（教）的因素。如果教師對於某項教學模式或方法不熟悉，可能就會讓教師卻步，不敢貿然實施。我想培養學生探究、創造能力的教學，固然老師對於它的重要性以及成效仍有所質疑，但更多的困難，可能是來自於不知道如何去教學。因此我們必須改變在正規教育中以教師為定向的學習方式，更多地採用自我定向的學習方式，亦即自主、探究式的學習，來獲得工作、生活所需的知識技能。

本文完成於2007年，發表處不明。

閱讀教學的新型態

—— 班級讀書會的經營

一 前言

近年來隨著「終身學習」、「社區總體營造」等文化政策的推動，全國各地讀書會順應趨勢，蓬勃發展。這股營造「書香社會」的讀書會風潮，也逐漸吹進校園。由親子、親師讀書會，進而兒童讀書會、班級讀書會，宛如雨後春筍，在全國各地各個小學的教室中推展開來。

對這一閱讀風潮，固然樂見其發展，但另一方面也必須深入去思考讀書會在現行教室教學中如何定位，以及如何經營班級讀書會這兩個問題才能使「讀書會」這一立意良善的閱讀活動，真能紮根校園，真能在提昇學生的閱讀興趣，以及培養學生自主學習上有所助益。

二 班級讀書會的定位

（一）語文教學現況

在談如何推展班級讀書會之前，首先必須釐清的是，在現行的教學模式中，為何要加入讀書會這種不同於原有模式的學習活動？而讀書會對學生語文的學習發展有何幫助？換言之，也就是必須先澄清讀

書會在現行教室教學中的定位問題。

現行學校語文科教學的現況是，依據課程標準，由出版公司編寫教材提供教師教學使用。教材的編寫形式是以課文為主，依課文內容進行聽、說、讀、寫的語文教學活動。由於受篇幅的限制，以及受語文教育理念的影響，在現行教材編寫以及教學上過度考慮學生識字及習寫字的因素，課文一般來說，文長均有所節制。故學生較缺乏閱讀長文甚至是一整本書的經驗，當然這是指一般教室教學而言。

再者，在教學上因為是隨文識字，每課均安排有習寫字，因此教師花相當多的時間，在習寫字的教學及講解上（這是導因於基本的語文教育觀——認為學中文先要學寫字、認字，能寫字、認字才能閱讀）。而在學習上，由於課文內容與現實的生活有一段差距，學生並不喜歡閱讀課文，再加上課文受限於字數，故情節較平淡呆板，無法吸引學生主動閱讀。教師在教學上時常扮演知識傳遞及權威的角色，學生關心答案的正確性，而不是閱讀的方法、策略以及自己的見解，久而久之，對閱讀產生一種排斥的心理。

此外，由於有統一的評量，故教師及學生關注的重點是進度及評量題型，而不是學習如何閱讀。在這樣一個不甚重視閱讀方法、策略教學的教育現況中，異於傳統教學活動的讀書會如何定位，是值得思考的。

最常見的說法就是，把讀書會當成課外閱讀的活動，在正課中不進行。但是如果承認閱讀是獲取資訊的重要管道；如果承認兒童在生活中的閱讀形式，明顯有別於教材中的課文；如果承認一個好的閱讀者是能主動閱讀，並能因應不同閱讀目的採取不同的閱讀策略，那麼，讀書會就不應該是課外閱讀的活動，而應是正式課程中的一環。

從另一個角度來看，要能引起學生閱讀的動機、興趣，才能希望學生喜歡閱讀，而語文能力的提昇發展，必須透過大量的讀寫實作活

動才能達成，所以課文教學明顯的有其限度及不足處。故需要補充大量的讀物，增加學生的閱讀量。再者，學習閱讀是學習發展出一套閱讀的策略與方法，以應付將來生活中各式各樣的閱讀情境與對象，但課文教學的閱讀，多半是透過教師講解說明，學生透過閱讀摘取意義的練習不足。針對這些現行語文教學的不足，讀書會適足以彌補此缺漏。要言之，讀書會在現行教育中的定位，至少可以立基在以下三點需求上：

　　⑴透過讀書會提昇學生的閱讀興趣

　　⑵擴充學生的閱讀量及範圍

　　⑶培養學生獨立閱讀，發展閱讀策略

因此，讀書會的活動，應定位為語文教學中一固定的活動形式。

（二）班級讀書會的精神

　　經由以上的分析說明，班級讀書會的教學（學習）活動，基本上是立基在提昇學生的閱讀興趣，擴充學生的閱讀範圍，以及培養學生獨立閱讀的能力等需求上。那麼，相應的如何在班上經營讀書會，不論是方法、策略亦或是活動內涵，均不應脫離上述基本需求。

　　以下即由此三方面針對讀書會學習活動的基本精神，做一申述說明，藉以奠定經營的方向。

1 就提昇學生閱讀興趣而言

　　現行學校教育仍以教材為主，教學需要教材，本屬合理。但教材的定位如何則值得商榷。如前所述，由於受限於語文教育的理念，各單位在編輯教材時，常忽略了學生的興趣，而把教材定位為學生學習語文的典範。故在用字遣詞及篇章結構上多所考慮，一方面要考慮難

易度;一方面又要考慮學習的序階,此外,還要考慮內容的正當性等,結果所編寫出來的課文,要不低估了孩子的語文能力,脫離了孩子的生活經驗,要不就是枯燥乏味,引不起學生的閱讀興趣,從而讓學生對閱讀產生一種錯誤印象,以為閱讀是一件辛苦、無趣的功課,能免則免。

反觀學生在課外的閱讀活動,則活潑生動有趣多了。但一般家長、教師會認為這是不務正業,常聽家長對孩子說:把功課作完了再去讀那些書,從學習的觀點來看,能引起學習者的學習動機(興趣)是教學成功的根本條件。面對教材的無趣以及教學目標評量等的要求,為學生尋求一紓解的管道是必須的,讓學生重拾閱讀的興趣,讀書會的成立與功效的彰顯必須照顧到這個層面。

因此,當我們企求經由讀書會的活動提昇學生閱讀興趣時,千萬要記得,不要重蹈教科書編輯設計及使用的弊病,應以學生的興趣為出發點,不要再執著於語文知識技能細部的練習,並針對學生有興趣閱讀的書籍來設計讀書會的進行方式,以導正學生對閱讀活動的錯誤認知,例如:以為閱讀就是認字識詞;以為作品中所說的都是真理;不敢閱讀較長的文章或整本書;讀不懂時,不會合理的懷疑是否是作者表達不清楚,而只是一昧自責程度不夠;閱讀是讀出作者的意思缺乏主動詮釋的能力等。

反之,還是用教學的觀點來進行讀書會的活動,從選取閱讀材料到進行方式都與日常教學無異,只是排排坐換成圍個圈圈坐,讀的還是正經八百的作品,那原本良善的立意可能就要大打折扣了。

所以就提昇學生閱讀興趣這點而言,在讀書會中,選擇閱讀材料是第一步也是關鍵的一步。就語文學習的觀點而言,所有印刷品,甚至手寫的文件,都是閱讀的對象。就此觀之,讀書會的閱讀材料,在選擇上就有相當寬廣的空間。一起來閱讀廣告可以嗎?當然可以!一

起來閱讀漫畫可以嗎？也不錯啊！讀報紙，很有趣呀！讀武俠小說也好啊！讀什麼不重要，重要的是學生有興趣去讀的，這樣才能捉住學生，學生才會熱忱參與，也才能從中領會閱讀及合作學習的趣味。至於為什麼廣告、漫畫、武俠小說都可以作為讀書會的閱讀材料，將在下面論述。

2 就擴充學生的閱讀量及範圍而言

　　如上所述，目前學校語文教育受限於語教理念以及評量方式，學生在校的閱讀訓練，僅限於教材中所提供的範文，這對學生閱讀能力（學會閱讀）的發展，以及利用閱讀獲取知識的能力均有所阻礙。美國全國教育進步評量（簡稱NAEP）有關閱讀評量部分指出閱讀的目的可分為：

⑴為文學陶冶而閱讀 (Reading as Literary Experience)

⑵為獲得知識而讀 (Reading to be Informed)

⑶為執行工作而閱讀 (Reading to Perform a Task)

　　而肯塔基州教學績效資訊系統（簡稱KIRIS）所定的閱讀評量，參照NAEP的閱讀評量，依閱讀目的區分為四種類型：

⑴知識性閱讀：取材主要來自報章雜誌或百科全書。

⑵文學性閱讀：取材主要來自短篇故事、小說、詩、戲劇和短文，包括古典和現代文學作品。

⑶說服性閱讀：取材來源包括演說辭、社論、評論和廣告等。

⑷實用性閱讀：取材來源包括時刻表、說明書、產品保證書、申請書和消費手冊等。

　　若以NAEP和KIRIS閱讀測驗的文章內容來看，國內語文教育的教材內容明顯不足，學生的閱讀範圍過於窄化，生活實用性的閱讀嚴重不足，而文學知識性的閱讀又受限於長度、範文等迷思，收錄教材

中的文章風格、內容均顯現單一化，使教師及學生在閱讀教學與學習上無所適事，致使學生喪失了閱讀的興趣。因此，在班級經營讀書會正可以彌補目前閱讀量及閱讀範圍過少、過窄的缺陷，引導學生將閱讀的觸角，延伸到真實的生活環境中。配合這樣的理念，所以在讀書會裡閱讀的範圍可含括各個領域、項目，而不僅限於文學性的閱讀。就算是文學性的閱讀也應不同於課文教學，應該讓學生能深入文學的殿堂，對作品、作者有更深的認識。申言之，閱讀教學的目的是「在閱讀中學閱讀」，重要的是學習閱讀，而不是單一課文的精熟。故如前所述，讀報紙、廣告、漫畫、武俠小說都可以是讀書會的閱讀材料，唯有透過大量廣泛的閱讀，學生才能從閱讀中學會閱讀。

3 就培養學生獨立閱讀、發展閱讀策略而言

閱讀的重點在理解，而理解又可分為字面的理解、解釋性（推理性）的理解、批判性的理解、創造性的理解，這些理解是統合在一起的。

閱讀能力是由認知能力、理解能力、評價能力和活用能力構成的。目前國小教育過度重視認讀能力，認為這是閱讀的基礎，課堂教學中，耗費大半的時間在指導學生認讀，對文章的理解多停留在字面的理解上。依古德曼教授 (Goodman, 1982) 的看法，閱讀是一個推理猜測的過程，讀者在面對文章時會運用自己的生活經驗和先備的語言知識去思考推測。所以閱讀應鼓勵學生帶著意義去閱讀，逐漸的發展出一套閱讀的策略，即針對不同的目的、文章，採取不同的閱讀方法。因此在讀書會中，閱讀應擺脫傳統詞義優先的閱讀習慣，而改為意義優先的閱讀，藉以挽救一些受困於字詞理解，以及缺乏批判創造閱讀能力的學生，經由讀書會的合作，去學習他人的閱讀方法以及見解，作為自我閱讀能力提昇的參考。

三 如何經營班級讀書會

讀書會顧名思義就是一群人一起來讀書、學習，那麼，讀書會跟一般教室原本進行的學習形式有何不同？

首先，教室教學內容題材多限定在教材中，且這些教材是由專家學者編寫教師手冊來教學的；而讀書會在內容題材上，以參與者需要為主要考量。也就是說，在探討主題或材料的選擇上，參與者有主導權。而從另一個角度來看，學生如何確立自己閱讀的主題，或如何搜尋閱讀的材料，也應是閱讀教學中的一環。

其次，教室教學一般說來，教師為主體，學生只是被動的接受知識，進行的程序多半是講授式，即教師講授→學生練習→精熟→複製→考核。讀書會進行的方式視閱讀的主題及題材而決定，可以多元多面向，強調的是參與者實際的操作，親身去體驗求知的歷程。讀書會需要有帶領人，但帶領人不是知識的權威，只是程序的安排及維持者。

再者，教室教學比較重視知識傳授的結果，能複製知識即是成功的學習者，否則就是失敗者，將學習視為同質性的活動，對不同的學生皆一致。讀書會重視的是參與者自身知識的建構過程。換言之，即承認學習對不同人有不同的曲線，因此，讓學習者學會如何學習才是重點。

以下提供幾種班級讀書會的可能樣態，供教師參考。

（一）好書評選的讀書會

讀書會所閱讀的書不一定都是陌生的、沒讀過的，閱讀有時是需

要實際比劃一下。不是真要一分高下，而是借機練刀。仿照的形式有點像成人社會的好書評選形式，而適用的閱讀材料以漫畫、圖畫書等學生閱讀經驗較豐富、興趣較高、較易自行閱讀的素材為佳。

　　一般家長、老師均認為漫畫書的閱讀，對學生語文能力的提昇並無助益，但學生又偏偏特別偏好這類書刊，禁都禁不住。既然禁都禁不住，何不因勢利導，借用學生的強烈興趣，達到讀寫練習的目的。在這樣的讀書會裡，不需要一起共讀某一本書，而是要每位參與者就他所閱讀過的書籍中，推薦若干本值得一讀的「好」書，並作簡要的口頭、書面說明及推薦理由。扣除重複出現的書單，這些推薦書就是初選出的好書名單，然後每位參與者交換閱讀未曾讀過的推薦書，每位成員從推薦書單中遴選出最佳好書十本，並撰寫評論或引述專業評論，以為推薦的依據。經全體成員充分討論辯護後，票選出十大好書，推薦給全班同學，並每人負責寫一篇書評（教師可提供一般書評給學生參考）。

　　這種樣態的讀書會，一方面照顧到了學生閱讀的興趣，一方面也學習到讀寫書評的技能，而經由高手的過招、切磋，也開拓了學生的視野。

（二）拓展新知的讀書會

　　有些學生求知慾特強，好奇心也重，對於新鮮事物、知識都有強烈的動機想要一探究竟。一個人摸索固然可以，但如果能找到幾位志同道合的同好，一起研究、探索，可收事半功倍之效。

　　所以這種樣態的讀書會，主題確定，但閱讀的材料並不確定，必須經過徵詢專家的意見後才做決定，而在閱讀的過程，可以分章閱讀報告，也可以共讀討論，甚至安排專家講解。

　　進行的流程大致如下：確定讀書會的閱讀主題，然後針對此主題，每位參與者徵詢專家意見並蒐集相關資料，例如：想了解動畫的製作或有關外星人的謎，每位參與者可去徵詢美勞老師、校外專家或圖書館員，請他們提供入門的書，蒐集後並做初步的閱讀，以利下次在讀書會上簡要說明內容，經由團體討論視成員的興趣、程度，選擇一本書來閱讀。在過程中可機動邀請專家講解、說明，這是讀書會與個人讀書在資源運用上的差異，透過團體較能請到專家幫助導讀。

　　這類樣態的讀書會，學生會學習到如何去學習新知識的方法——求教專家、蒐集資料、彙整專家意見、合作討論學習新知。

（三）深耕精讀的讀書會

　　有些經典著作學生可能自己讀過，例如：西遊記、三國演義或武俠小說，但可能不夠深入，希望能再重讀一次。針對這樣的情形，一方面是學生本身對讀物有相當的興趣，也自己閱讀過，但由於讀物本身有相當的難度（可能較學生程度為高），讀書會可用分享的方式進行，每位參與者針對該讀物選一個主題來報告、分享，例如：以孫悟空為主題來報告或以一段故事來介紹。分享的重點在自己對這主題的一些想法或評論，其間也可以蒐集相關資料來報告或邀請專家來分享心得。

　　這種樣態的讀書會，學生能夠深入去探討書中人物角色或事件的意涵，更甚者能比較彼此不同的觀點或不同作家的寫作風格。

（四）思想交流的讀書會

　　閱讀除了獲取資訊外另外一個重要的意義在思維及思想的建構。思維及思想的鍛鍊、建構固然可以來自大量的閱讀，但過度依賴自己

的經驗或知識，很可能產生不自知的盲點或偏見，而陷入某種困境。況且人是存在於社會中的，個人的思維及思想也離不開社會，它預設了一個公共的社會環境，所以思維及思想的建構，有必要透過同儕團體的主動協助，以避免成見造成的獨斷，也藉由相互的溝通，增進參與社會的技巧。換一種角度來看，思維的探索類似一種遊戲，孩子是喜歡的，只要給予他們適當的空間，孩子們樂意悠遊在思維的世界裡。

所以班級讀書會可以提供這樣的一種樣態，藉由一些內涵豐富新奇、思維嚴謹的短文小品，讓學生鍛鍊自己的思維技巧，操弄概念，澄清意義。

這類樣態的讀書會，有點類似一般教學流程中的內容探究，學生經由討論可以深化自我對意義的掌握，以及對推理、論述的合理要求。

讀書會主要的目的之一在讓學生親身體驗「從閱讀中學習」，因此，在進行時，教師應容忍學生在過程中的錯誤與失敗。過多的干預與指導，都是在減少學生學習的機會，教師何不把這段時間真正放給學生，讓學生自己去學習、揣摩。教師只需站在協助的立場，幫助學生讓整個活動能順暢進行即可。

而讀書會的團體不宜過大，一般以八至十二人一組為宜，最能達到充分溝通密切合作的效果。因此，可視班級人數，參考學生興趣分成若干組同時進行，也可配合以上所介紹的幾種類型來進行。每週安排一至二堂課進行分組活動，由於將讀書會納入正式教學中，故應將讀書會所要求的功課列為家庭作業的一項，讓學生能利用課餘時間準備，而不增加額外的負擔。

四　結語

　　班級讀書會的推廣對學生、教師而言都可能是一項新的嘗試，這並不是附會潮流，而是對現行教學反思的結果。讀書會提供了學生另一種方式的學習，讓學生能獨立、自主、積極的參與自身的學習，而這正是當前學校教育最缺乏的一環。雖然讀書會的經營會面臨到一些技術上的困難，諸如：帶領人的技巧、活動進行的方式、合作討論的規範等等，但這些困難也正是學生學習的一部分，更重要的是，如果讀書會的學習，真正對學生閱讀能力的提昇有所幫助，那麼這些困難都不應成為成立讀書會的阻力。

本文完成於2007年，發表處不明。

教師專業自主的理念、衝突與實踐

一 問題背景

　　追求自主是人的基本需求之一，不單是個人，每個行業裡的專業人員也需要而且必須享有自主權，才能對其所服務的對象有所貢獻。這個道理看起來簡單，但在現實社會實踐中卻引發出眾多的爭議。

　　這些年教改的浪潮起落，針對各項教育議題，各界提出了各種的改革訴求與方案。「教師專業自主」這個議題，也經常被提及。從理想層面來說，教師本應具有專業自主的權利。但站在國家主導教育政策的立場，以及學校科層化組織更形完備的情況下，教師專業自主的論述往往只侷限在教學的部分，更有甚者，連教學都可能受到統一的課綱、教材、評量的規範，而無法體現教學的自主性，因此引發教師強烈反彈。

　　每一次的教改風潮中，教師往往都成為改革對象。在社會的認知中，教師必須為教育的成敗負責。但處在一個無法完全自主的教學環境，要求教師必須為教育的成敗負起責任，基於權責相符的觀點來看，確實有失公允。另一方面，教師對本身為專業人員，以及所從事是專門職業的堅持，勇於衝撞政府、學校威權控制的藩籬，對其工作的實質意義及影響又如何呢？凡此都是值得深入探討的。

　　因此，本文將嘗試從概念層面入手，釐清教師專業的現代意涵；再從結構層面進行分析，探究政府及科層組織與專業自主的衝突；最

後從實務層面總結，教學專業自主如何落實，並提出建言。

二　對教師專業自主的理念與衝突探討

（一）教師專業的理念

1 專業的興起

　　「專門職業」概念源起於歐洲前工業社會，指稱的是法律、醫學、神學等工作。所謂「專業」指的是一群人在從事一種需要專門技術的職業，這種職業需要特殊能力來完成，其目的在提供專門性質的服務。但隨著工商業的發展與進步，在傳統所認定的專業之外，出現了許多新的職業類別，而這些職業也企圖納入專業範疇，一時間，專業成為許多行業追求的目標。

　　專業為何會成為新興職業企求獲致的身分或舊行業「晉身」的理想？不論從功能主義理論 (functionalist theory) 或階層化理論的觀點來看，均認為專業對社會的功能有相當的貢獻，因而理所當然能享有社會上較優勢的地位、高水準的決定權及物質與社會聲望報酬 (Davis & moore, 1966)。

2 專業的界定

　　對於「專業」的界定雖然各家學者仍有分歧意見，但由一般為大眾所共同認可的專業，如醫生、律師等傳統行業的特性分析，專業至少具備以下的特質要項 (Lieberman, 1957)：

　　　⑴提供獨特、明確而重要之社會服務

　　　⑵強調智慧的運用

(3)受過長期的專業訓練

(4)個別從業者及整個團體，必須享有相當大的獨立自主權

(5)在享有專業自主權時，從業者必須為自己所作之判斷與行為
負責

(6)強調行業的服務性質，而非經濟收益

(7)專業工作者需要遵守明確之倫理信條

(8)應有健全的專業組織

其中「專業自主權」一項，似為以上特徵的核心。一般在論述專業時，也往往將其列為專業的最基本價值特徵及必要條件，將「專業」及「自主」視為一體兩面，不可分割，自主必須以專業為基礎，而專業必須透過自主來完成（林彩岫，1987）。

所謂「自主」意謂專業人員在被認可的條件下，能依據本身所具有的專業知識、技能，行使其專業判斷，執行其專業任務，不受外力干預（高強華，1992；劉春榮，1998）。Baldridge (1978) 則具體指出專業自主的標準有三：⑴在組織內有主要工作控制權；⑵只有專業才能評鑑同行的同儕評鑑；⑶有免於標準化、有自定工作時程和免於瑣碎行政事務的自由。

3 教師專業的迷思

在教育發展的過程中，教職是否為一專業工作，一直有所爭議。十九世紀中葉，由於女性大量投入教職，教職被視為只需要母愛天性，而不需要嚴格的理論知識，教學工作也被視為一種低層次技術性、機械性的實踐，只是一種實務上的應用。這種女性化歧視與去技術化的過程，將教師的職業等同於一般勞工。及至二十世紀資本主義社會興起，專業主義盛行，各行各界紛紛企圖尋求一個異於一般勞動

工作者的地位，教育團體也起而爭取教職為一項專業。

在討論教師行業是否為一專門職業，教師是否為一專業人員時，論述點多集中在是否符合前述專業的特質上，因此有主張教師為一專業人員，教職為一專業工作。如聯合國教科文組織 (UNESCO, 1996) 年發表關於教師地位建議案 (recommendation concerning the status of teachers)，主張將教師視為專業工作：「教師職業必須被視為專業；教師職業是一種需要有教師嚴謹地與不斷地研究，以獲得專門知識與特別技能，而提供的公共服務，教師職業並要求教師對於其所教導之學生的教育與福祉，負起個人與協同的責任感」（中國教育學會，1982）。

也有學者以教師工作無論是在其自主性上，專業訓練上，在職進修的強制上，均無法與典型的的專業（如：醫師、律師、會計師、工程師等）相比擬（陳奎憙，1980），差強也只能以「半專業」(semi-professional) 視之。

Densmore (1987) 則認為教學從不是一項「專業」，教學實踐的因襲性、被動性是主要特徵，而不是自主性和創意性，將教師與專業主義掛勾只是一種意識型態，是國家控制教師的一種方式。例如學習科目的零碎化，套裝課程造成教師去技術化，教師只是執行由專家事先設計好的課程，教師在教學實踐中的控制性與自主性已被限制到很低。

而根據研究指出（沈珊珊，1997），臺灣教師們所認定的教師專業是在並不完全瞭解所謂「專門職業」的定義，及其應包含哪些工作條件情況下的認知；或者教師們僅以教師工作中某些項目符合專業特質即認定教師行業為一種專業。因此，或可說教師專業自主已成為教師的一種迷思，或如Densmore所說的僅是一種意識形態而已。

（二）政府、科層組織與教師專業自主之衝突

　　如上所述，專業主義的特質係形成於特定歷史背景中，但隨著社會的發展，在資本主義制度之下，工作組織與工作流程逐漸改變：分工愈細，任務分隔化、高層次任務例行化、增加對工作過程每一步驟的監督與控制、技術層次降級等。這種趨勢不僅適用於勞工階層，也出現在專業人員的工作上，因此專業主義已與其實際的職業功能、工作條件及社會關係沒有必然的關聯，而成為一種理想形態。

1 科層組織

　　最具代表性的就是科層組織的出現，科層體制基本上是建立一個縱向的權威階層系統 (hierarchy of authority)，配合橫向分工所確立的權限，再以成文之法律及規章作為權威（或權力）的來源與行事依據（沈珊珊，1997）。科層組織所強調的是層級節制的權威，低層職位者必須由高層職位者監督控制，在如此清楚的主從關係下，受雇之專業人員如何能夠保有所謂的專業自主權，並為自己的專業判斷與行為負責呢？因此，當專業人員愈來愈服從於受雇機構的管理、控制時，專業自主的條件顯然已逐漸流失。

2 政府制度

　　另一方面，教師自主權除了受學校科層組織的規範而難以充份發揮之外，不同的政府教育管理制度 (forms of educational governance) 在本質上也會影響教師自主權的多寡。在中央集權教育管理制度下的教師，處理較多的例行性工作，具有明確及狹隘定義的責任，接受權威的學校管理，採取制式的溝通管道及控制的教學方法。而地方分權教育管理制度下的教師，則較有機會參加組織的決策與政策的執行，

較能與地區團體接觸及獲得支持；在學校中也能扮演較多的角色，在教室內也較能採用多樣的教學法。(引自沈珊珊，1997)

3 教師專業自主的意涵

對於教師專業自主的意義，學者的看法較一致 (Samuels, 1970; Packard, 1976; Gnecco, 1983; Hendley, 1983)，主要在強調：專業自主是基於專業知能，以及在行動上及心理上的獨立自由感。所謂「教師專業自主」意指：教師基於專業知識、技能，從事與教學有關的工作或作專業之判斷時，不受外來的干擾，而能自由的處理有關事務。

但對於教師專業自主的範圍、層面和限制，則有不同看法。Conley 等認為，學校教師之專業自主權，主要表現在教學、學生管理、輔導及校務管理等事務上。針對這些事務，教師應擁有完整的計畫、執行及評鑑之權力。(Conley, Schmidle, & Shedd, 1988)

Asking (1991) 將教師的自主性分為個人的自主性 (private autonomy) 及團體的自主性 (collective autonomy)。個人自主性是指教師個人所擁有的自主性，而團體自主性是指教師在工作團體中所擁有的自主性。

Raelin (1989) 認為在學校中有三種型態的自主性，分別是：策略性的自主 (strategic autonomy)、管理性的自主 (administrative autonomy)、操作性的自主 (operational autonomy)。策略性的自主是屬於學校委員會、督學所擁有，他們負有決定學校目標與政策的權力。而管理性的自主是學校校長的權力，至於操作性的自主則是賦予教師在教室內，能依據學校的教學目標而使用教學方法的自由。

Hanson (1990) 則提出交互作用區域模式 (interacting sphere model, ISM) 之概念，認為學校行政人員作決定之正式區域 (sphere) 及教師非正式區域會產生交互作用。兩者皆有其權威來源，兩者在交互作用

的區域會產生競爭、影響和協調。

就現實層面來看，教師所擔任的工作可說是以技術層級的任務為主，所以教師的大部分自主性，應屬於與技術層級有關的專業自主性，諸如：教材的選擇、教學法的運用、教學進度的安排及對學生學習成效的評量，或創新或驗證更有效的課程與教學方法，以達成教學目標。（林彩岫，1990；羅文基，1989；郭秋勳，1994）

但僅從教師本身之教學活動層面探討教師專業自主，似有不足之處。Feir (1985) 認為教師若僅擁有在教室行為（或教學責任）有關的自主性是不夠的，這種自主性容易流於疏離，造成教師的孤立。其實教師也有權力在教室以外的活動，如全校事務的決定等，發揮他們的專業自主性。而 Raelin (1989) 認為教師除了能控制教學的方法和手段之外，他們也必須決定教室之外的程序和政策；包括選擇教科書、計畫課程、決定班級大小、測驗、評鑑、安置學生及擬定行事曆等。

綜合以上看法，教師個人的專業自主不僅應包含教室內教學活動，教室以外的事務，教師也有權做決定。但另一方面，教師專業自主雖有其必要性，但是否就意味著自主是沒有限度的？或如 Eye &Netzer 所言：「專業自主隱含著某一特定程度的自由和獨立，但並非意味著行動完全不受限制與管理。」（引自王為國，1995）才不致導致自主的誤用。

4 衝突與限制

如前所述，隨著資本主義制度社會的發展，專業主義已失去其原有的一些特色，而一旦專業人員成為受薪者，在實際工作上的自主性勢必受到影響。但是另一方面，教師們對專業主義的信仰與堅持，卻未因為工作條件及情境的改變而式微，反而更堅定的希冀成為專業團體，以維護自身權利與地位，因此衝突在所難免。

　　科層體制權威和專業自主權的衝突是源於「以法治為主的控制」與「專業知能的自主」的對立（Corwin, 1977；Hoy, 1982。引自彭富源，1998）。這種衝突對立，是本質上的衝突，因此難以相容？（Friedson, 1973; DeYoung, 1986）亦或是這種衝突只是邏輯上的衝突？（張笠雲等，1993）因此可透過制度的規劃與觀念宣導，事先預防此衝突的產生。

　　根據研究發現（秦夢群，1993），學校中的衝突，有半數導源於科層與專業的對立。問題似乎不在事先的預防，關鍵乃在衝突發生時，如何消弭此一衝突，將此衝突視為一種考驗，消除解決後即成為校務推動的助力。

　　陳奎熹 (1980) 在討論科層化與專業化之衝突時指出，學校教師在任教時即具備雙重角色，是附屬於科層體制下的一份子，也是具有獨立自主性之專業人員。學校教師若居前一角色，則必須尊重體制之權威結構，接受行政督導；若居後一角色，則基於專業理念，與維持專業水準之考量，則會反對過度之行政控制。

　　至於教師專業之限制從實際情況來看，可分為外在層面的限制：如政策、學校組織特性、職務升遷與薪資報酬等；以及內在層面的限制：如性別、專業素養、保守性格等（姜添輝，2002）。要言之，教師自主權之消長，常受其所處的學校組織結構的嚴密與否，教育行政管理制度之集權程度，與政治、社會及經濟環境之變遷，以及教師個人性格、行為而變化。

　　以我國中小學教師為例，在中央集權的教育行政體制下，既受教育部制訂之課程綱要（或標準）、教學目標、能力指標、教學時數與教材審定之限制與影響，又受地方教育主管單位與學校當局層層權力階層之政策導引及規範教學進度、考試時間、考試科目與評量方式的侷限下，即便是在教室內教學層面，教師能夠擁有的自主權亦極有

限，僅剩下提供補充教材、規定作業、批改作業等瑣碎事項，因此專業自主權確實是較萎縮的。

三　臺灣教師專業自主權的實踐

我國教師在教學活動、學生管理及輔導方面的工作，在計畫層面多屬被動參與，而在執行與評鑑工作上，則教師責無旁貸，負起教學、管理與輔導的責任，可說是教師擁有充分的自主權。

但在校務管理方面，我國教師不論在參與、決定校務計畫、執行校務活動、及評鑑校務發展方面，均顯現權利薄弱與缺乏，一般教師也欠缺參與熱忱與專業。以下分述之：

（一）對專業自主的認知

對我國教師專業自主的研究顯現（林彩岫，1987；卯靜儒，1991；高新建，1991；游淑燕，1993；王為國，1995），性別、學歷、個人教育理念、服務年資、任教科目、是否兼任行政工作及學校規模等因素，影響教師對專業自主性的認知。而對於教學自主性的調查則發現（姜添輝，2002），教師教學自主性受客觀結構：如課程標準（九年一貫後稱為課程綱要）規定、教學環境條件（如工作量、班級規模、學校設備）和監督機制；和個人教學能力：如學科知識及教學技能所影響。

（二）教室內的專業自主

根據調查，我國教師在教室內從事的所有教學活動，如決定教學目標、教科書、教學方法、教學進度、補充教材、作業指導、評量方

式、班級常規輔導、生活輔導、學業輔導、教學設備、課程設計等，
雖會受到同事、行政人員、家長及校外人士的干擾，但大抵仍可獨立
地依照自己的專業判斷來作決定。（林彩岫，1987；郭秋勳，1994；
陳正昌，1993；鍾任琴，1994 ）。

　　進一步分析，多數教師認為自身具有工作自主權。然而其所認為
擁有自主權之項目，大多出現在「教學方法」、「指定作業」、「班級
經營」及「學生管理與輔導」等個別自主權項目上，而在「參與校務
及學校重大決策」及「教學進度」方面之集體自主權則並不充份。

　　換言之，我國教師雖然對單一課堂時間的運用具備相當的自由
性，課堂中實施的教學活動，極少受到外來干涉，在教材的詮釋、教
學方法與評量的多元化方面，教師享有相當大的自主空間。但是每學
期必須要教授的課程、每次考試要測驗的教材範圍，仍然受制於全校
統一的進度規定，考試進度壓力對教師在時間運用上具有相當的影響
力（姜添輝，2002），在考試的進度、時間、科目和測驗方式統一規
定下，教學很快的變成保守、僵化的例行公事（黃武雄，1997）。

（三）教師專業自主的隱憂

　　當專業自主成為教師團體的一種迷思，成為國家控制教師的手段
時，在專業主義的糖衣包裹下，教師被要求對教育無私的奉獻，教師
教學生活中因此充斥著眾多無關專業的瑣事，成為內耗教師能力的主
要因素。如：教師受專業主義的意識型態所影響，以為參與學校的各
種委員會，做一些無關學校政策的決定，就代表自己在教育工作上的
重要性與責任感，藉以確保對學校的忠誠與奉獻，即便是額外的工作
負擔或與專業無關活動，均被視為教師專業角色的責任而欣然接受，
不會去質疑自己的教學自主被忽視或受到限制。

另方面，專業主義的意識型態有可能造成教師團體的封閉性格，要求非教育社群（如家長、社區）不得干涉教學領域，專業自主成為教師的護身符，使之能獨立在被間隔出來的教室裡，避免受到外來的監督。而基於教師教學權威的考量，對於教師教學的評鑑，一般學校均較少採取直接進入課堂觀察方式，而代之以學生的測驗成績及升學率來衡量。如此惡性循環下，學生的成績或升學率與教師教學成效劃上等號，反倒綑縛了教師的教學自主。

四　結論建議

姑且不論「教師專業」之認定是來自實質教師工作條件之描述，或是設定為教師當努力或改革之方向，教師自主權已在此「專業」的認定之下，成為教師所力求保護或爭取擴充者。然而教師要擴充或增加之權力，究竟應該屬於哪方面之權力呢？是屬於自身教學範圍內的事務？學校整體的事務？或相關的教育行政事務呢？而一旦教師訴求增加權力，而與所處之教育的行政體制與科層組織有所衝突時，又該如何看待與處理？

在分析及訴求教師自主權時，似不應以完全專業的理想來要求或譴責現狀，而忽略在教育行政制度及學校組織方面的考量。如此將會導致教師增權的手段變成目標來追求，而遺忘了教師增權是為了達成更好的教育目標。以下提供數點建議：

（一）在概念方面

「教師專業」之認定可能並不具有反映教師實質工作條件之意義，反而較易成為一種「意識形態」，以「專業」之門檻象徵社會階

級與聲望，期與其他較低階級有所區隔。因而「教師專業」作為合理教師增權之訴求，以抗衡學校嚴密之科層組織，確實為一可行的發展方向。

教學自主的可能性並非是全有與全無的二分結果，社會結構環境也非一成不變，教師的積極行動才是自主展現關鍵。專業自主的實踐可能性，正是在社會結構與教師主體兩造力量的拉扯、角力、協商之中磨塑。

教師專業自主並非意謂教師擁有無上權利為所欲為，自主是必須受到合理的規範，若只是單面向的強調尊重教師的自我抉擇、行使自我決策的自由，卻不去考慮其決策是否合理，反而可能損及自身及社會的利益。

（二）在制度方面

政府及學校要體認教育潮流的變遷順勢而為，要增加教師參與教育決策的機會。為了化解科層體制與專業化的衝突，可能採取的解決方案，應由科層體制與控制形式的改良著眼。例如：建議學校行政管理改採「代表性模式」，即學校行政人員應改變其行政領導之權威，而以高水準專業能力之權威，以及政策形成的合理程序，獲得全體教師之合作。但根本的解決之道或許須從「權力結構的重組」來著手，即將學校權利進行重新分配，重組教師、學校行政人員、家長及教育行政單位的工作關係。

教師增權的目的應包括提昇教師地位；增加教師專門知識及教學法的應用，以及增加教師的決策權利。這些目的可透過師資培育制度方式及內容的調整、在職進修制度之改良、建立教師分級制、賦予教師更多工作場所的權利等方面著手。

在現今的學校體制上，教師仍處於相對的劣勢地位，儘管教師法頒行之後，教師有拒絕與教學無關工作的權利，但有時教師很難拒絕行政上的要求，教師宜釐清學校教師權利與義務的細節，阻斷外力對教學的干預。

（三）在實踐方面

九年一貫課程政策明顯提昇教師的專業自主權，如：自編教材、發展本位課程等，但是教師並未展現出積極化的專業行為，在教學崗位上充斥等待心態，缺乏勇於探索的企圖，並且顯現出排斥發展自身專業知能的態度，以及關注實務上立即運用的需求，凡此均與專業自主之理念相違背。

在訴求「教師專業自主權」增加的同時，也應力求「教師專業能力」的增進，與「專業熱誠」之培養。另一方面，在主張教師專業自主的同時，建立明確的監督及制衡權利的機制，也是刻不容緩的工作。

教師專業自主的精神重在參與，教師要能對教育工作認同，投入班級教學，輔導學生行為，也要參與學校在課程、教學、行政等各項決定，同時能參與教師專業組織，群策群力貢獻力量，爭取教育有利條件與資源。

自主必須以自律為基本原則，自律是自我立法、自我約束，目的在確保自主之行使，必須以維護個體及社會之利益為前提。

2007年發表於《研習資訊》24卷第5期。

跨越鴻溝

——從對話式教學看學生表達、溝通能力的培養

一　溝通能力的培養

（一）前言

　　近二十年來，各先進國家對國民教育的課程方向做了一些大幅度的修正，主要著眼點大都集中在：如何在資訊化時代面對全球競爭力的挑戰。隨著知識經濟時代的來臨，企業界普遍認為學校教育缺乏工作知識和能力的教導，學生常學非所用。因此，英、美、澳幾個國家成立了業界和教育界聯合組織的委員會，經過討論、研究和分析，不約而同的推出「基本能力」的構想。

　　不同國家的「基本能力」雖然名稱和數量不同，但這些基本能力已成為各國教育推動的核心和重點。臺灣的九年一貫課程，就是參考國外的基本能力研究成立的。在九年一貫課程中所標舉的十項基本能力中，第四項基本能力「表達、溝通與分享」可能是大家較熟悉的，特別是在以聽、說、讀、寫為主要內涵的語文學習領域課程中，培養學生口語的聽說能力，幾乎就等同於此項基本能力了。

　　然而，事實上過去國內對表達、溝通等能力的研究及標準的訂定，探討的並不多。僅透過語文科課程標準中所提供的一個約略輪廓：所謂口語表達及溝通能力，即會話、討論、演說、論辯的表現能

力，進行課堂教學。而評量方式也僅限於單項的自我表達的發音、態度、組織、內容等，欠缺與人溝通的能力指標，忽略了口語雙向溝通的本質。

九年一貫課綱中對本項基本能力的界定，雖作了相當的補強與擴充，使表達、溝通不僅限於口語的表達與溝通，還包含書面語文、符號及肢體，同時也注意到了表達、溝通的雙向性。

但由於書面語及其他符號的表達溝通涉及層面過於寬廣，本研究無法一一處理。而口語溝通應是表達溝通最一般的形式，故本研究將探討範圍鎖定在口頭語言的表達與溝通上。

(二)「表達、溝通與分享」意涵的探討

根據專家的界定，「溝通」係指某方經由一些語言或非語言的管道，將意見、態度、知識、觀念或情感等訊息，傳達給對方的歷程（張春興，1989）。也是兩人以上彼此交換意見，建立共識的情義交流活動與歷程。所以溝通是一種互動的過程，參與者不僅是訊息傳送者的角色，同時也是訊息接收者的角色。

「表達」是表示傳達的意思。一個人可以透過各種方式，如：語言文字、動作、表情、音調、美勞作品或數學、邏輯等的其他象徵符號，把思想、知識或情感表示出來，並傳達給他人。表達是單向的，表達後要進一層了解別人的反應，必須進行溝通。所以表達亦可視為溝通的一部分。

表達與分享較難區分，「分享」是應用，可能只是一種參與方式，把別人需要的給他。分享應帶有情感，涉及態度，有意圖、有聽眾，但不求對方同意。針對自己的想法，說與別人知道，在學校課堂中教師常安排或要求學生進行此類活動。就此三個概念而言，表達應

該是最基本的，有了表達才有所謂的溝通或分享的活動。反過來說，無論是溝通或是分享，都必須藉助表達能力。

　　從以上分析看來，表達是單獨一個人的活動，溝通與分享則必須有對象。溝通是指有效的表達。溝通必須是雙向或有更多的對方，在各方有不同的意見與觀點的狀況下，才會發生。溝通需要若干種更基本的技能，如：表達的能力、吸收別人訊息的能力、辨別異同的能力等。

　　總言之，表達、溝通、分享三項活動（或能力），就其生成性而言，表達應是最基礎的，溝通與分享必須架構在表達之上。而就其目的性而言，溝通才是核心。表達只是一種形式的指稱，但是表達也不可能是無的放矢，總有其潛在對象，而且表達活動的發生必然是在一特定的脈絡情境中產生，表達的目的無非也是企圖讓別人了解或接受自己的看法或意見，因此透過表達而有了溝通或分享的實質活動。緣此，這三項活動雖可以獨立來看，也可分別來練習。但從實質應用上來說，無論是表達或是分享，其最終目的還是離不開溝通。是故，此項基本能力應當成一種能力來培養，可將此三項能力化約為一項整體的活動或能力來探討或學習，如國外常用「溝通」此一語詞作為相關概念的統稱，而不必將此一整體概念的分項逐一列出，徒增困擾。

　　準此，本研究將此項基本能力作如下的詮釋及界定：表達是此項能力的基礎，是一種行動或表現，不論其表達的形式是口頭或是書面、肢體。在不同的學習領域可能對此項活動給予不同的稱謂，如數學領域稱為發表；自然領域則多稱之為報告。表達能力關涉的是表達者自身的表述能力，對象及場域的因素較不明顯，其形式如：聊天、打電話、詢問。分享及溝通兩項能力則關涉到對象，分享較屬於單向的形式，如：報告、演講、說故事、介紹。溝通則較複雜，不單是雙向的對話，還包含企圖獲致雙方的理解或共識，其常見的形式如：討

論、辯論、評論等。而在溝通活動中自然也會涉及表達、分享等能力。

（三）溝通能力的教學

由於現代電訊科技的迅速發展，記錄有聲語言工具的大量普及，使資訊傳遞手段有了嶄新的突破，因而就語言的應用範圍和頻率而言，口語遠遠超過書面語。許多在過去依靠書面文字傳達的資訊，在今天已被口語取代。口語溝通教學的核心任務是培養學生基本的口語交際能力。這種能力是由表達、傾聽、應變、互動等技能組成的，它是一種十分複雜的思想、感情和資訊的交流活動（謝雄龍，2005）。這種活動的有效進行，是以對話雙方良好的表達、傾聽、互動、應對等能力基礎的。也就是說，表達能力、傾聽能力、互動能力、應對能力是組成口語溝通能力的主要因素，口語溝通能力的培養，也必須從這幾個方面入手。

「表達、溝通與分享」此項基本能力的培養，固然可以設定特定的學習活動來達成，但是須注意的是，無論是表達、溝通或是分享，必定牽涉內容，絕不會無的放矢。換句話說，表達、溝通一定是在某個情境脈絡中發生的。這脈絡或內容不就正好可架構在學科內容或技能的學習上，所以說表達、溝通能力的培養與學科學習是可以同時並進的。

為使學生能有效的學習到表達溝通的能力，因此在教學上必須注意一些基本的教學原則，才能事半功倍。這些教學原則是依據口語溝通的教學目標，按照一定的教學規律，針對教學內容和學生實際狀況，所設定的在實際教學時應遵循的基本準則與要求。透過這些原則的確立與掌握，將使課堂的口語溝通教學不至偏離溝通之特質，也將

使學生口語溝通能力的發展，符合真實生活所需。

1 情境性原則

　　表達溝通是在特定的情境裡產生的言語交際活動。這種言語溝通活動離開了「特定的情境」就難以進行，因此在進行教學時，必須精心創設符合學生生活實況的情境。進入與實際生活相符的情境，學生較容易產生一種身臨其境的感覺。有了這種感覺，學習的情緒就會提高，溝通的主動性、積極性就會增強，進而提高溝通的能力。

2 雙向互動原則

　　口語溝通是一種雙向互動活動，任何單向行為都不可能構成真實意義上的溝通。口語溝通教學要培養學生的表達溝通能力，就要創造條件，使學生由單向個體轉化為不同的雙向組合或多向組合，並在雙向或多向互動中進行動態的口語溝通訓練，只有這樣的訓練，才能促使學生增強言語表達和傾聽能力，提高思維的敏捷性、條理性。由於在溝通活動中，一方的言語行為直接會影響另一方的言語行為，因此必須密切關注對方的言行，並做出準確的分析、判斷，從而拿出相應的對策，這就需要一定的應變能力。這種能力對學生來說，只有在雙向互動的訓練活動中才能形成。因此，教學中要盡量根據教學內容的特點，為學生創設雙向或多向互動的對話條件和機會。

3 多途徑訓練原則

　　培養學生口語表達溝通能力，是學生自身發展的需要，也是社會對未來人才的需要。口語溝通教學只有結合學生的學習、社會生活，多途徑展開訓練，才能使學生具備自身發展、社會需求的表達溝通能力。教學上，一要充分利用學科教學中的有利時機，有目的、有計劃

地培養學生的表達溝通能力，如教學中的討論、爭議、複述、評價，都是極好的訓練時機。二要結合學生的社會生活經驗，精心創設溝通情境，引導學生在情境中進行訓練。三要採取激發興趣、增強意識等方法，引領學生在日常生活中自覺、主動地鍛鍊自己的表達溝通能力，有目的的自我訓練。

4 思維與語言同步發展原則

表達溝通是一個言語資訊吸收、分析、加工、組合、輸出的過程。在此過程中，思維起著決定性作用，語言與思維相輔相成，密不可分。口語溝通教學要培養學生的溝通能力，必須在表達、傾聽、交往、應變訓練的同時，還要關注思維訓練，尤其要注意創新思維訓練。在口語溝通活動中，只有思維靈活、思路開闊的人，才能順利實現溝通目標。要使學生的口語流暢，應變靈活，溝通富有個性特色，就要訓練學生思維的條理性、靈活性。

二　對話式教學的探討

（一）課堂溝通的本質

根據有關調查和觀察發現：人們在日常生活中的語言應用情況，聽占了百分之四十五，說占了百分之三十，讀占了百分之十六，而寫只占了百分之九。總括起來聽與說共占了百分之七十五強，而讀寫至多只占百分之二十五，可見聽與說在人們日常生活中的重要性（倪文錦、歐陽汝穎，2002）。這就是說，人與人之間的溝通，主要是靠聽與說。但聽說教學在語文學習的過程中，似並未受到應有的重視（特別是在本國語文部分）。

　　溝通是教和學過程的核心。雖然知識本身有價值，但是無論一個人知道的有多少，並不能保證他能夠將知識傳遞給別人。溝通是掌握知識的教師和想要學習的學生之間的重要橋樑。從專業教育工作者的角度看，掌握知識和把知識教授給別人之間的區別就在於課堂溝通。

　　在教和學的過程中，溝通的重要性是顯而易見的，但是這種重要性經常被忽視或否認。課堂教學教師反映最普遍的問題不是對所教學科知識的缺乏，而是從來沒有一個人教給他們應該如何去教。這個問題是許多教師在開始他們從教生涯的第一天才意識到的。要求教師，回到學校修習某個學科的更高學位，似乎並不能解決他的問題。然而幫助他理解如何與學生溝通，將會從長遠的角度解決問題。

　　在過去的半個多世紀裡，「溝通」這個詞成為日常用語中最常用的辭彙之一。就像其他的語詞一樣，溝通對不同的人意味著不同的東西。我們有人與計算機溝通，有人學習蜜蜂之間的溝通，有人試圖和我們相信存在於太陽系的其他人取得溝通，有人擔心電視和我們孩子溝通的東西，有人認為不同文化的人可能會彼此使用不同的溝通方式。

　　在當今世界，溝通成為大多數工作不可缺少的一部分。電話、電報、收音機、電視機、書、雜誌和報業都是溝通的領域。溝通是法律、媒體，當然還有教學的核心。

　　我們已經給出「溝通」這個詞的許多不同應用，當人們用這個詞時，在頭腦中可能會出現許多種不同的意思。然而實際上，這個詞只有兩個不同方面的含義。

　　「溝通」有時指把資訊從一個地方傳遞到另一個地方的過程。這種用途就是我們上面提到的所謂交流行業，包括電話、電視、出版物等等。除此之外，溝通這個詞可以是另一個更普遍的詞—資訊的代替者。舉個例子，如果一種科技產品（比如你的傳真機）接收一個資

訊（或資訊源），並通過電線或在空中傳遞，把它傳遞給受眾（另一臺傳真機），同時這個過程中資訊是能被再生產的，那麼溝通就產生了。這種情況關注的是把資訊從一個地方傳遞到另一個地方。

這並不是教學上所關注的那種溝通。當我們試圖教授學生時，我們所要關心的不僅僅是傳遞資訊。我們也要關心學生從這些資訊中領會到的意義。

對於溝通這個詞意義的理解，關係到我們如何使用這個詞。在課堂中，我們用這個詞來說一個人通過言語或非言語資訊，在其他人頭腦中產生一種意義的過程。因此，教師通過在學生頭腦中激發意義和學生溝通，而學生通過在教師頭腦中激發意義和教師溝通。當然，這些溝通過程能夠同時發生。

（二）對話式教學

傳統的以知識灌輸為主的語文教學界定為「授受模式」，而把對話理念指導下的語文教學稱之為「對話模式」。

傳統語文教學即授受模式教學，在很大程度上是一種獨白式教學。它承認並維護教師在教學中的權力中心地位，教師居於無可置疑的「獨白者」地位，學生則以知識容器的身分存在。教師就是真理的擁有者和真理的化身，他以絕對權威的姿態向「無知」的或「少知」的學生灌輸著知識、傳授著真理。原本也應是參與者的學生在教學過程中只能以「一無所知」或「知之甚少」的被動接受者的姿態存在。

這種教學方式只是一種知識的複製或再現，注重的結果即是知識的掌握，至於學生的整體語文素養的培養與提高被忽略。

聯合國教科文組織在《教育——財富蘊藏其中》指出「通過對話和各自闡述自己的理由進行爭論，這是二十一世紀教育需要的一種手

段」。巴西著名教育家保羅‧弗萊雷說「沒有對話，就沒有了溝通；沒有了溝通，也就沒有真正的教育」。對話是教育的基本精神，也是語文教學的基本理念。

最早提出對話概念的是俄國文藝理論家巴赫金。在巴赫金那裡，對話與存在同生同存，對話是存在的條件，存在意味著對話，對話是生命間互為存在必不可少的決定性的要素，所以，有人類就有對話。到了德國哲學家、社會學家哈貝馬斯那裡，在他的「溝通理論」中，他把對話視為一種方法論，認為對話是達成現代溝通最為合理、最為有效的一條途徑。

對話是個隱喻意義上的用語，但對話也是一個實際意義上的用語。隱喻意義上的對話強調的是對話的精神與品質，實際意義上的對話強調的是對話的行為方式與效果等等。

隱喻意義：對話是指教育者與受教育者在相互尊重、信任、平等的基礎上，以語言等符號為文本而進行的精神上的雙向交流、溝通與理解

實際意義：教學對話就是通過教師的提問、激勵與引導，學生自由思考、自由表達自己的疑問和見解而獲得知識技能、發展能力與人格的教學方法。教學對話是師生共同解決問題型教學方法的基本形式之一。

只要具有對話性質，即使整堂課都是教師在講解也會是一種對話而不是獨白。對話不能單純以形式來判斷，關鍵是看其是否具有對話品質。對話的品質就是交流，就是相互的理解。

（三）對話式教學的特質

就對話的具體情境而言，對話需要一種共同統覺背景。對話的進

行需要說者和聽者有共同的統覺背景。巴赫金曾指出統覺背景包括是社會上不同的意見、觀點、評價以及是具體語境中，既定的表述的語言意義。這兩者結合起來就成為說者和聽者用以理解言談的知識背景。

再者，弗萊雷指出：缺乏對世界、對人的摯愛，對話就不能存在；沒有謙虛的態度也不可能進行對話；對話還需要對人類深信不疑；離開了希望，對話也同樣不能存在；最後，除非對話雙方進行批判性思維，否則真正的對話也無從談起。

在教學對話中師生每個人都應該以愛、平等、謙遜、信任的態度投入其中，而不能採取相反或破壞性的態度。教育的前提是差異，有差異就需要有對話。所以，對話是教育的內在需要並且是本質需要。

對話式教學具有以下的教育特性：

1 自我實現的教學目的觀

對話式教學並不排斥追求外在的知識與能力，但最終的目的是通過對話維護學生自身的價值和利益。通過閱讀對話與教學對話促使學生自我對話的產生與進行，促使學生的自我認同、自我發展等等。對話式教學最終是要落實到自我對話上的。教師和學生通過自我對話最終實現自我確認、自我認同、自我提昇、自我發展和自我解放、自我實現。

2 教學合作觀

教師與學生不是對立的，他們在本質上是一體兩面的。他們是教學組織中存在差異的成員。教師是一位富有經驗的夥伴，學生是一位正在成長中的新手。他們合作把教學組織運轉得更合理、更科學。

3 交往生成方法論

通過交往而生成或在交往中生成是新的教學的一種轉向。在對話式教學中，由於其本身所具有的開放性、差異性、不確定性等要素，對話教學的目標是生成性的，教學過程、教學問題等都是生成性的，是在師生互動的過程中生成的，然後在師生互動的過程中達致問題解決。在傳統的教學中，教學目標是「實現」的，即它不具有爭議性，是既存事實的目標，教學就是在教師的指導下讓學生達到這樣的目標而已。在對話教學中，即便有這樣的已「實現」目標，也應被教師「懸置」起來，師生再次重頭共同對它進行新的探索。

4 深度師生關係的建構

對話教學通過師生之間真誠、平等的合作，通過教學交往活動，建構一種新的師生關係：深度師生關係。深度師生關係是相對於淺層或表層師生關係而言的。在傳統的教學中，由於對教學效果的片面追求，授受教學方式使師生之間缺乏交往、交流與溝通、缺乏理解，也就難以構成深層認識與深厚情感，對話教學中，由於師生之間展開合作，通過多重教學交往活動而天天生活在一起，師生之間擁有了更多的合作、交流的機會，有了更多的深入瞭解、理解、認識對方的機會，在不斷的交往實踐中，師生之間的關係逐步走向深入，從而形成深度師生關係。深度師生關係表現為師生之間在知識、能力、性格、態度等多方面的相互深入瞭解與認識，也表現為師生之間情感的逐漸加深。

三　語文對話教學的實踐探索

閱讀對話與閱讀教學對話是兩個不同的概念。閱讀對話是指讀者

與文本及通過文本與文本相關者的對話。閱讀教學對話則是指師生之間展開的課堂教學對話。語文教學對話可以從閱讀對話、教學對話和自我對話三個方面加以探討。

（一）閱讀對話

閱讀對話至少包括兩個方面：一方面是讀者與文本本身的對話；另一方面是讀者與文本相關者的對話。

1 讀者與文本的對話何以可能

(1) 言語的模糊性和意會性

言語具有一定的客觀模糊性和意會性，不少文學作品中的言語所表示的概念內涵不確切，外延不明顯，給讀者留下了較大的主觀情感運動的空間，不同的讀者可以根據自己的主觀意圖對同一語句作出不同的理解。

(2) 文本空間

文本空間即作者有意無意在作品中留下的、可供讀者去充分發揮的空間。接受美學創始人 W‧伊瑟爾則提出文本中「隱含的讀者」。他們所說的這些其實都是一些文本空間，正是這種空間使讀者自覺不自覺地參與到文本創作中來，成為文本完成者。

(3) 意義空間

作者通過作品思想表達一定的意義，作品本身以自己的方式呈現了一定的意義，但除此之外，由於讀者的參與仍然有無限的意義敞開著，作者和作品所呈現的意義之外的意義，可以稱之為意義空間。文本空間是由作者有意無意留出的，意義空間卻將作品呈現出來，甚至

由讀者創造出來的。

(4) 讀者空間

正是因為讀者本身也存在「空間」，所以，文本內容才可能給讀者空間以填充以意義。讀者正是在這種空間被填充的過程中得到了閱讀的愉悅感、收穫感、充實感。

2 促進學生與文本對話的策略

第一，進行相關知識的針對性指導。教師可給學生一些關於如何閱讀的知識指導。這種指導不僅僅是通常意義上的閱讀方法、閱讀技能、閱讀習慣的指導，而是有關文學理論創作、作品敘述視角、藝術留白、文學闡釋知識等可以幫助學生進入閱讀對話的知識指導。

第二，隨課文舉例，教會學生提問。在教學課文時，教師隨課文舉例子讓學生明白怎樣在閱讀時與作者對話、與作品中的人物與事件對話，會收到比較好的效果。一個比較好的策略是教會學生在閱讀過程中不斷提問。初始提問是閱讀深入的切入，不斷追問是閱讀深入的表現，從問題中走出則是一輪對話的結束。

第三，幫助學生清除閱讀對話障礙。在閱讀對話中學生常常會出現一些閱讀對話的障礙。比如詞語障礙、術語障礙、背景知識障礙、理解障礙等。教學中教師可採取一些措施幫助學生清除閱讀對話的障礙。

3 讀者與文本相關者的對話

文本相關者，指與文本產生聯繫的人或環境，包括文本作者、文本產生的時代背景、文本所反映的時代背景、文本編輯者等。讀者與文本相關者的對話，首先是讀者通過文本與作者的對話。傳統的語文

教學，只是注重了讀者與作者的對話，而沒有注意讀者與文本的對話，所以導致閱讀的單一性。讀者與作者的對話，其內容又是十分豐富的，包括通過閱讀體會作者的情緒、感情、心境，理解作者的寫作意圖，理解作者的處境、創作狀態等多方面。其次是讀者通過文本與文本所反映的時代背景對話。

（二）課堂教學對話

課堂教學對話是師生和生生圍繞課堂教學的主題所進行的多重互動活動。

我們也可以把所有的對話都理解為視域融合式。沒有所謂的上下、對等、交錯，有的只有一種方式，即視域融合。對話者之間所具有的是差異，是各不相同的視域。對話以一種視域融合的結構方式存在：你不斷進入我的視域，我不斷進入你的視域，對話者之間不斷進入對方的視野，互相彌補，最後達到共同視域。由於他人視域的進入，個人在對話中得到了提昇。其實，教學正是這樣一種教學相長的過程。

（三）自我對話

要理解現在的我，就要理解過去的我。自我對話在通常意義上是指現在的我與過去的我的對話；也就是自我對過去所沉積的經驗、歷史、思想等的反思性理解。這種對話使自我清醒地意識到現在的存在狀態。現在的我是有別於過去然而又不完全脫離過去的我。

教師在教學中處於主導地位。教師的對話能力與對話水平直接影響了課堂教學對話的水平與質量。教師在課堂教學對話中應該創設平等、民主的對話氛圍，真誠地投入到與學生的對話中去。課堂教學對

話的深度與價值往往取決於教師的組織、發問等活動。所以，教師應不斷加強駕馭問題的能力，提高自己的對話水平。教師對話素養的提高是提高課堂教學對話的十分重要的方面，應該引起教師的重視。

本文完成於2007年，發表處不明。

閱讀與討論：讀書會的基本功

沒有討論的閱讀是無趣的；沒有閱讀的討論是空泛的。

讀書會的基本功就在於對閱讀討論的熟練與實踐。

一　讀書會——閱讀的另一種型態

（一）學習閱讀與閱讀學習

「讀書會」顧名思義就是一個以閱讀作為主要交流媒介的社群團體，它的運作模式或是功能目標，應該是有別於現行學校中所採行的課堂教學模式。

在一個以文字為主要溝通工具的社會中，學習閱讀算是一種入門儀式，一個告別依賴與不成熟溝通的通關儀式。學習閱讀的小孩藉由閱讀能力的獲得，得以參與社會集體的記憶，熟稔此一社會的共同過去。同樣的，也經由閱讀學習，為未來的社會創造新的記憶（知識、文化）。

閱讀本是一個人面對一本書的單一互動歷程，是讀者單獨與文本或作者對話（交易）的過程。在這個過程中，我們學習閱讀同時也經由閱讀學習新知。在傳統的教育中，由於過度強調學習閱讀的基礎性與工學性，因而忽視了閱讀的社會性意義，致使閱讀教學多半鎖定在單純的認字識詞的解碼過程。另一方面，對於閱讀教學的教育意義又賦予太多的教化功能。因此對大多數的人而言，成長的過程中閱讀的

經驗往往是痛苦的，是為了學習、為了考試而閱讀，而閱讀的作品也多半是內容貧乏、價值單一的「範文」。對所謂的「讀書之樂樂何如，綠滿窗前草不除」的閱讀樂趣，多半未曾真正領會過。

　　然而，隨著對閱讀的心智活動逐漸了解，讓我們明白到閱讀不單是一種捕獲文本的自動過程，像是感光紙捕獲光線那般，而是一種令人眼花撩亂、深具個人色彩的重新建構過程。因此對學習閱讀有了新的取向，認為學習閱讀無論是從意義的觀點或是從學習的觀點來看，均不應把閱讀的學習獨立於藉閱讀與生活接觸的實用功能之外。反過來說，個人閱讀能力的發展正是因著藉助閱讀與社會發生關聯，藉助閱讀學習新知的過程，一步一步建立起對閱讀有效運用的能力。所以「學習閱讀和閱讀學習」實是一體的兩面。

　　在這樣的觀點下，讀書會式的閱讀形態獲得了教育上的意義。讀書會的閱讀形態改變了傳統一對一的閱讀形式，它邀請第三者（甚至第四者、第五者）介入，使原本單向式的對話，變成了多元、立體的討論、交流，不論是在議題的設定上，或是實質的內涵、訊息解讀上，都因對話、討論的多元介入，而更形豐富、更具意義。

（二）閱讀與討論

　　如果把閱讀理解成一種單純的認字識詞的解碼過程，那應閱讀似乎不需要太多的討論，只需要加強字詞彙及句型的能力就夠了。但是如上所言，越來越多的閱讀研究告訴我們，閱讀不只是讀者被動的接受作者所傳遞的訊息，而是讀者主動介入及詮釋文本意義的過程。簡單說就是：我們是用頭腦閱讀，不是用眼睛閱讀。閱讀的目的在於獲取意義，但意義並未固定在文本中，而是存在於文本、讀者及作者間。文本指涉的是一種意義的可能性，這種可能性經由不同的讀者解

讀、詮釋可能產生完全不同的意義，因此閱讀討論成為一種可能。討論不單可以幫助意義的理解，也可以形成意義的創新與建構。更重要的是，透過討論使閱讀不再孤獨，成為一種立體化多面向的交織網絡，每個參與者在其中各盡所能，各取所需。

或許一個讀書會從形成、組織乃至每次的聚會運作，其間關涉到眾多因素、要件，甚至缺一不可，但讀書會異於一般閱讀型態的關鍵點，即在於閱讀過程中對討論、對話的要求與實踐。

讀書會採行對話、討論的閱讀過程，致使每次的閱讀、討論都會不完全一樣，而局外人永遠不可能真正理解讀書會內部發生的事情。討論總是前後相關聯的，也受到參與者的文化、背景、社會階級、性別、經歷和個人性格等因素所影響，而這就使得討論只能由局內人從內部來評價，而無法由外部來評量了。這就是讀書會迷人的地方，它絕不是單向的聆聽學習，或是獨斷的心得報告所能替代的。

二　讀書會的運作

（一）為討論做準備

首先，帶領人應該向所有參與者展示民主討論的過程及精神，來激發參與者認真參與討論，讓所有參與者認同花費時間和精力參與討論是值得的。此外，清楚地規定一些基本原則，來保證參加討論的人有平等發言的機會，並且了解如何在相互尊重的基礎上表述不同意見，那麼討論就不會變成漫談或謾罵。

另一方面，要期待好的討論的先決條件之一，就是參與者對所要討論的問題充分了解，有興趣。教室教學內容題材多限定在教材中，而讀書會的閱讀，在內容題材上以參與者需要為主要考量。也就是

說，在探討主題或材料的選擇上，參與者有主導權。如何確定閱讀的題材與資料，這也是關涉到閱讀討論成功與否的關鍵因素之一。對於該議題或內容關心有興趣，是選書的必要條件。至於是採取大家共讀同一本書；還是同一主題的群文閱讀，也儘可以討論決定。閱讀討論最忌諱的就是每人讀一章、讀一段，然後來做心得報告。

再者，教室教學一般說來，教師為主體，學生只是被動的接受知識，進行的程序多半是講授式，即教師講授、學生練習。讀書會進行的方式，會視閱讀的主題及題材而決定，可以很多元。強調的是參與者實際的操作，親身去體驗求知的歷程。讀書會需要有帶領人，但帶領人不是知識的權威，只是程序的安排及維持者。

要特別強調的是，教室教學比較重視知識傳授的結果。故能複製知識即是成功的學習者，否則就是失敗者，將學習視為同質性的活動，對不同的學生皆一致。但是讀書會重視的是參與者自身知識的建構過程。換言之，即承認學習對不同的人有不同的曲線及意義，因此，讓學習者學會如何學習，建構出自己的意義才是重點。

（二）合作學習

在讀書會這樣的社群裡，每位參與者之間，是以一種合作的關係串連起來，這與傳統的學習，環繞在一個知識權威下進行學習的方式是截然不同的。知識的獲得不是給予的，而是自我建構出來的。因此，團體中必須建立起充分對話的環境，使成員共同分享探究的經驗與成果，而不是帶領人或專家不斷的發問，學習者不斷的回答問題；或只是虛應故事，捧場式的提出幾個自己毫不關心的問題，聊備一格。

在讀書會裡，問題的提出是來自於成員自身的困惑，不是帶領人

或專家，為測試學習者的了解程度而提出的問題。當問題提出來後，在對話的過程裡，成員應該隨時檢視自己的論證、觀點是否一致，樂於修正自己不成熟的意見，同時對別人的觀點也能抱持興趣，誠懇回應，並尊重不同的看法。有懷疑時能提出適切的問題，要求解釋說明，而不是私下批評。對於別人的質疑，也應該公平的面對、回應。所以，在讀書會裡預設了一項積極的要素——關心，關心探究的過程（非結果）；關心別人的權利（非義務）；關心彼此的創見（非共識），唯有這樣，對話、討論才有可能進行，也才能發展出分享合作及負責的態度。

（三）良好的討論

讀書會中良好的對話、討論奠基在以下條件：

1. 熱忱的參與：參與者對知識、困惑的好奇與執著，並且能認真看待自己和他人的觀念、意見。

2. 尊重的態度：參與者能注意傾聽別人的意見，詢問相關的問題，客觀的討論，要求理由，互相建構彼此的觀念。

3. 平和的互動：對他人意見表達的尊重，不長篇大論的佔據發表的機會，對新觀念的開放，願意接受同伴的指正。

4. 專業的敏感：重視思維技能上的邏輯性、一致性、程序性，以及對所討論問題相關知識的敏感性。

除了以上的基本條件外，讀書會討論的成敗，很大程度也取決於帶領人帶領的技巧，以及在討論過程中對問題的敏感，能注意到討論是否流於漫談，或有無離題的現象。例如：在談論個人經驗的場合：與其任由參與者討論個人的心事或經驗，發表長篇大論。不如適當的導引、轉換，使參與者能從更廣泛的角度對個人經驗作說明，這才是

一種較深入的討論。一個優質的討論,討論必須從問題的具體面、個人面,轉向更廣泛、更全面、更有建設意義的層面;從肯定推進到可能,從具體事例獲得更廣泛的理解。

關於讀書會帶領人如何促進討論,提供下列具體建議:

1. 對於閱讀能力較弱者,或是閱讀主題較陌生時,在閱讀前提出一些問題,表明在接下來的閱讀將圍繞這幾個問題來開展,可收到聚焦的效果。但要注意,不要陷入引導討論的窠臼中。

2. 不要只請舉手的人發言,因為他們可能是固定的人選,長久以後,對其他的參與者而言,會促成在討論中不動腦筋的情形。

3. 從容面對沈默,沉默能帶給我們許多新的、明確的想法,帶領人及參與者都需要了解,進行反思時的沈默和踴躍的發言,都是好的討論所不可分割的組成部分。

4. 從容面對討論中有很多矛盾的觀點,因為參加討論就意味著把自己置身於很多矛盾的觀點之中,重要的是釐清自己的論點、想法,而不在於積極尋求共識,否則與獨立閱讀何異?

5. 在討論中引入「發現假設」的意識。討論的目的之一就是鼓勵批判性思維,也就是讓參與者尋找和確認,形成自己觀點和行為背後的假設。

6. 在討論後可以進行一段簡要的「自我檢討」,對參與下一次的討論會有幫助。

   • 你認為討論中最有爭議的觀點是什麼?

   • 你認為討論中什麼觀點最重要?

   • 在你聽到的所有觀點和看法中,你認為哪一種最特別(或最含混)?

三 促進對話、討論的語言

（一）問題的類型

在讀書會的閱讀討論過程中，首先面臨到的困擾問題往往就是：討論的問題從何而來？什麼問題值得討論？什麼問題是好問題？

一般說來，屬於價值性的問題因為本身就涉及不確定性，所以通常會被認為是好問題，是值得討論的問題。例如：什麼是好朋友？人是不是可以說謊？而對於有明確定義，或是一般定律、原則等事實的問題，就認為不需要討論，不是好問題。這樣的判斷過於單純，也失之於武斷。價值的問題固然值得討論，也易於呈現多面向的觀點，但是事實的問題仍有其可懷疑的一面，特別是放在不同的時空背景或條件下來思考時，例如兩點間最短的距離真的是直線嗎？當然，問題的類型往往與閱讀的內容有關，文學性的閱讀，所提出的多半是價值性的問題，知識性的閱讀所關注的則多為事實性的問題。不論是價值性的問題或是事實性的問題，都有值得討論的面向。

此外，對於參與者所提出的問題，也可以與閱讀文本的遠近關係來區分，可分為文本的問題和非文本的問題兩類。文本的問題一般是來自於對文本的不同理解，或是對文本的誤解，甚至是不瞭解。因此，其解答多半可以在文本中找到線索。非文本的問題則是在閱讀時，由文本所引發出來的其他推論性的問題。這樣的問題，討論時依賴的是個人的經驗及背景知識，文本只是提供了一個對話、探討的參照座標。然而事實上，一個問題不一定能簡單的區判為文本問題或非文本問題，有時候是相當模糊的。這樣的區分並不意味著問題本身的高下價值與難易程度，只是方便在進行進一步討論時先釐清方向。

在閱讀中一個好的問題，往往能促使概念更加深刻，也能使理解更為豐富。一個好的問題，可能具有以下特質：

- 一個好的問題，對字詞、語句的使用必須思考清楚（不能含混）。
- 一個好的問題能提供驚奇，有時候會經由談論某些大家均未注意到的問題，而回應出一個好的問題。
- 一個好的問題挑戰既存的思考並鼓勵反省。
- 一個好的問題具有說理、聚焦、澄清、適當表達的功能，它可以是挑戰、驚喜，但它不能當做武器去攻擊別人。
- 一個好的問題能引發參與，刺激思考和喚起情感。

（二）提問與討論的語言

除了針對閱讀內容的提問外，要促成讀書會成功的對話、討論，還需要另外兩種語言：提問的語言和討論的語言。提問的語言能幫助討論往前走，能促使發言者進一步反省自己想法。討論的語言則能使討論更民主、更順暢。

討論中常見的提問語言有：

1 要求講出更多證據：

- 你是怎麼知道的？
- 所講的有哪些數據可供參考？
- 作者的哪些觀點支持你的看法？
- 文章中的哪些地方讓你產生這樣的觀點？

2 要求進一步澄清：

- 你能換種方式講嗎？
- 你能為所講的內容舉個恰當的例子嗎？
- 你能對你的觀點提出不同的解釋嗎？

3 聯繫各種意見：

- 你所講的和某某人剛才所說的有什麼關聯？
- 你的發言要如何與某某人之前的意見整合？
- 這種觀點如何修正剛才所講的內容？

4 提出假設性的問題：

- 如果 ○○ 沒有發生，那麼 × × 的結果會如何呢？

5 建立因果關係：

- 把人數減少一半會對這個現象有什麼樣的影響？

6 進行概括總結：

- 這次討論中最重要的一點是什麼？
- 基於今天的討論，如果下一次我們想對這個話題做更深刻的理解，那麼應當再談些什麼呢？

　　除了提問的語言是促使討論深入的重要因素外，為了讓討論能持續進行，並能逐步逼近問題核心，善用討論的語言也是必要的。討論的語言不同於宣傳的語言，不需要誇張；也不是說服的語言，不需要狡辯。在討論過程中，適時的利用討論的語言，能幫助達成充分溝通表達的目的，使討論順利進行。例如：

- 對不起，我現在必須表示一下意見。（打岔式表達）

- 請再說一遍好嗎？（表達自己的不解）
- 我說的是你的意思嗎？（避免誤解）
- 我覺得有點怪怪的。（表示疑惑）
- 我（不）贊成你的觀點因為……（做評價）
- 我想我的看法錯了。（承認錯誤）

四 對討論的評價

　　為了讓讀書會能更展現出它的特色，也讓參與閱讀、討論的成員有更好的收穫，每次讀書會後，對讀書會的實施進行實質的檢核與反思是必要的。這樣的檢核、評價，不專屬與讀書會的帶領人，它其實是每位參與者共同的責任。但要如何去評估讀書會中的討論是否是一次優質的討論？可從以下幾個方向來檢核：

1 意識到多樣性：
- 在討論中是否出現各式各樣的觀點？
- 是否帶來了與社會主流觀點不一致的觀點？
- 發言的意見當中是否有一些特殊立場（性別、種族、階級、職業、意識形態）的代表性意見。

2 欣賞不確定和複雜性：
- 討論的議題是否是開放的、無所限制的？
- 參與者是否對討論問題的複雜性表示尊重？
- 帶領人是引導討論朝著預先設定的目標前進？還是使討論更具有刺激性、不確定性？

3 承認差異：

- 討論中有開放而坦率的不同意見嗎？如果有，那些被反對的人是否能夠自發主動地了解和尊重不同的觀點？

4 尋找假設：

- 在討論中是否使你有機會對所持的假設提出批判？
- 對哪些假設提出挑戰？

5 全神貫注地傾聽：

- 在討論中是否對別人表現出全神貫注地傾聽？

6 發現聯繫：

- 討論的內容與生活有怎樣的聯繫？
- 對未來的思維和行動方式有什麼影響？

7 實踐民主習慣：

- 有機會通過合作與協商形成一致的意見嗎？
- 反對意見也被鼓勵和尊重嗎？

8 清楚明確地交流：

- 為了在不同的文化、種族、性別、階級和意識形態之間清楚明確交流，彼此做了什麼努力？

9 合作學習：

- 有機會與他人一起緊密地合作嗎？如果有，它是否加深了對合作的理解或者是強化了對它的敏感性？

10 分析和整合：

- 能夠把不同的發言連接到其他人的發言中？
- 討論中加深了成員對一個問題或思想的理解？
- 對於題目的複雜性提出新的鑒賞？

五　結語

　　兒童文學家諾德曼說：閱讀最大的樂趣來自於對話（與作者對話、與其他讀者對話）。固然，閱讀在某個層面來看，是相當孤獨的，不論是與書中人物同喜同悲，或是幡然醒悟，在當下都只有你一個人獨自承受、感動。但是不要忘了人是社會的動物，人會期待與他人分享自己的悲喜情緒，所以閱讀而不與人對話、討論，那其實是相當無趣、枯燥的。另一方面，孔老夫子也說過：「小人群居終日，言不及義，好行小慧，鮮矣仁。」，為什麼會言不及義呢？一個很重要的原因就是不讀書，欠缺內涵。沒有閱讀、沒有內涵的言談，只是街談巷議的空話罷了，無利於自我的成長，更不關乎國計民生的興革。對於閱讀與討論相輔相成的關係，在此借用西哲康德的格言形式做一總結：沒有討論的閱讀是無趣的；沒有閱讀的討論是空泛的。

2008年發表於《小語匯》第12期。

「合作探究」形式的教師專業發展

　　在這輪教育改革發展過程中,「教師專業發展」成為首要而又受關注的問題。各國學者及政府均認識到,教育改革的成功與否,國家教育素質的高低均取決於教師。相對的,教育研究的主題和重心,也從「教育是否為一項專業」轉向「如何促進教師的專業發展」,學者們努力探索促進教師專業發展的各種有效策略或途徑。

　　「合作探究」作為教師專業發展的框架,這個框架可以根據教師需求和成長變化進行相應的調整。「合作探究」為教師提供了與同事一起實現專業發展的機會,那些同事與自己的教學工作是緊密相關的,而且還能幫助自己成長為專家。另一方面,教與學並不是兩個獨立的事物,兩者有著內在的聯繫,具有很多相同的特點,合作探究也給教師提供了一個機會,使他們以自己推崇的學習方式與學生一起學習。以下分別從專業發展的目標、形式、活動方式等面向進一步說明。

一　以學生成就為本

　　在進行任何一項教師專業發展的規劃之前,都必須考慮下面的問題:專業發展是為誰而設計的?希望達到什麼效果?培訓內容是代表新的學習,還是努力改進現有的知識和技能?

　　學校教育與學生的成功有密切的關係,教師有責任幫助學生成為

更有效的學習者，不論是在學習的內容或是學習的方式上。因此教師專業發展的核心，就在研究與改進課程和教學的型態，這能幫助學生達到更高的發展狀態。

我們應把學生的成功視為是教師專業發展的結果，教師的專業發展、學習直接指向改善課程和教學。根據研究，如果一位教師或教師群體在每學年只要投入十二天的時間，正規的學習某個課程領域的內容，或者學習某個可以運用於各個課程領域的有效教學策略，經常研究課程實施以及學生學習成果，那意想不到的事情就會發生，那就是學生能取得實質性的進步。

Mezirow & Associates (2000) 區分了兩種不同的學習類型：告知型學習和轉化型學習。告知型學習是直接獲取事實性知識，而轉化型學習包含了修正或改變自己的基本假設、觀念的過程。事實上，傳統學校的學習多屬於「教就是講授，學就是記憶」的模式。正由於教師早期學習的經驗，多停留在關注事實性知識的獲取，在一定程度上影響了教師自己的教學方式，使大多數教學方式一成不便，抗拒改革，仍只關注在學生如何獲取知識。

所以我們認為：教師學習成長的方式與結果，應直接與課堂教學相關，直接指向課堂教學方式的改變與學生學習效果的改善。要使教師專業發展對學生學習產生重要影響，教師的專業發展必須滿足以下條件：

⑴關心教師真正的想法，將他們的經驗和知識作為專業發展的基礎，而不是立足於外部的知識。

⑵教師發展內容的開發，應該圍繞著課程與教學的策略，因為這些策略會影響學生的學習。

⑶教師發展的過程，應該關注教師如何將所學知識付諸於課堂實施的技能。

⑷教什麼、怎麼教，以及學習上的改革幅度應該夠大，顯著地提高學生學習的能力。

二 「合作探究」的意涵

合作探究就是教師們組成一個探究團體，針對他們認為重要的教學問題進行探究。一般會通過構建問題，閱讀有助於解決問題的相關資料，分享對資料的看法，並依據已有經驗和討論結果，調整或修改對問題的原來看法。通過合作探究，教師應充分利用自己的教學實踐經驗，並從已有的經驗中得到學習，此外也借助同儕的視角，來促進自己的教學以及學生的學習。

由於教師的工作是在一個大的工作團體中，身處複雜的、迅速變化的知識社會，像其他行業的工作者一樣，教師的教學工作和專業學習，不能單獨一個人完成。沒有任何一個教師可以獨自一人應對教學或提高專業水平。所以，經由教師團隊或專業學習團體一起討論、共同協作、解決問題，對教師來說是至關重要。

當然，合作探究不是促進教學品質提高的唯一途徑，其他諸如工作坊、學術講座、培訓課程或評鑑系統等都能發揮重要作用。但，合作探究為教師提供了與專家、同事一起實現專業發展的機會，平等對待每個人的實踐經驗，以及實現從討論到認識到行動的轉變，進而使學生的學習發生改變，以上這些要求是無法通過其他專業發展途徑得到真正的滿足。

三 探究團體的組建

探究團體的組建，必然遇到以下兩個問題，這在組建探究團體時

必須加以思考：探究小組應該是自願組合的，還是被要求的（也就是由學校指派）？探究小組要按照同年級或同學科組建，還是按照不同的年級或學科組建？

第一個問題答案似乎很明顯，探究團體的參與者如果沒有主動意願去質疑例行的教學方式（無論是教學的程序、具體的實施過程，還是核心價值觀與理念），那麼探究活動是無法揭示及挑戰已有的心智模式的。沒有這種挑戰，學習成長也就不可能發生。Stokes 稱此為「關鍵意願」。如果教師自願選擇合作探究作為專業發展的方式，並在實踐中獲得支持，那麼通常教師將會積極參與探究過程。

但現實狀況可能是：參予者並非是自願的，而是學校規定的或礙於評鑑、考核壓力而來的，那麼探究小組的運作將面臨挑戰。面對這樣的情況，很重要的一點就是讓小組成員自己來決定該探究「什麼」，允許他們對自己關心的問題進行探究，或許能稍解被迫的不滿情緒。

至於應該在同年級內，還是在不同年級之間組建探究小組？應該在同一學科內，還是在不同學科之間組建探究小組？教師可能對於和不同年級、不同學科，甚至不同學校的教師一起討論問題抱持懷疑態度，但到後來往往會認識到這樣做有它的優點，除了可以聽到別人對自己教學的各種意見，也更能理解其他年級、其他學校的教學狀況。而其他學科的問題和反饋，一樣都能促進自己對教學問題產生反思，特別是非本門學科的人所注意到的問題，往往正是一些專業教師認為是理所當然或忽視的問題。

四　合作探究的實踐

相互信任、時間、容忍分歧，和焦慮的能力、明辨判斷的能力、

獲取真正理解的能力等等，這些都是進行合作探究所必需的條件。

其中時間則是最關鍵的因素。要從學校忙碌的教學課表裡找出時間來聚會討論，是一個永恆的挑戰。如果是利用課後時間，教師家庭生活安排與取得家人的諒解，也是相當複雜的難題。此外如何維持合作小組成員間的溝通交流，也必須巧妙安排。

進行合作探究具有相當的挑戰性，如何區辨出重要的問題、尋求解決方法或相關資料，不但費時而且艱苦。或許探究程序可以表述為一直線式的過程，以蒐集並確認問題開始，以得到新的理解或教學方式結束。但是，在實踐過程中探究並非那麼整齊有序，每個環節都有可能出現困難與爭議，極需參與教師的耐心與容忍。而這複雜的過程與經歷，本身就極具學習價值。雖然通過合作探究並非一定能直接或簡易的解決問題，但是只要深思熟慮，花時間研究，並有相應的資源協助，還是能夠實現對問題的深刻理解，進而提出有效的對策。

此外，將探究所得真正運用到實踐中，也是艱難的一步。這些問題必須仰賴參與者找到合作探究的目標，以及發現探究工作本身的樂趣，才能夠解決。

五　結語

在傳統的教師專業發展方式中，有一個假設，就是認為通過獲取資訊可以促進變革。專家學者擁有知識，教師是通過外部專家的教學來學到這些知識。專家的任務就是以清楚準確的方式呈現信息，教師的任務就是吸收這些資訊。傳統模式最終的、直接的、可預見的目的就是獲取知識，專業成長的過程把大部分可用時間、心力都花在將資訊傳遞給那些被動的接收者上。此外，一般的教師專業發展模式往往只關注新訊息的獲得，如某個學科領域的新內容或是新的教學策略。

這種方式的學習進修固然重要，但教師更應當深入分析學科內容，立足於多樣化的案例、具體的應用過程、恰當的教育理念以及對學生學習的深入了解來開展學習。

而「合作探究」形式專業發展則正好相反，認為專業發展是一個複雜的過程，需要對深層次的行動理論進行探討反思，才有可能進行變革。在合作探究的實踐活動中，學習目的不再僅僅是獲取知識，而是以適當有效的方式實現知識的創新與應用。換言之，當給予教師充分的機會去學習新知識和新技能時，他們可以獲得這些新知識和新技能，並把它們運用到教學實踐。而有效的教師專業發展，不正是要培養教師這種「學會學習」的態度與能力嗎？

2008年發表於《小語匯》第14期。

提昇「閱讀力」的教與學

—— 以閱讀策略為導向的教學

　　此次「青年教師閱讀教學觀摩活動」即將要結束，我想無論結果如何，各位老師辛苦的汗水灌溉了小學語文教育這塊園地，終將會開花結果。臺灣老師因故無法出席這場盛會，到此來學習，實在感到遺憾。

　　經過多年的努力，大陸方面對於課文教學已經取得一定的成就，我們確實有必要更虛心的、更前瞻的進一步反思：閱讀教學的下一步應該往哪裡走？以下將個人在臺灣推動兒童閱讀的一些經驗提供給大家做參考。或許臺灣在兒童閱讀這一塊走的比較早，但是我們都知道，早走不一定先到。個人的粗淺經驗也許能夠提供一些思考方向。在我開始做今天的報告前，我們先輕鬆的走進孩子世界，一起來看一本圖畫書吧——《這是誰的腳踏車》，麻煩各位老師和你隔壁的夥伴一起閱讀並且談一談。

　　好！我們讀完了這麼一本有趣的圖畫書後，請各位老師回憶一下：在剛才的閱讀過程裡，您做了哪些思考的活動？運用了哪些閱讀的策略？我想作為一個有能力的閱讀者，我們會注意圖像裡的特點，我們會根據自己的經驗做出預測，隨著後續的閱讀，我們可能會修改我們的預測，接著再進行預測。這就是一個真實的閱讀過程。

　　順著故事的話題，我想請諸位老師想一想：教孩子什麼是自行車，和教孩子學會「騎」自行車，這兩件事情有什麼不一樣？教孩子什麼是自行車，類似在教孩子一個知識，所以我們可能會介紹，我們

可能會說明，我們可能會解釋或者是闡述，目的是讓孩子知道腳踏車是怎麼一個東西，有什麼功能等等。可是如果我們要教孩子「騎」腳踏車，那麼我們告訴他腳踏車有哪些種類，它的結構是怎麼樣，它是什麼材質做成的等等這方面的知識，對於他學會騎腳踏車可能幫助不大。諸位老師請回想一下，您是怎麼學會騎腳踏車的？我想很多老師和我一樣，我們是摔出來的。我們是靠自己不斷嘗試，不斷練習、揣摩出來的。爸爸媽媽給了我們很多的鼓勵，當然偶爾也會責備我們，但大部分時間是給我們鼓勵，他要我們多練習，我們就真的會騎了。藉由這樣的經驗，我常想，我們真的能教孩子一些能力嗎？也許我們能教給他們一些知識，但是關於能力，可能不是用講的，或是介紹、說明能夠讓他學到的，必須鼓勵孩子自己去做做看，而我們頂多只能提供一些方法、建議而已。

順著這個思路接著再請諸位老師想一想，我們在語文課堂裡，我們「教課文」和「教閱讀」，有什麼不同？請老師們聯繫剛才的案例來進行思考。我覺得這兩者是有些不一樣。不論是它們的學習目的、教學目標、教學方法、使用材料甚至評量方式都是不太一樣的。在進一步說明兩者差異之前，想先釐清一個觀念，請諸位老師思考一下：閱讀跟語文的關係到底是怎樣的關係？有一種說法認為語文含括閱讀，因為閱讀是語文聽、說、讀、寫形式中的一環。但是，如果我們從另外一個角度思考，也許閱讀是超越語文的。為什麼？在一個資訊快速流通的時代裡，閱讀已成為進入文明社會的一塊敲門磚。講嚴重點，它可能是人們求生存、解決生活的一個非常重要的手段跟工具。我們每天都必須透過閱讀獲取生活所需的資訊。所以從這樣的角度來看，閱讀是超越語文的。就此而言，推動兒童閱讀，不應只是語文教師的工作。閱讀是所有學科學習的基礎，也是所有教師的責任。

以下將從一項調查研究來說明「教閱讀」確實是不同於「教課

文」的。臺灣推動兒童閱讀將近十年了，可是當我們參加「全球兒童閱讀素養調查研究」（簡稱PIRLS），調查出來的成績讓我們感覺非常的困惑和痛心。臺灣的成績並不理想，在這樣的一個全球性的兒童閱讀能力的評估活動中，臺灣的孩子排名第22。這樣的成績迫使我們必須正視我們的閱讀教學確實出了問題。也迫使我們真正去思考、去瞭解，過往我們所努力的方向是否有了偏差。諸位老師，讓我們先看一下國際間對於所謂的閱讀素養，他們是怎麼界定的。根據PIRLS 2006定義：所謂閱讀素養指的是：

- 學生能夠理解並運用書寫語言的能力
- 能夠從各式各樣的文章中建構出意義
- 能從閱讀中學習
- 參與學校及生活中閱讀社群的活動
- 由閱讀獲得樂趣

　　從這樣的界定中，我們可以發現國際間對於閱讀素養關注的是：理解及運用；從閱讀中建構意義；透過閱讀學習；參與以及興趣。而這些要項在臺灣的語文課堂中卻是最缺乏的。

　　PIRLS所採用的研究工具包含兩部分：測驗與問卷。

閱讀測驗

——故事體與說明文

——四個閱讀歷程

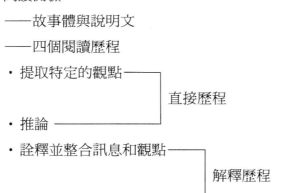

- 提取特定的觀點 ——┐
　　　　　　　　　　├ 直接歷程
- 推論 ————————┘

- 詮釋並整合訊息和觀點 ——┐
　　　　　　　　　　　　├ 解釋歷程
- 檢驗或評估文章的特性 ——┘

背景問卷

——學生問卷、閱讀學習調查（家長或監護人填寫）

——教師問卷、學校問卷、課程問卷

我們再來看看他們的測驗試題樣本。樣本中的文章是美國第一位女太空人進行了太空漫步之後回來寫的一本自傳，測驗文本是自傳裡關於出艙的一段介紹。文中介紹了她怎麼走出太空艙，之前要準備什麼，並配有圖表詳細的說明，這是一篇說明性的文章。讓我們看看針對這篇文章的閱讀，PIRLS 所出的測驗題目：

5. 為什麼太空人需要準備幾個小時才能離開太空梭，舉出兩個理由說明。（直接推論）

11. 為什麼作者提到，太空人走進太空前會「再一次抓抓鼻子」？（檢驗、評估內容、語言及文章的元素）

12. 有編號的框框怎樣幫助讀者瞭解文章的內容？寫出其中一個方法。（檢驗、評估內容、語言及文章的元素）

15. 想像一下，如果你想當太空人，從文章的資料，說明當一個太空人的一項好處和一項壞處，並說明為什麼。（詮釋、整合觀點及訊息）

從這些樣題中，我們可以看出 PIRLS 所認定的閱讀能力，不單是能從文本中直接提取相關的資訊，更重要的是讀者能檢驗、評估以及主動的建構意義。例如上述第十二題：有編號的框框是怎麼樣幫助讀者瞭解文章內容的，寫出其中一個方法。這個問題基本上是沒有標準答案的，學生必須意識到在閱讀過程裡如何利用文本所提供的各種訊息來幫助他讀懂這篇文章，這純粹是在講個人的閱讀方法。又如上述第十五題：想像一下如果你想當太空人，從文章的資料說明當一個太空人的一項好處和一項壞處，並說明為什麼。這也是屬於主觀詮釋的問題，也許我們會問：這樣的題目要如何來評分呢？這樣的題目還是

可以評分的，只要讀者能夠自圓其說、言之有理就好。我想做老師的不應該因為題目難批改、難客觀評分就放棄出這類的題目。

看了這樣的題本，私下我就憂心如果臺灣參加這樣的測驗，成績一定不會太好，因為我們的課堂教學，我們的課文教學不教這些東西，也不會考這樣的題目。果不其然，二〇〇六年臺灣參加了第二次的測驗，全球排名二二，這其實是在我的預估之中的。這次測驗全體學生的平均分數是500分，最高分的國家學生平均分數是563分，臺灣學生平均分數是536分。臺灣學生在直接歷程中平均得分為541，排名第16，還可以。但是臺灣學生在解釋歷程中，平均分數530排名第25，兩者有非常顯著的差異。我們教了些什麼，孩子學到些什麼，這些大概都是可以預期的。這次的調查對臺灣的閱讀教育是一個相當的警惕，臺灣的老師不能說不努力，臺灣的學生不能說素質不好。但是，可能我們努力方向跟國際的方向有了蠻嚴重的落差。

當然，我們可以去思考我們是不是要以國際的取向為取向，還是我們應該堅持自己的發展取向？但是說實在的，在這樣一個全球化的環境中，我們必須與國際同步，當國際間如此界定閱讀素養的時候，而我們的課堂教學卻遠遠的偏離了這樣一個國際趨勢，那我們怎麼去面對我們孩子的未來，怎麼去面對全球的競爭？我們必須去認真的思考這個問題。其中還有幾項很值得玩味的調查分析：作業比較多的孩子，他們的成績就比較差。臺灣還有一項讓我們更覺得訝異的是：臺灣孩子的閱讀興趣在所有測試國家中排名最後。也就是說我們做的越多，孩子就越討厭閱讀。所以我們真應該認真思考我們做對了嗎？我們該怎樣做？這樣的經驗願意提供給在座的老師們。

以下回到本報告的主軸，所謂以策略為導向的閱讀教學，我們所關注的重點到底是什麼？歸納起來有以下幾項：

(1) 讓學生體驗真正的閱讀
(2) 練習從閱讀中建構意義
(3) 擴充學生的閱讀量及範圍
(4) 培養學生獨立閱讀，發展閱讀策略

　　各位老師，什麼叫真正的閱讀？我想我們都曾有過這樣的經驗，這我們不需多說，而課堂裡的課文教學，何曾給過孩子這樣的經驗呢！我們捫心自問，這樣的閱讀我們會喜歡嗎？其次，閱讀文本就是個建構意義的過程，但是在課文教學中，我們所在意的往往是文本的解讀，欠缺對做為閱讀主體的讀者的關照，所以在以策略為導向的閱讀教學中，所應關心及積極培養的是學生從閱讀中建構意義的能力。我們所關注的第三個重點是，透過這樣一個教學，能夠擴充學生的閱讀量和範圍，我們希望提供學生各類的文體和材料。第四個重點是要透過教學培養學生獨立閱讀的能力和習慣，以及發展出有效的閱讀策略。

　　當然，要進行這樣的教學改變，必然會遇到一些困難。第一個會面臨的困難就是進度的問題。要讀那麼多的東西，應該怎樣安排教學進度，我們的課時就只有這麼多，在教材之外還要把這些東西都補充進來，該如何安排？此外，我們還需要大量及多樣的書，要推動閱讀如果沒有書是根本無法進行的。不但是學校圖書館，每間教室都需要進行充實。而怎麼樣將閱讀跟課程建立起關聯，適切的將教閱讀與教課文結合起來，也是必須思考的問題。更重要的是，老師的教學方式必須做調整，教課文和教閱讀是不太一樣的，所以我們的教學方法要調整。但是要調整老師的教學方法，其實是相當困難的一個工程。這些是臺灣在面對閱讀教學改變時所遇到的困難，這些困難有的可以克服，有的很難克服，我們仍在努力當中。

再回來一開始所提出的問題：到底「教課文」和「教閱讀」有什麼不同？我從幾個角度略做整理，提供各位老師參酌。從這樣一些對應的關係裡，我們或許就可以為如何融合課文教學及閱讀教學找到一些可行的出路了。這兩者不應該是兩極化的，不應該是絕對對立的，而是可以相輔相成的。

（一）「教課文」與「教閱讀」的目的是不同的

教課文的主要目的是獲得知識，牢記知識，準備考試。可是教閱讀我們更關心的是滿足個人的興趣，解決生活的問題，形成閱讀的品味和策略，所以學習目的是不同的。而從教學的觀點來看，課文教學是為了培養學生聽說讀寫的能力，強調語文知識的正確性。可是從閱讀教學觀點來看，我們的目標是要培養孩子獨立閱讀、批判思考的能力。

（二）「教課文」與「教閱讀」的教學方法不同

課文教學老師的主導性很強。教師講解、糾正、批改，也就是說知識掌握在老師手上，學生是跟著老師去學的。老師定出學習的目標和標準。閱讀教學，學生的主導性強，課堂上會鼓勵學生提問、討論。在這次的活動裡，也看到了很多老師鼓勵學生提問，但是我覺得好像有﹒點虛應故事的味道。老師並沒有教學生怎麼提問，以及如何處理問題。學齡前的孩子不用教他怎麼提問，他們不斷的在問問題。可是進到小學後，我們要教孩子怎樣提出一個好問題，大家可以在這些策略中多做出一些展開。教閱讀我們會鼓勵孩子提問，根據問題進行討論，我們會根據不同的策略讓孩子去做練習。提供給他們一些方法，讓孩子能夠找到最合適他的方法，來幫助他讀懂文章，而且從讀

懂這篇文章之後能夠建構自己的意義。

（三）「教課文」和「教閱讀」在讀物的性質上也有所不同

　　教課文是以範文為主，一篇一篇的教。這些文章都經過了專家的修改調整以及審查，所以在結構和手法上都比較單純一致。教閱讀我們希望孩子去讀真正的讀物，是以書本為單位，一本一本的讀。當然我們也會讀報紙，也會讀雜誌，裡面也是一篇一篇的，但讀物是完整的，保有作者個人的風格，所以在立論觀點以及結構、情節上，具有相當的差異。在教學時，也許每個學生讀的書不同，但是可以針對相同的議題一起學習。

（四）「教課文」和「教閱讀」的閱讀方式不同

　　課文的閱讀比較強調獨自的朗讀，要求字正腔圓。大陸這一方面做得非常好。在課文教學中，較關注作者或文本的意義。但是在教閱讀的課上，我們比較注重個人默讀。同時也會要求學生練習各種型態的閱讀，例如：略讀、瀏覽、跳讀、精讀等。在閱讀中注重個人對文本的理解，注重人與人、書與書、書與人之間的聯繫。

（五）「教課文」和「教閱讀」在評價內容和方法上是不同的

　　一般課文教學評價的內容主要是相關的知識技能，題目會扣緊課文來出，這些問題多半是有標準答案的。可是如果是對閱讀能力的評測，應關注的是各種不同層次的理解，會重視學生的批判與反思，也會以不同的文章作為出題的範圍。

　　以上針對「教課文」以及「教閱讀」的差異，提出了一些粗淺的看法。相信透過這樣的對比，諸位老師已能發現兩者可相融合的可能途徑與做法了。

　　下面我們再來講一下到底什麼是閱讀策略。在此大概的介紹幾種常用的閱讀策略。第一種是預測。

　　所謂的預測，並非沒有線索、證據的胡亂猜測，而是從已知的線索去推測將要發生的事情。預測的重點不是對與錯，預測是否準確事後就會有分曉。為什麼要採取這樣一種策略呢？因為透過預測文本能幫助學生投入到文本閱讀當中，透過預測也能發揮學生的想像力。在閱讀中進行預測，學生可以從接下來的訊息知道自己的預測是否準確。他可以學習如何更精準的掌握各種不明顯的、隱晦的訊息。

　　另外一個策略是連結。所謂的連結是指在閱讀過程中文本所呈現出來的訊息，是不是讓我們想起了已經知道或者曾經歷過的事物。連結可以分為三種：一種是文本與讀者自身的連結，就是文本喚起讀者過去的一些經驗。第二種是文本與文本的連結，經由文本喚起讀者曾閱讀過的其他文本。第三種是文本與生活的連結，是藉由文本喚起讀者關於相關社會或生活上的類似經驗。閱讀時適當的使用連結策略，將使讀者更能吸收文中的資訊。

　　我們再來看提問這個策略，閱讀時透過自我提問其實是一個幫助理解的有效方法。提問有不同的需要，有時候是為了尋找資訊，有時候是為了做研究，有時候是為了加深理解，所以我們會提出不同的問題。問題有不同的層面，基本的問題，如這個字到底怎麼念，這個詞到底是什麼意思，這是一些基本的問題。我們希望孩子能夠跳過這些基本問題，逐漸向高層次的問題發展，也就是分析性、綜合性、探究性的問題。提問可以幫助我們澄清思想，幫助我們尋求理解，刺激我們進一步研究。諸位老師，我們在課堂中常向學生提問，這些問題其

實是已經有答案的，所以這樣的問題並不是一個好的問題，我們要問一些老師自己都不知道答案的問題，我覺得這樣子老師才會全心全意和同學一起探討問題，一起來學習。

在這次的活動裡，我也看到很多的老師透過圖畫來幫助學生理解。所謂圖像化策略也就是說，閱讀時把文本的內容化成腦海中的一個圖像。有些孩子擅長用圖像來思考，所以圖像化對某些孩子來講也許是一個很好的學習管道。學生可以利用這種方式，將文字轉化為一種圖像，幫助他理解與記憶。通過這樣的管道可以讓文本變得更具體、更生動，讀者身處在這樣一個圖像故事裡，更能夠投入到故事的內容。

最後一個是推論。推論是利用文本的線索和已有的背景知識，對文本沒有明顯表達出來的內容作出一些假設。善於推論可以幫助我們脫離文字表面的意思或是瑣碎的細節，精確的掌握文章的主旨，領會字裡行間的意義。

以上這些策略是一個好的閱讀者在閱讀時經常會使用到的策略。或許我們沒法教會學生閱讀的能力，但這些策略的教學與練習，將有助於學生發展他的閱讀能力。

針對策略教學我想提出以下一些建議。第一，我覺得教師必須解除教材的魔咒，必須提供孩子多元的文本；第二，當我們瞭解到「教課文」和「教閱讀」的差異之後，我會建議各位老師，在課堂教學中將課文教學適度的向閱讀教學傾斜；第三，在課堂教學中應進行不同目的，不同文本，不同方式的策略教學；第四，希望我們的課堂能夠釋放更多的空間，讓學生去展示他的學習力，我們能夠更關注學生的興趣。不論我們教了孩子多少語文的相關知識技能，不論我們提供了他多少閱讀策略，如果我們不讓孩子真正去閱讀，他還是學不到。所以希望各位老師多給孩子一些自由閱讀的時間。另外，我想要特別提

醒各位老師，課堂是學生的舞臺不是老師的舞臺，老師不要替代學生思考，不要替代學生練習，讓孩子自己真正的去操作，也許他會犯錯，但是因為犯錯我們才知道哪些地方我們可以去幫助他。

　　以上是我個人對改善學生閱讀能力的一些想法，提供給諸位老師做一個參考。綜合以上觀點，我想針對這項意義重大的活動，提出個人的一個小小建議：在我們對課文教學已經取得相當好的一個成績之後，我們是不是應該更具開創性的，更具實效性地的去思考，如何將這項活動帶往一個更高的層次，為閱讀教學打開更多扇窗。因此，我建議把活動的內涵定位為：「閱讀創新教學」觀摩活動，讓青年教師有更開闊的空間去思考閱讀教學的各層意義與做法，讓閱讀教學注入更多的活水源頭。

　　本篇文章為趙鏡中先生2009年於第七屆青年教師閱讀教學研討會上的演說稿。

臺灣的兒童文學教學：成績與挑戰

—— 從教材編選的觀點切入

一　兒童文學進入教材的現象

　　一九九六年臺灣開啟一綱多本的新時代，經過多年的淘汰後，目前主要的語文教材共三套（康軒版、南一版、翰林版），以下就以這三套教材為對象，整理分析在這三套教材中兒童文學所占的比重，以及呈現的形式。

　　兒童文學在兒童閱讀活動中無疑扮演著非常重要的角色，但是當兒童文學進入教材則出現了一些異化的現象。

　　臺灣的小學教材傳統以來是採取編寫的方式製作，也就是說教材中的課文都是新編寫的，並非如大陸的教材採取局部改寫（我的理解，可能不正確）。所以臺灣教材中的課文形式，往往受限於語文教學的基本理念，例如低年級字別字數的限制，中高年級對文長、內涵的關切，影響所及課文往往文不成文，篇不成篇，我們戲稱為教科書文體。這幾年隨著出版的發展，教育理念的逐步開放，教材裡的課文開始逐漸多元，但是基本的理念仍難突破。在臺灣的教材一般多以散文（記敘文）為主，這些散文我個人不認為可歸類於兒童散文。我這裡是以童話、故事（寓言）、小說、童詩為主要分析對象。（由於各版本課文每年均做些許調動，因此本統計可能與現行版有所出入）

六年教材總課數：

　康軒版：共一百六十篇課文

　南一版：共一百五十八篇課文

　翰林版：共一百六十篇課文

各文類的課文篇目

1 童話、故事類

〈小雨蛙等信〉（康二）；〈巨人的花園〉　　（康三）

〈神筆馬良〉　　（康三）；〈兩兄弟〉　　　　（南五）

〈愛心樹〉　　　（南五）；〈最後一片葉子〉（南六、翰六）

〈女媧造人〉　　（南五）；〈笨鵝阿皮〉　　　（翰三）

2 寓言

〈等兔子的農夫〉（康二）；〈自作聰明的驢子〉（康二）

〈兩個和尚〉　　（康三）；〈狐假虎威〉　　　（康六）

〈井底的青蛙〉　（南一）；〈烏鴉喝水〉　　　（南一）

〈老虎和驢子〉　（南二）；〈賣帽子的人〉　　（南二）

〈鷸蚌相爭〉　　（南六）；〈小老鼠救獅子〉　（翰二）

3 童詩

〈我喜歡〉（康四）

〈我扶起了一棵小樹〉　　（南五）

〈媽媽的鏡子〉　　（南六）

4 小說

〈大自然的規則〉（南六）節錄自《少年小樹之歌》

〈飛度雪原〉　　（南五）改寫自《環遊世界八十天》

5 讀書報告形式

〈伊索寓言〉　　（康四、翰五）；〈湯姆歷險記〉　（康六）

〈小飛俠〉　　　（南五）；〈小恩的秘密花園〉　　（翰四）

〈金銀島〉　　（翰六）；〈愛的教育〉　　　　（翰六）

從以上分析，可以看出臺灣教材對兒童文學最中意的是寓言故事。其中原因自有深意：教訓的功能。

其實各類兒童文學出現的比例都不高，〈最後一片葉子〉在南一版和翰林版均出現，為唯一的特例。

教材中放入小說的另一種特別形式，就是用讀書報告的方式帶出小說。其中伊索寓言在康軒和翰林的教材中均以讀書報告形式出現。

其實，兒童文學進入教材最大的問題在改寫，由於受限於長久以來對小學語文學習的一些理念影響：認為孩子的語文學習必須從字詞句開始，在教材的使用上更必須照顧到孩子的識字量、主題的適切性等問題。因此語文教育學者雖然知道童話、故事是孩子的最愛，但是當真正要使用到時（將故事編入教材中），多少都會對原作故事上下其手，重新調整安排。當代作家的作品因受著作權的保障，至少還可以行使同意權（有位臺灣的知名兒童文學作家曾說，看著自己的作品被編輯委員修改、調動，宛若被凌遲般痛苦）。但是對那些已經屬於公共財產的世界名著，反倒是沒有任何的發言權，任由出版公司宰割。

往往一則故事經改編後變得面目全非，失去了原作的文學味。以下舉一個例子來說明。

二　兩篇改寫課文的比較

巨人的花園（康軒版）458字

從前，有一個自私的巨人，他擁有一座大花園。園裡種滿了花草，小鳥在樹上唱著美妙的歌。附近的孩子常常趁著巨人去旅遊時，溜進花園裡遊玩。

　　有一天，巨人回來了，竟然發現小朋友在花園玩得很開心，他想：「花園是我的，為什麼要讓別人進來玩呢？」於是，他築起了一道高高的牆，把花園圍起來。

　　孩子們望著高高的圍牆，都覺得很奇怪：美麗的花園為什麼圍起來了呢？他們因為進不去，只好失望的走了。

　　冬天來了，園裡的花謝了，小鳥也飛走了。花園裡少了孩子的笑聲，冬天顯得特別漫長。等到第二年春天來時，花園裡還是冷冷清清的。巨人天天盼著花園裡乾枯的樹枝，趕快長出新芽，美麗的花兒快快開放。

　　一天早晨，巨人看見圍牆上有個洞，孩子們一個個從洞口鑽進花園。他們走過的地方，草綠了！跑過的地方，花開了！跳過的地方，小鳥飛來了！花園又熱鬧起來了。

　　巨人恍然大悟，說：「我是多麼愚笨哪！沒有孩子的笑聲，花園裡還有什麼快樂呢？」於是，巨人趕快把圍牆拆掉，孩子們來到巨人身邊，他們圍著巨人唱著、跳著，高興極了！這時百花盛開，鳥語花香，春天隨著孩子們的笑聲，又回到花園裡來了。

巨人的花園（人教版）846字。

　　從前，一個小村子裡有座漂亮的花園。那裡，春天鮮花盛開，夏天綠樹成陰，秋天鮮果飄香，冬天白雪一片。村裡的孩子都喜歡到那裡玩。

　　花園的主人是個巨人，他外出旅行已有好久了。花園裡常年洋溢著孩子們歡樂的笑聲。

　　有一年秋天，巨人突然回來了。他見到孩子們在花園裡玩耍，很生氣：「誰允許你們到這兒來玩的！都滾出去！」

　　孩子們嚇壞了，四處逃散。

　　趕走孩子以後，巨人在花園周圍砌起圍牆，而且豎起一塊「禁止入內」的告示牌。

　　不久，北風呼嘯，隆冬來臨，刺骨的寒風吹起雪花。巨人孤獨地度過了漫長的嚴冬。春天終於來了，村子裡又開出了美麗的鮮花，不時傳來小鳥的歡叫。但不知為什麼，巨人的花園裡仍然是冬天，天天狂風大作，雪花飛舞。巨人裹著毯子，還瑟瑟發抖。他想：「今年的春天為什麼這麼冷，這麼荒涼呀……」

　　一天早晨，巨人被喧鬧聲吵醒了。他抬頭望去，一縷陽光從窗外射進來，好幾個月沒見過這麼明媚的陽光了。巨人激動地跑到花園裡，他看到花園裡草翠花開，有許多孩子在歡快地遊戲，他們大概是從圍牆的破損處鑽進來的。孩子們的歡笑使花園增添了春意。可是巨人又發脾氣了：「好容易才盼來春天，你們又來胡鬧。滾出去！」孩子們聽到可怕的訓斥，紛紛逃竄。與此同時，鮮花凋謝，樹葉飄落，花園又被冰雪覆蓋了。巨人不解地看看四周，突然發現桃樹底下站著個小男孩。

　　「喂！你趕快滾出去！」巨人大聲叱責。小男孩沒有拔腿逃跑，卻用他那會說話的眼睛凝視著巨人。不知怎麼，巨人看著他的眼神，心裡感到火辣辣的。這個小男孩在樹下一伸手，桃樹馬上綻出綠芽，開出許多美麗的花朵。

　　「噢！是這麼回事呀！」巨人終於明白，沒有孩子的地方就沒有春天。他不禁抱住了那個孩子：「喚來寒冬的，是我那顆任性、冷酷的心啊！要不是你提醒，春天將永遠被我趕走了。謝謝你！」」

　　小男孩在巨人寬大的臉頰上親了一下。巨人第一次感到了溫暖和愉快。於是，他立刻拆除圍牆，把花園給了孩子們。

　　從那以後，巨人的花園又成了孩子們的樂園。孩子們站在巨人的腳下，爬上巨人的肩膀，盡情地玩耍。巨人生活在漂亮的花園和孩子們中間，感到無比的幸福。

　　童話故事吸引孩子閱讀，重要的因素在故事情節的生動有趣，以及角色個性的分明。以下我們將從故事的角色塑造是否分明、情節鋪排的是否合理等觀點，來看看兩地對名著改編的適切性。

　　首先，在角色的塑造上，原著的篇名就叫做自私的巨人，但兩個版本在改編後，均將篇名改成了較為中性的《巨人的花園》，似乎都想避開在篇名中就將主角定性的疑慮。但是在康軒版的課文中，文章一開始就點出了「有一位自私的巨人」，似乎又不是想避開對角色的定性問題。相對的，人教版在課題上避開了自私的問題後，在整篇故事敘述中，對自私一詞完全不著一字。對主角個性描述上的這一點差異，對於之後的教學就可能會產生一定影響，特別是讀者在對角色個性的提煉時，往往會受到作者這些語詞的影響。另一方面，角色的塑造除了作者直接定性外，一般故事還會透過角色的言行舉止及他人的觀點來加以鋪陳。但觀之康軒版課文，或許是受限於字數的緣故，對於巨人的自私個性幾乎完全沒有著墨。此外，對於巨人的情緒轉換也未著一詞，故事中的巨人幾乎是一個沒有喜怒哀樂的紙人，例如：文中關於巨人的幾處描寫——「竟然發現小朋友在花園玩得很開心，他想：花園是我的，為什麼要讓別人進來玩呢？於是，他築起了一道高高的牆，把花園圍起來。」；「巨人天天盼著花園裡乾枯的樹枝，趕快長出新芽」；「巨人看見圍牆上有個洞，孩子們一個個從洞口鑽進花園」——完全不帶感情，只做客觀陳述。相較起來，人教版的課文中對巨人的描繪就較為鮮活，有血有肉。例如：「他見到孩子們在花園裡玩耍，*很生氣*」；「巨人*激動地*跑到花園裡」；「巨人看著他的眼神，心裡*感到火辣辣的*」；「小男孩在巨人寬大的臉頰上親了一下，巨人第一次*感到了溫暖和愉快*」。這些關於巨人的描述，讓讀者感受到的是一個活生生的巨人。

　　接著，在情節的安排上，原著故事大致扣著幾個環節在發展，首

先是巨人旅遊回來發現孩子在院子裡玩耍，生氣的將孩子趕走，並築起了高牆。接著冬去春來，但是巨人的花園仍然是狂風大作，雪花飛舞，巨人覺得很納悶。有一天巨人被喧鬧聲吵醒了，發現花園裡草翠花開，有許多孩子在歡快地遊戲，巨人又發脾氣了，把孩子們又趕出花園，可是說也奇怪，小孩們走了，花園又被冰雪覆蓋了。只有一個小男孩沒被巨人嚇走，小男孩在樹下一伸手，桃樹馬上綻出綠芽，開出許多美麗的花朵。至此巨人終於明白，沒有孩子的地方就沒有春天。於是，他立刻拆除圍牆，把花園給了孩子們。

兩個版本的課文改編，基本上都扣合著原著精神來調整，但是關鍵是在有限的字數下該如何取捨故事裡的相關事件，又仍能保留故事的原味（試圖保留故事原味，這點是筆者的猜測）。由於原著故事最後一段涉及到敏感的宗教問題，兩個版本不約而同的將此部分刪除。而兩個版本課文最大差異在巨人幡然領悟過程的鋪排，而這也是故事最精華、最吸引人的部分。康軒版省略了關鍵的小男孩角色，將巨人的悔悟僅透過簡單的花園景色前後對照，就訴諸於巨人的自我反思。這樣的簡化，不單使故事失去了情節的張力，同時也突顯出角色個性在塑造上的不合理性——原本一個自私的人，可以很容易的轉變個性成為一個仁慈、善良的人。人教版的課文則保留了這個神奇的小男孩的部分情節，使巨人的轉變有跡可尋，自然使故事的情節發展更為合理。一捨一留之間故事的趣味與可讀性便完全不同，編輯者可不慎乎？

本文完成於2009年，發表處不明。

從課文教學走向真正的閱讀教學

　　在一個資訊快速流通的社會裡，每個人必須不斷的閱讀以獲取最新的資訊，來適應日新月異的生活環境與工作挑戰。閱讀能力的強弱已成為影響個人自身發展的關鍵因素。一個善於閱讀的人，不論是在知識的儲備、智能的發展、新知的攝取上都會高人一等。因此閱讀教學可說是基礎語文教育中最重要的一環。

　　所謂閱讀，指的是從書面文字資料獲取意義的過程，而閱讀教學則是指學生在教師的指導下，從閱讀各類書面文字資料的實作中，逐步發展閱讀能力的過程與活動。在課堂的閱讀教學中幫助學生建立起閱讀的策略，提昇學生閱讀的能力，比教會學生了解一篇課文的內容更重要。學生習得了閱讀的策略和技巧，對鞏固他們的閱讀習慣，進而發展成一生的閱讀興趣是有關鍵性影響的。

　　然而讓我們憂心的是，在現行語文課堂中的課文教學，是否真的能促進學生閱讀能力的發展？還是為了考試，只是讓孩子熟練、積累了更多的語文知識、技能，但對真正的提昇孩子的閱讀能力並無幫助（這可從臺灣參加二○○六全球閱讀素養調查的結果得到一些啟示）？

　　我們可以簡要的回顧一下目前課堂裡所進行的課文教學模式：現行一般課堂中語文教學主要著重在語文知識、技能的練習，所採行的多半是拆解式、分布式的學習，重點在學生能熟記這些語文知識、技能。課堂中課文教學的固定流程與內容大致為：

（1）課前預習（預習生字難詞的形、音、義）

（2）概覽課文

（3）生字新詞教學（筆順筆畫、詞義解釋、造詞造句練習）

（4）課文深究（分為內容深究和形式深究，一般多以教師提問
　　　討論方式進行）

（5）習作指導（出版公司配合教材課文出版的學生練習本）

（6）仿作練習（結合寫作教學）

　　這一套行之多年目前在大多數學校仍進行的課文教學模式，是架構在二十世紀初期和中期行為主義理論和閱讀工學理論之上的。這些理論認為，閱讀雖然是一種整體能力，但這種能力是可以分解成許多更小的技能（如認字、識詞、句式掌握、篇章組織、理解等）。當把這些分項的技能拆開來，一個一個教給學生後，就能提高學生的閱讀能力。這種觀點的假設是：每一分項的技能是可教的，也是可學的，而所有這些分項技能的相加總和即等於閱讀能力。因此，學習閱讀就是學習一套分層級、分順序的分項技能，從而形成閱讀能力。學生一旦掌握了這些技能，學生就能熟練的閱讀文章。從這一觀點來看，讀者是被動的接受文章裡的訊息，意義存在於文章本身，讀者的目的是再現這些意義。

　　這樣一套閱讀教學觀點，主導了語文教學相當長的一段時間。直到二十世紀七十年代以後新的讀寫理論（例如：讀寫萌發、社會互動、語言心理學、全語言等）逐漸萌芽，為閱讀教學提供了新的理論框架。這種觀點強調閱讀的交互作用特徵和理解的建構特徵。從閱讀過程的研究發現，讀者在閱讀時會運用不同的語言線索從文本中主動建構意義。這些線索包含字音、字形、語句結構、語意、語用等。在閱讀中，讀者持續地與這些線索系統互動，並統整這些不同的線索。

讀者透過嘗試、預測、測試及確認的策略來達成他們的目標──從文本中建構意義。

　　這樣的理論認為，所有的讀者不論是初學者或是熟練者，都會運用其腦海裡已具有的經驗、知識，結合所讀文本提供的線索以及閱讀情境的暗示來建構文章的意義。按照這一觀點，即使是初學的人，如果提供他們所讀的文章足夠的背景知識，他們也能熟練地閱讀。相反的，即使是熟練的讀者，面對一篇艱難晦澀的文章，他們也會像初學的讀者一樣讀不懂。因此，讀者的兩個重要特徵：讀者進行閱讀時能有效的調動背景知識，與讀者用來促進理解的策略，形成了新閱讀觀的重要因素。

　　在這樣的理論支持下，閱讀教學開始有了轉變：

1 由「教教材」轉向「用教材教」

　　「教教材」是配合教材來設定教學目標，進行教學設計，重視的是單篇文章的深入理解。「用教材來教」則是先設定需要教什麼（教學目標），然後尋找合適的教材來配合教學。教師的教學因此能不受教材的限制，真正考慮到學生學習閱讀上的需求。

2 由重視識字教學轉向理解教學

　　隨著對閱讀理論的批判，教師開始思考語文教學的目標是什麼？閱讀教學的重點在哪？於是傳統將閱讀簡化為認字識詞的教學觀點受到了挑戰，而逐步走向了以理解能力與批判能力為主的閱讀教學模式。

3 由精熟學習轉向策略學習

　　配合閱讀教學的重點轉移，以往教學佔了大部分時間的字詞教

學、篇章結構教學等重視知識獲得的精熟教學模式，也開始調整為重
視學習者的自主性學習；重視建構知識的策略性學習。教師放聲思
考、學生實作、分享討論成為課堂中經常性的活動。

4 由單文教學轉向群文閱讀

　　隨著圖書出版及學生閱讀量的增加，教師開始嘗試群文的閱讀教
學活動，結合教材及課外讀物，針對相同的議題，進行多文本的閱讀
教學。

5 由講授教學轉向合作學習

　　傳統教學以教師講授為主，但閱讀經驗是無法由他人替代的，閱
讀策略的學習，雖需要教師的指導，但更重要的是學生必須真正去操
作、應用，才能內化為自身的技能，所以課堂教學逐漸的開始轉向以
學生為主的課堂，小組合作、分組討論、分享對話等讀書會形式的學
習，成為課堂教學的主要方式。

　　至此，課堂中的閱讀教學即呈現兩種樣態，一是維持傳統，以教
材為核心的課文教學模式，重視知識、技能的精熟學習。一是關注閱
讀能力的培養，學習閱讀方法的閱讀策略教學模式。而兩者的差異主
要表現在：

(1) 教學目的不同

　　課文教學目的在培養學生聽、說、讀、寫的語文能力，掌握正確
的語文知識。閱讀教學則關注在培養學生獨立閱讀的能力，讓學生能
夠運用閱讀解決生活中的問題，擁有批判思考的能力。

(2) 教學的方法不同

　　從教學方法來看，課文教學教師的主導性強，課堂以教師講解、

批改、訂正為主，學生跟著老師學，老師定出學習的目標和標準。閱讀教學則將學習回歸到學生身上，以學生為主導，鼓勵學生提問、討論。教師提供不同的策略、方法，幫助他們讀懂文章、建構意義，最終希望發展學生的自學能力。

(3)閱讀的方式不同

課文教學較強調逐字的閱讀、朗讀和美讀。在乎文本的意義，充分挖掘、掌握作者在這篇文章中主要闡述的觀點和意義。而在閱讀教學上，通常以默讀為主，採取多種閱讀的方式：跳讀、瀏覽、略讀，有時也會反覆地精讀，有時會採取探究的態度閱讀。重視個人對閱讀的理解，重視文與文、書與書、書與人之間的連結。

(4)在讀物的性質上有所不同

課文教學是以範文為主，一篇一篇的教。這些文章都經過了專家的修改調整以及審查，所以在結構和手法上都比較單純一致。閱讀教學會希望孩子去讀真正的讀物，是以書本為單位，一本一本的讀。讀物是完整的，保有作者個人的風格，所以在立論觀點以及結構、情節上，具有相當的差異。在教學時，也許每個學生讀的書不同，但是可以針對相同的議題一起學習。

（5）評價的內容和方法不同

一般課文教學評價的內容主要是相關的知識、技能，題目會扣緊課文來出，這些問題多半是有標準答案的。可是如果是對閱讀能力的評測，應關注的是各種不同層次的理解，會重視學生的批判與反思，也會以不同的文章作為出題的範圍。

就以上觀點來說，課文教學似乎較難擺脫「教」的魔咒。例如：無論是面對哪一種類型的文章，掃除生難字詞永遠是排在閱讀活動的

首要位置（美其名為積累字詞彙量）。然而從閱讀的觀點來看，生難字詞只是閱讀過程中可能面對的難題之一，而字詞彙的學習、積累，也必須放在真實的閱讀中才有效果。

　　課文教學教學重點是扣緊課文的，是希望經由老師的教學，帶領學生掌握並領會文章所提供的學習內涵（文章的相關知識與內容）。至於閱讀教學的課堂，會比較回歸到學生的主導性上——鼓勵孩子提問，根據孩子關心的問題進行討論。同時提供不同的策略讓孩子去做練習，讓他們能夠找到最合適自己的方法，來幫助他讀懂這篇文章，並建構自己的意義。教學時，關心的是學生作為一個閱讀者，他在真實的閱讀過程中，應該練習掌握住哪些技巧、策略，才會對提昇他的閱讀能力真的有幫助。因此教學設計主要是立足在一個閱讀者的立場來思考的，例如：一位真正的閱讀者，為了要能掌握住文本的內容，在閱讀前會做什麼來幫助自己更容易理解將要閱讀的文本；進行閱讀時，如何恰當的運用策略掌握住文本的意涵、對文本進行賞析，或是以自己的觀點回應文本。至於閱讀後，則引導學生進行自我反思：在這次的閱讀活動中，採取（學習）了哪種策略來幫助理解。因此課堂教學的重點，不僅是讀懂作品的內容，學會了文本中的相關語文知識，更重要的是希望學生學到怎麼讀懂一篇文章，怎麼去欣賞一篇文章。

　　相較起來閱讀策略教學比課文教學具有更大的優越性，閱讀能力是整體性的，閱讀是讀者的原有知識和文章的資訊相互作用而建構出意義的過程。熟練的讀者會運用他們的原有知識和靈活的策略去建構文章意義，他們監控正在進行的理解，並在理解出現困難時改變策略，他們根據自己的知識水平選擇、調整策略。因此，閱讀是積極的過程。而閱讀能力的發展，即是讀者形成閱讀策略來理解文章的過程。

　　將語文課堂裡的教學活動區分為「課文教學」和「閱讀教學」，這樣的區分對習慣於教材教學的老師可能會覺得一頭霧水，語文教學不就是透過課文來教學生聽、說、讀、寫的知識、技能嗎？為什麼還要區分「教課文」和「教閱讀」呢？教閱讀不也是要透過文章來教學嗎？

　　之所以要做如是的切割區分，實在是因為有鑑於目前海峽兩岸的語文教學，大多時候還停留在以課文教學為主的模式，較少以閱讀理解為目標的教學設計，十分可惜。老師每天辛苦認真的備課、教學，學生也努力的學習，但如果教學目標、方法錯誤或偏差，那老師、學生所花費的苦心都白費了。更值得注意的是，面向二十一世紀——一個資訊快速流通的世紀，當閱讀已成為現代公民必備的基本能力時，如果我們的孩子閱讀能力並未在基礎教育階段打下良好的基礎，那麼，未來的競爭力將大受考驗。

　　臺灣學者柯華葳 (2001) 歸納出國外成功的閱讀理解教學原則，可以作為教師在進行語文教學設計的重要參考依據。內容如下：（一）教學目標以閱讀理解為主；（二）能將所學應用於生活中，可提高學生閱讀興趣；（三）藉由教師的示範，使學生看到促成閱讀理解的能力及其應用的方式；（四）教學須有彈性，並注重師生之間的對話；（五）反覆練習達到一個純熟度，學生才會應用出來。筆者以為這些原則是老師們在進行教學設計時，必須念茲在茲的重要原則，也是讓課文教學走向真正的閱讀教學的必要途徑。

2010年發表於《小學語文教師》第4期。

討論教學

討論在語文教學中具有以下幾種功能：

- 培養學生表達能力
- 養成良好的民主素養
- 發展學生思考能力（演繹、歸納、推論、類化……）
- 學習與別人合作

其中表達能力與思考能力，本就是語文教育中所強調的聽、說、讀、寫、思考諸種技能中的一類，故討論與語文教學有密切的關係。而民主素養與合作學習則是學習的基本態度與方法，只有建立起良好的學習態度與方法，學生才算真正學會學習。

但是，討論教學在現行的課堂裡卻不常見，甚至有部分老師視討論教學為畏途。究其原由不外是：

- 不知如何帶領討論
- 討論會影響班級常規，容易動亂（特別是分組）
- 對於討論學習的成效持懷疑的態度

不知如何帶領討論，實是現在教師的一大隱憂，問題的根源在於，教師在求學及養成教育的過程中缺乏類似的經驗。或許市面上有關如何提問、討論的書籍並不缺乏，但，由於討論是一種真實、帶血帶肉的有機活動，並非從書本上學些要領就能習得、掌握的，它必須

實際操作、參與，才能真正體會出箇中的奧妙與趣味。簡單地說，討論不同於聊天，它有目的、有共同的話題；當然，討論也不是辯論，辯論只是求勝的工具，為了勝利，可以任意扭曲真理、歪曲事實；討論也不是談判，談判的目的在於，取得彼此可以接受的共通利益。

討論是一種整理經驗、交換心得、合作反省及共同找尋新觀點的進路，所以教師在一個討論團體裡，必須放下身段，擺脫知識權威的角色，著重程序安排及討論氣氛的維繫。因此提問的技巧、回應的方式並不是重點，只要讓學生真正參與討論團體的運作（包含討論問題的提問，或進行討論時保持善意及尊重每一位成員，以及不急切要求每次討論必須形成某些共識、能解決某些問題等），在運作中能保持討論的客觀、中立及溫暖、安全，即是一個成功的帶領者。當然，教師對問題的敏感及好奇主動的態度，都會潛在的影響學生，而教師在討論過程中表現出的善意、尊重、聆聽、溝通、講理等態度，也都會是一種良好的示範。

但要在課堂中進行討論教學，老師們通常會擔心過程中會引起動亂，影響班級常規。之所以會有這樣的認知，其實是肇因於我們忽略了生活常規（例如：不大聲說話、上課不吃零食、上課不可以走動……）和學習常規（例如：輪流說話、按指示做事……）可以是有所不同的。以討論教學來說，討論當然要說話，這時對說話的常規要求，就必須適度的擱置，而改以學習常規的要求來看待。所以，討論時發出一些稍大的音量是可以接受的。再者，學生也許需要走動以彼此交換意見，這也是討論時常有的現象。因此面對「討論會引起班級動亂、影響常規」這樣的爭議時，其實，可能先要關心與釐清的是學生是否真的在進行討論（所謂亂中有序）？還是在開玩笑、打鬧？如果是前者，或許我們可以多一些包容，如果是後者，那就需要注意了。

　　而對於討論教學成效的疑慮，則是速食文化及強調記憶教學的習慣性思考。教學上有一句流行的話是這樣說的「趕進度是最大的惡」，話雖然是這樣說了，但大多數老師還是受制於所謂的進度，希望學生一教就會，好趕快教下一個進度。抱持這樣的態度，當然會對於討論教學這種需要時間反應、對話、澄清而又不強制達成共識的教學感到憂心（學習是否要達成共識？知識的建構真是靠共識得來的嗎？）。

　　確實，討論也許在具體知識的習得上，可能幫助不大。但，經由討論帶動學生深入去思考問題、交換彼此的心得，對學生一生的學習（包含態度、方法）將有莫大的幫助，只是這樣的幫助，也許不是立即顯現的，我們需要一些耐心。

　　此外，討論時機也是老師較難掌握的。現行的語文科教學活動中，會使用到「討論教學」大多是在進行所謂「內容深究」時。而所進行的方式，通常是由老師從課文中提出一些問題由學生回答，美其名叫「討論」，其實只是師生問答。有時候問題相當封閉，必須由課文中找出標準答案，有時候也會出現一些較開放的問題，可以由學生各抒己見。但基本上還是老師問學生答，答題的學生並不關心其他同學聽不聽得懂，他說話的對象只限於老師一個人。所以，表面上看起來好像很精彩，學生爭相發言，實則，學生之間並無對話（甚至師生之間亦無），之所以會有如此現象，原因有二：

一、老師習慣性的認為，閱讀所獲致的理解是全體一致的，提問只是幫助學生掌握一致性的理解內容。

二、老師往往誤以為問答就是討論，以為容許學生各自表述就是一種開放態度，至於通過討論可以學習到什麼新的觀點，並不是關心的重點。

　　其實，不管是小組討論亦或全班討論，在語文教學中都可以隨機

的採用，課文深究時固然可以採用，其他如字詞概念的理解、課文賞析、寫作教學……等教學活動也可以採用討論的方式進行。重要的是，老師不主控整個討論或成為主要的提問者，討論的話題必須是學生關心的或有興趣的，在討論時一定要注意對談性及合理性，即學生彼此之間要產生對話，交談的對象不應只限於老師，同儕間可互相要求進一步澄清。在陳述意見時，也要說明理由，並要求一致性、合理性。如果能做到這些，對話、討論才有可能進行，學生也才能發展出分享、合作及負責的態度。

2010年發表於《小語匯》第20期。

自主學習在閱讀教學中的應用

一　學會學習

　　現代教育目標愈來愈傾向於人的能力提高和全面素質的增強。資訊化時代，人們要處理大量資訊，適應迅速變化的環境，在學校接受的教育已不可能受用終身。未來的社會是一個繼續學習、必須終身受教育、不斷自我發展才能適應生存的社會，而終身教育又要求人們能夠培養可以獨立於教師和課堂的自主學習能力。

　　在終身教育體制逐漸確立後，基礎教育也應做出相應的變革。在教育的目標上，基礎教育將不再把知識的傳授作為主要任務，而是把發展學生的能力、教會學生學習，尤其是獨立學習的能力，作為首要目標，為學生的繼續學習和終身學習奠定基礎。

二　學會學習的基礎──自主學習與閱讀

　　邁入二十一世紀，學校教育應開展出什麼樣的新方向，才能因應時代的挑戰與需求呢？學校應充分認識到終身學習的重要性。新時代的公民不僅需要知識，更需要與知識變化相適應的學習方法，發揮人的自主探索能力。因此，培養學生自主學習能力就成為中小學教育發展的必然選擇。自主學習從根本上確立了學生的主體地位，強調培育學生強烈的學習動機和興趣，從而進行主動、自覺、自願地學習，實

現教學最優化。

此外，在一個資訊快速流通的社會裡，每個人必須不斷的閱讀，以獲取最新的資訊，來適應日新月異的生活環境與工作挑戰。閱讀能力的強弱已成為影響個人自身發展的關鍵因素。因此閱讀能力的強化也成為現代教育重要的課題，教學生學會閱讀，也成為學校教育最重要的工作之一。

所謂閱讀，指的是從書面文字資料獲取意義的過程。而閱讀教學則是指學生在教師的指導下，從閱讀中逐步發展閱讀能力的過程與活動。提昇學生閱讀的能力，比教會學生了解一篇課文的內容更重要。教師在課堂中應幫助學生建立起閱讀的策略，學生習得了閱讀的策略和技巧，對鞏固閱讀習慣，發展成一生的閱讀興趣與能力，具有關鍵性的影響。然而在現行的語文課文教學，是否真的能促進學生閱讀能力的發展？還是為了考試，只是讓孩子熟練、積累了更多的語文知識、技能，但對真正提昇孩子的閱讀能力並無幫助。

目前課堂裡所進行的閱讀教學主要著重在語文知識、技能的練習，所採行的多半是拆解式、分布式的學習，重點在學生能熟記這些語文知識、技能。課堂中課文教學的固定流程與內容大致為：

(1)課前預習（預習生字新詞的形、音、義）

(2)概覽課文

(3)生字新詞教學（筆順筆畫、詞義解釋、造詞、造句練習）

(4)課文深究（分為內容深究和形式深究，一般多以教師提問，全班討論方式進行）

(5)習作指導（出版公司配合教材課文出版的學生練習本）

(6)仿作練習（結合寫作教學）

這一套行之多年，目前在大多數學校仍進行的閱讀教學模式，是

架構在二十世紀初期和中期行為主義理論和閱讀工學理論之上的。這些理論認為，閱讀雖然是一種整體能力，但這種能力是可以分解成許多更小的技能（如認字、識詞、句式掌握、篇章組織、理解等）。學習閱讀就是學習一套分層級、分順序的分項技能，從而形成閱讀能力。學生一旦掌握了這些技能，學生就能熟練的閱讀文章。

從這一觀點來看，讀者是被動的接受文章裡的訊息，然而意義存在於文章本身，讀者的目的是再現這些意義。而關乎學習成效至極的學習者動機、自我監控、主動性與自主性等能力，在教學過程中幾乎完全被忽略了——課程是學校、教師設計的，教材是學校選定的，學習方式也是教師安排的，學生在整個學習過程中幾乎是一個旁觀者、被設計者。長此以往，就算學生短期間學得了某些知識技能，並未能發展出終身學習、獨立學習的意願和能力。

因此，如何將學會學習（自主學習）與學會閱讀，在課堂教學中，進行適當的融合，一方面讓學生學會閱讀，掌握閱讀的方法與策略；另一方面藉此培養出學生積極主動的自主學習能力，是本研究所關心的課題。

三　關於自主學習的探討

新時代的公民不僅需要日新月異的知識本身，更需要與知識變化相適應的學習方法。他們需要認識到學習的重要性以及趣味性，了解人因學習而充實。因此，傳統的被動式學習；或在他人指示下的依賴性學習，都將被「自主性學習」所取代。

（一）自主學習的界定與性質

自主學習 (autonomous learning) 是當今教育研究的一個重要主題。不論是在課程或教學領域，乃至學習領域都被視為重要的議題。因為作為一種學習能力，自主學習不僅有利於提高學生的在校學習成績，而且是其終身學習和畢生發展的基礎。

什麼是「自主學習」？美國自主學習研究的著名專家齊莫曼 (Zimmerman, 1995) 歸納出自主學習的三個特徵：1. 強調後設認知、動機和行為等自我調節策略的運用；2. 強調自主學習是一種自我決定的反饋循環過程，認為自主學習者能夠監控自己的學習方法或策略效果，並根據這些反饋調整自己的學習活動；3. 強調自主學習者知道何時、如何使用某種特定的學習策略，或者做出合適的反應 (Zimmerman, Martinez-Pons 1986)。

美國的賓特里奇 (Pintrich, 2000) 教授也給自主學習下了一個相似的定義。他認為：自主學習是一種主動的、建構性的學習過程，在這個過程中，學生首先為自己確定學習目標，然後監視、調節、控制由目標和情境特徵所引導、約束的認知、動機和行為。自主學習活動在學生的個體、環境和總體的成就中起仲介作用。

巴里斯和艾里斯 (Paris & Ayres, 2001) 認為，自主學習具有七個顯著的特點：

(1)學生選擇自己的學習目標，並朝目標努力；

(2)學生給自己設置有挑戰性的目標，發揮自己的學習潛能，追求成功也能容忍失敗；

(3)學生知道如何使用課堂中的學習資源、做計劃、分配時間、尋求他人的幫助以及評價自己的學習表現；

(4)學生能夠很好地與他人進行合作學習；

(5)學生重視意義的建構，深刻地理解學習內容的意義，並注重
學習中的創造性；

(6)學生具有較高的學習自信心和自我責任感，很少將自己遇到
的學習困難歸咎於他人；

(7)學生根據預定的學習標準和時間，自己管理學習進程，評
價學習表現。

綜合上述觀點，可以把自主學習的特徵概括為：它是一種自我導
向、自我激勵、自我監控的學習，具體地說，它具有以下幾個方面的
特徵（龐維國，2005）：

(1)學習者參與製定對自己有意義的學習目標、學習進度和設計
評價指標。

(2)學習者積極拓展各種思維策略和學習策略，在發現問題、解
決問題中掌握學習方法。

(3)學習者在學習過程中有情感投入，有內在動機的支持，能從
學習中獲得積極的情感體驗。

(4)學習者在學習過程中對認知活動能夠進行一定程度的自我監
控，並適時對學習做出相應的調整。

（二）促進自主學習的因素

真正要在教室中落實自主學習，關鍵的動力及條件是來自於學習
者的需求（也就是一般所謂的動機），以及教學現場的種種安排與規
劃。讓孩子學會取得成功的手段和方法，掌握自主學習的技能，在學
習上獲得成就感（成功感），是自主學習的主要目標。

以下針對能促進自主學習的相關因素加以說明：

1 學習者的需求

　　自主學習是一種主動的學習，是基於學生對學習的一種內在需要。它一方面表現為學習興趣。興趣有直接和間接之分，直接興趣指向過程本身，間接興趣指向活動結果；學生有了直接學習興趣，學習活動對他來說就不是一種負擔。另一方面表現為學習責任。學生如果不能清醒地意識到學習跟自己的生活、生命、成長和發展的關係，就不能自覺地擔負起學習的責任，也就談不上是一種真正的自主學習了。

　　一般說來，需求分成兩個部分：首先，找出學習者的需求是什麼；其次，把需求轉化為具體的目標。如果學習者難以獨立決定他們的需求，教師可提供一定的指導，並提供達到這些目標可採用的方法。

2 學習者的選擇

　　「自主性」的核心概念之一即是選擇。學習者的自主選擇是自主學習的關鍵。允許學生選擇並組織自己的題目，並讓其他學生監控整個過程，在學習上能產生積極的效果。所謂「學習者的選擇」是對學習過程做出決定，包括確定目標、規定內容和進度、選擇方法和過程、監控過程、評估結果。學習者可以根據他們的需求、興趣和進度，調整學習目標、內容和方法。賦予學習者選擇的權力，才能激發學習者的積極性和創造性，才能創造自主學習的空間。但並不是每個學習者都能做出正確的選擇，必要時教師可給予一定的支持。

3 教師支持

　　提倡自主學習，意味著對學習做出決定的責任將轉向學習者。那麼，教師是否將失去他們的權威。事實上，教師扮演極重要的角色，

應當承擔起鷹架的作用。自主學習可分為不同程度的自主階段。當學生未達到完全自主的程度時，教師的支持與協助對促進學習者的自主性是必要的。如何平衡學習者的自主性和教師的控制，便成了問題的關鍵。過多的幫助可能會扼殺學習者的自主性，完全自主放任也會導致學習的低效率，這也是我們在培養學生自主性時應當注意的一面。

4 小組支持/同學支持

　　學習的方式可以是多樣的，學習的對象也不限於老師。小組支持可使學生不再依賴教師，而是與其他成員一起交流、協商、合作，共同解決問題。交流、協商和合作都是促進學習者自主性的重要因素。小組活動並不意味著所有組員同時學習同等水平的同一種技能。小組可針對學習的對象、資料的蒐集、解決問題的方法展開討論，進行對話；學習者還可與同學分享成功的學習策略。

5 自我評估

　　學習者評估自己學習效果的能力，也是學習的一項重要技能。對尚未達到完全自主學習的學習者來說，加強其「對自身所學的內容不斷地進行反思，或者監控自己的學習過程」是一項主要的學習目標。與此同時，自我評估將使學習者對學習責任更加敏感，有利於自主學習的培養。

　　簡言之，如果學生在學習活動之前，自己能夠確定學習目標、製訂學習計畫、做好具體的學習準備；在學習活動中，能夠對學習進展、學習方法做出自我監控和自我調節；在學習活動後，能夠對學習結果進行自我檢查和自我評價，那麼他的學習就是自主的。

四 關於閱讀教學的探討

（一）閱讀能力的發展

閱讀能力的形成是一個從低階到高階的線性發展過程。有效的閱讀指導，可以逐步提高學生的閱讀能力。從口頭語言到書面語言，喬爾 (Chall, 1996) 將閱讀能力的發展分成六個階段，通過它，學生就能發展為成熟的、高效率的讀者。

第一階段，稱為初期閱讀階段，以培養學生的基本閱讀技能和對閱讀過程的瞭解。他們也將瞭解到語言和聲音之間的聯繫，並培養對聲音的感知。在此階段，閱讀者瞭解到印刷文本代表著語言，而且還是故事訊息的載體。

第二階段，開始正式的閱讀教學，注重培養學生對「音——形對應關係」的理解，並構建解碼能力和提高理解的準確性。在此階段，學生學會朗讀文章和理解書面文本。

第三階段，培養學生解碼的自動性——喬爾稱之為「文本的分解」(1996)。在此階段，學生逐步學會運用正確的斷詞、斷句、抑揚頓挫和語調來朗讀。學生的注意力也從單詞的解碼轉移到對短語、句群的理解。學生應該在這一階段提高閱讀的流利程度和辨字能力。對於大多數學生來說，第三階段標誌著他們從閱讀敘事文（學會閱讀）向處理訊息更多的說明文（通過閱讀學習）的轉變。

第四階段是一個過渡期，在這一階段，學生應足以表現出相當水準的自發性、流暢性和理解能力，能理解篇幅更長且內容更加複雜的文章，並大量接觸說明文。

具有第五階段的閱讀能力的學生，開始對文章做出批判性評價、

注釋和比較——換言之，他們成為具有獨立思考能力的讀者。

　　第六階段，也就是發展閱讀技能的最後階段，達到這一階段水準的學生，能夠處理和分析包含著多種觀點的文章，針對觀點以及過往的閱讀經驗發表自己的看法並做出評價。促使學生成功地達到這一水準就是我們教學的最終目標。

（二）閱讀能力的培養

　　閱讀能力是線性發展的，而非「一次性」整體形成的，即是從低向高一層層建立起來的 (Tankersley, 2005)。閱讀能力培養中的一大關鍵是學會把已有的知識和所學的新知識聯繫起來。結合閱讀能力的發展觀點，閱讀能力的培養也可從低層到高階循序做起。

1　準備階段

　　課堂必須變成一個吸引人的地方，讓學生想參與教師所提供的教學活動。教師的任務是要尋找有意義的、提高學習自主性的材料。在課堂上讓學生有一些可選擇的材料進行閱讀，這樣有助於提高學生的學習動機。教師可以推薦他們閱讀「高趣味、低難度、少詞彙」的書，例如可預測書。此外，雜誌、網路、漫畫都可以成為有閱讀困難學生的閱讀資源。

2　解碼（認字識詞）

　　我們每個人都有四種不同的詞彙：聽力詞彙、口語詞彙、閱讀詞彙和寫作詞彙。首先形成的是聽力詞彙，接著是口語詞彙，之後是閱讀詞彙，最後是寫作詞彙。每種詞彙量都是因人而異的。根據研究，很多學生每年都會增加大約 2000 到 3000 個閱讀詞彙，即每天約六到

八個新單詞 (Anderson & Nagy, 1992)。每天只需閱讀10分鐘，每年就可以掌握約1000個新詞 (Cunningham & Stanovich, 1998)。而口語詞彙量越大，就越容易理解單詞在文中的含義。

很多閱讀能力不佳的學生，掌握相對較多的聽力詞彙量，因為聽力是他們接收訊息的主要途徑，但並沒有因而擴大他們的閱讀和寫作詞彙。因此教師應該把建立這四種詞彙的任務擺在首位。

不少教師只會重複地把新詞教給學生並讓他們抄寫，另一種慣用的教學方法，是提供一系列詞彙讓學生查字典並造句。這兩種模式都不足以幫助學生鞏固詞彙，並區分所學詞彙的各層含義。有研究指出，學生運用詞典意義造出的句子中，有百分之六十是沒有任何實際意義的 (McKeown, 1993)。

如果要學生內化所學詞彙，就必須幫助他們弄清楚詞彙的含義，並熟悉各個層面的語義，讓詞彙和學生的實際生活「緊密聯繫」起來。納吉 (Nagy,1988) 提出：有效的詞彙教學必須具有實際生活意義。也就是說，這些詞彙必須經常接觸並反覆使用。讓學生廣泛的閱讀各類文章，來接觸有趣的新詞彙，是擴充詞彙的最佳方法之一，其實，百分之二十五～百分之五十的單詞是在隨意學習中和有意識的語境推斷中得到積累的 (Anderson & Nagy,1991; Nagy, Anderson, & Herman, 1987)。而了解詞彙最有效的方法就是幫助學生通過查找上下文、結合以前所獲得的背景知識及單詞隱含的概念來建立多個聯繫 (Stahl, 1999)。具備充足的詞彙才能使讀者在閱讀時不假思索就理解文字材料。

3 閱讀流利度

閱讀流利度是指在正確理解文本和恰當劃分句群的基礎上，能夠準確、流暢、感情豐富的快速閱讀文章的能力。閱讀流利能力分為兩

種：朗讀流利性和默讀流利性。朗讀流利性指能處理好韻律、節奏、高低音、停頓、感情等特徵。默讀流利性是指在獨自無聲閱讀時，能在完全自動的理解字面意思的基礎上，使自己能集中注意於文章的理解，從而獲得默讀流利能力。

赫希 (Hirsch, 2003) 告訴我們：「孩子們往住要花上好幾年進行解碼練習之後，其書面閱讀速度才能達到聽力理解的速度」。從學著去朗讀到理解文章，朗讀流利的程度是閱讀能力過渡的標誌。

要想成為熟練的朗讀者，學生就必須聆聽，熟練朗讀者示範如何流暢地朗讀並能模仿他們。教師應該每天，即使只有五至十分鐘，堅持對學生示範流利的、富有感情的大聲朗讀。通過朗讀訓練、課堂討論，學生就能發展流利的朗讀。

另外，我們必須教導學生，瞭解文章目的和類型有助於決定閱讀的速度。要求學生用各種不同的速度練習閱讀——從略讀到精讀——從而讓他們瞭解每種速度的要求。

4 理解

閱讀理解是與書面語言進行交流和互動，並同時提取和形成一定意義的過程。閱讀由三個元素組成：讀者、文章以及閱讀活動或其目的 (Snow, 2002)。讀者的閱讀動機、自身的知識和經驗使他們逐漸獲得深層次的理解。閱讀能力強的讀者閱讀都帶有一定目的並能運用他們的背景知識和已有的經驗來幫助理解文章。如果讀者熟悉文章的體裁和寫作風格，就能更好地理解文章，例如：大多數孩子知道童話故事以「從前」來開頭和以「結局」來結尾。瞭解了這種特點，讀者就可以預料到文章接下來將如何展開。

對於閱讀能力不佳的學生，梅爾策、史密斯和克拉克 (Meltzer, Smith & Clark, 2001) 認為必須教會他們在閱讀時掌握後設監控和自我

提問的技能。為了使學生能更好地理解文章，教師可進行放聲思考，說出思維的過程，讓學生知道我們是如何運用思維和閱讀策略，對文章進行理解。

提高閱讀能力的大部分教學，就是幫助學生明白思考和理解是閱讀的本質。為了發展這種能力，學生必須掌握兩個方面的技能。一方面是後設監控的技能，讓學生將大腦中儲存的相關訊息和他們當時閱讀的思維、理解聯繫起來。另一方面是由各種基本的閱讀技巧組合起來的技能，以便讓讀者理解閱讀材料的組織構成和具體細節。此兩種技巧能促使學生根據文本及其篇章組織構建起自己的理解模式。

5 高層次讀寫能力：評價、組合、釋義

讀寫能力教學的根本目的是培養學生能運用評價、綜合、分析和解釋的能力來處理文章。學生理解原文，就是運用背景知識來分析綜合資訊，然後對文章內容提出他們的觀點。閱讀能力強的學生不但能夠理解文章的字面意思而且能把握文字背後的隱藏意義。文章主題的背景知識越少，就越需要透過字裡行間去把握文章意思，基恩和齊默爾曼 (Keene & Zimmermann, 1997) 認為下面七大理解策略是提高學生閱讀技能的必要途徑：⑴確定重要性；⑵將已知和未知的聯繫起來；⑶綜合；⑷推斷；⑸提出問題；⑹創造感官形象；⑺檢測意義。所有這些策略都必須詳細地一一教給學生。學生掌握了這七大策略，他們便能運用高水準的閱讀能力去解讀文本。

學生對文章的高層次理解通常包括：解釋文章目的或觀點，辨別文章的主題和關鍵成分，對故事的某些方面分享他們與作者的觀點，分析人物的性格特點和行為特徵，而且要懂得創造和推斷，學會記錄自己的想法觀點，比較事物的相同點和不同點，運用創造性思維發展新的概念。

五　以自主學習促進閱讀教學的改革

從上述對閱讀教學的探討可知，閱讀教學的課堂，應回歸到學生的主導性上—鼓勵孩子提問，根據孩子關心的問題進行課程設計。同時提供不同的策略讓孩子做練習，找到最合適自己的方法來幫助他讀懂這篇文章。教學時，關心的是學生作為一個閱讀者，應該練習掌握住哪些技巧、策略，才能真正提昇閱讀能力。因此教學設計主要是立足在一個閱讀者的立場來思考的，例如：一位真正的閱讀者，在閱讀的前、中、後，分別採取（學習）了哪種策略來幫助理解。課堂教學的重點，不僅是讀懂作品的內容，學會了文本中的相關語文知識。更重要的是希望學生學到怎麼讀懂及欣賞一篇文章。

凡此種種的閱讀教學都指向一個核心的價值——自主、主動、有意義、監控。而這恰恰也是自主學習的特徵。因此，將自主學習的精神帶入閱讀教學中，是如此的自然與必要。

缺乏動機往往是閱讀教學中教師經常面對的問題。因此閱讀的課堂必須變成一個吸引人的地方，讓學生想參與我們所提供的教學活動。教師的任務是要尋找有意義的、幫助學生提高學習自主性的材料，以增強閱讀動機。學生必須先清楚能從中學到什麼東西後，才能把自己的興趣拓展到極限。教師必須幫助他們以閱讀作為橋樑，用以學習到更多關係自身的東西。

因此，必須讓閱讀能力不佳的學生多接觸各種風格和體裁的文章，包括新聞、雜誌、小說和網頁。掌握不同風格和不同體裁的文章特點，有助於學生更好的預測文章發展的思路和手法。鼓勵學生大聲朗讀和引導學生邊想邊說的做法，也將對他們大有助益。

當我們把從閱讀和自主學習得來的方法運用到教學時，課程的學

習效果就完全不一樣了。在新的教學模式中，我們會：

- 設計一些導讀活動，以激活背景知識，確立目的，並且提出一些問題來激發求知欲
- 閱讀的時候，讓學生運用一些比較活潑的閱讀方法，比如兩人討論，交換意見和澄清自己的觀點等等
- 向學生展示我們的思維過程，並讓學生把他們的思維過程表現出來
- 設計一些能激發學生運用高級思維模式的活動
- 認真研究課程標準的要求，從而挑選最必要的內容進行教學

此外，教師亦當為學生（閱讀者）設置一個自主的學習環境，包含：

(1) 多樣化的教材

如果我們打算激發學生的興趣，就不能把課本當作主要的訊息來源。如果我們所提供的訊息與社會的話題聯繫更加緊密，讓學生有選擇的餘地，這樣的學習將會更加深刻，更具有現實意義。

(2) 學生選擇

在課堂上讓學生至少有一些可選擇的材料進行閱讀，這樣有助於提高學生的學習動機。能吸引孩子閱讀的書，多半是文本精短且內容又與生活相關的。學生閱讀得越多，其閱讀能力就提高得越快。

(3) 設置能滿足所有學生的需要的課堂

對閱讀能力不佳的學生來說，最好的課堂環境是一個可以讓他們大膽的與教師、同學們一起思考，並分享自己想法和疑問的課堂。課堂的重心應不限於閱讀本身，而應在於閱讀中所學內容的理解和建構

自己知識的過程。

(4) 組織閱讀討論小組

組織閱讀小組，進行任務分工，讓每位學生扮演不同的角色以便能積極參與。例如：組長（組織並確保所有組員都參與討論）、討論嚮導（在必要時提出具有開放性的問題以促進討論）、權威人士（在文中找出有趣的、難懂的或者重要的部分讀給組員聽）、聯絡員（促進故事與自身生活之間的聯繫）、詞彙蒐集員（蒐集重要的、不熟悉的、有趣的單詞）等等。

六　自主學習的閱讀教學案例

在此提供幾則教學案例，這些案例試圖將自主學習的精神融入於閱讀教學中。為確認這些案例在設計與實施上是否反應了自主學習的精神，研究過程中以下列原則作為評估的準則：

- 自主性原則。教師應根據學生需要和課程的內涵選擇教學內容。關注學生的主體意識，讓學生有更多的機會去活動、體驗乃至創造。
- 差異性原則。受教育者之間是存在個體差異的，應當按照這種差異進行因材施教，使其能在自己原有的基礎上得到發展。
- 師生合作原則。教學是統一教師的教和學生的學，教學過程是師生交往、積極互動、共同發展的過程。
- 整體發展原則。要把課堂教學與學生身心素質各方面看作是一個相互聯繫的發展整體，使課堂教學與社會、家庭、學生生活形成一個整體。

- 反思性原則。教學中,教師要具備反思的意識,不斷地反思
  自己的指導行為。

案例1:生字的學習和記憶(設計者:范姜翠玉)

　　帶孩子學生字時,總是希望他們能有字群的概念,並了解字形和
字義之間的關係,當然更希望透過這份了解,能幫助他們記字和辨
字。怎麼教呢?

　　在教新的生字時,我會請孩子先想一想這個字是怎麼組合的?有
沒有熟悉的部件?這二個問題從孩子一上學生字時,就是每次必問的
問題,所以,對他們來說連結學過的熟悉字形,是容易的事,但也因
為這個練習,讓他們現在除了聯繫部件外,還會說出整個字的關聯。
例如:教「猜」這個字,孩子們會發現有「狗」字的犬字邊,還有
「青」色的青。學過的「請」和「靜」,他們也提出來了。我會趁勢
帶著他們一起蒐集更多有「青」這個部件的字,例如:清、菁、倩。
然後,邀請孩子想一想,為什麼「清」字是水字邊?為什麼「請」字
是言字邊。除此之外,當遇上複雜組合的字,我會試著編出字謎或歌
謠幫助孩子記憶,例如「聽」字,「耳朵長長我姓王,今年十四歲,
一心想讀書。」孩子聽完就說,老師好好記哦!在教下一個生字時,
他們會很主動的編故事,例如猜字,他們說:「青色的狗」他們還發
展出看著字形編故事,也就是說字形看起來像什麼,於是有了一個記
字的故事。這樣的教學有個有趣的發現:

- 孩子對生字有了更多驚喜的發現,原來中國字有這麼有趣的
  變化。

- 他們會跟我說這個字還可以怎麼變,可以加火字邊嗎?可以
  加金字邊嗎?可以加女字邊嗎?

- 當我說某某人，那個字要寫國字，（例如要寫國字「靜」）而他說：老師我們還沒學過時。同學們會說：老師教「猜」這個字的時候就講過啦！喜歡孩子的這些表現，因為看到孩子的主動，看到孩子願意發展方法。

【教學行為解讀】

在這堂課的教學中，教師做了什麼？

- 提高學生對記憶目的性和自覺性的認識。記憶是人腦的功能，腦越用越靈光，如果每天記憶一定數量的材料，日積月累，持之以恆，既能豐富知識經驗，又可鍛鍊記憶能力。
- 養成學生多管道協同記憶的習慣。聯繫已知與未知來幫助記憶，讓學生不懼怕筆畫較多的生字，這比單純用看或聽，記憶的效果要好得多。
- 持續使用關鍵問題，示範不同的記憶策略，幫助學生建立學習的習慣和能力。

案例2：克服生難字詞、讀文言文的策略（設計者：范姜翠玉）

流程：

（一）老師將「臣本布衣，躬耕南陽，苟全性命於亂世，不求聞達於諸侯，先帝不以臣卑鄙，猥自枉屈，三顧臣於草廬之中，諮臣以當世之事，由是感激，遂許先帝以驅馳。後值傾覆，受任於敗軍之際，奉命於危難之中，爾來二十有一年矣。先帝知臣謹慎，故臨崩寄臣以大事也。」一段抄寫在黑板上。

（二）請孩子讀上述段落，找出可能懂得意思的句子，談談是怎

麼猜的。

（三）示範如何用策略來猜語意。

- 重讀句子，找可能提供線索的想法與字詞。
- 把難倒你之前的二、三個句子讀一遍，找出跟字義有關的線索。
- 把難倒你之後的二、三個句子讀一遍，找出跟字義有關的線索。
- 找出該字的部首偏旁，思索其意義。
- 是否在其他情境或書中看過，聽過那個字。
- 想想此時的情節，看看是否能提供一些字義的線索。

剛開始，孩子很快發現「三顧臣於草廬之中」是指劉備三顧茅廬，這裡很明顯是從故事情節的熟悉得來的推論。順此，我再請他們看看這一段裡，他們可能猜得到意思的句子有哪些，他們提到的是「先帝知臣謹慎」，他們覺得這句很簡單光看字面就可以了解，也就是「先帝知道我很謹慎」，於是我接著請他們猜下一句「故臨崩寄臣以大事也」是什麼意思，在他們的語言經驗裡，對於皇帝的逝世他們清楚那個語彙是「駕崩」。所以，「臨崩」的「崩」應該就是指「駕崩」，而「臨崩」的「臨」有「面臨」的意思，而「面臨駕崩」也就是「臨終」的意思，而後他們又想起，劉備在白帝城臨終之際曾託付諸葛亮要輔佐劉禪，如果無法輔佐可以取而代之以光復漢室的這一段情節，所以整個拼湊起來就是「劉備在臨終時將復興漢室的責任託付給我諸葛亮。」

順著孩子運用情節來猜測詞義的策略，我選擇先和孩子談談「後值傾覆，受任於敗軍之際，奉命於危難之中」這一句，此時，就換我放聲思考了：「後值傾覆」裡的「傾覆」從字面上的意思來想，「傾」我常聽到的是「傾倒」，而「覆」我聽過的是「覆巢之下無完卵」，

而且「覆」有「覆蓋」的意思，照這麼看被傾倒、覆蓋好像不是一件好事，應該是遇到挫折，看看後面的句子有出現「敗軍」、「危難」這兩個語詞，我的推想應該沒有錯，可是到底「敗軍之際、危難之中」指的又是什麼呢？我想先看看《三國演義》這本書的目錄，看看孔明出現後，劉備遇到哪些挫折，找到了，劉備曾敗在曹軍手下，帶著老百姓逃亡，後來還被曹軍追殺，幸好孔明早已安排關羽和劉琦來接應，才能獲救，可是那時，劉備已經沒有什麼根據地可以發展，於是孔明出了主意讓劉備答應魯肅的請求，到江東走一遭，結果在赤壁之戰大敗曹軍，奠定三國鼎立的基礎。所以，「敗軍之際，危難之中」應該是指這一段，但「受任」、「奉命」又是什麼意思呢？我聽過的有「接受」、「任務」、「責任」，如果說是「接受責任」怪怪的，我們不會這樣用，那麼應該是「接受任務」了，而「奉命」我猜「命」應該是指「命令」，因為我常聽到的是「奉某某人的命令」，雖然「命」有「命運」的意思，但放在這裡怪怪的。

當我放聲思考結束後，我請學生回想我剛剛是如何進行推測的，學生指出：

- 用故事的情節。
- 在什麼時候看過這個字，它會怎麼被使用，把它放到句中看看哪一種用法比較合適。
- 讀讀後面的句子來判斷。

而後，我邀請他們一起利用剛剛找到的方法，來推測這一段裡其他的句意，在這個過程裡，我們又找到一些不同的策略，在段意理解之後，我們一起回顧使用的策略。

【教學行為解讀】

在這堂課的教學中，教師做了什麼？

- 教師示範了閱讀時常用的理解策略，包含：認字的策略——運用上下文猜測；理解的策略——利用邏輯關係、及先備知識來幫助理解；應用的策略——聯繫其他資訊與文本的關係等等。
- 教師採用放聲思考的教學策略，讓學生了解好的閱讀者在閱讀過程中，遇到困難時會積極的採用各種策略，克服困難以獲得理解。
- 讓學生嘗試練習，並帶領學生歸納整理課堂中所練習的各種方法或策略，以形成完整的學習概念。

案例3：知識性文本的閱讀（設計者：趙鏡中）

教學年級：五年級

教學材料：鯨

教學目標：

(1)利用「KWL表」連結文本與學生的經驗、知識。

(2)學生練習帶著問題閱讀資訊性文章。

(3)利用小標題整理資訊。

(4)鼓勵學生發言，參與討論，提出自己的看法。

教學過程：

導入：閱讀《聽那鯨魚在唱歌》，引發學生對鯨魚的好奇，導入教學。

　　這是一則故事，充滿了文學想像之美。接下來的學習則是很嚴謹的資訊性 (Informational reading) 閱讀，幫助我們對鯨有更深刻、更正確的認識。

(1)閱讀前：我知道什麼？

利用KWL表來整理自己的想法，為讀文章做準備。

先讓大家回想自己的舊經驗，知道哪些關於鯨的知識，填寫在工作單（關於鯨我知道……）上。然後請學生輪流說出個人關於「鯨」的知識，其他同學注意傾聽，鼓勵互相質疑與好奇，順便檢核自己所知是否是正確的。

經過初步的交流分享後，關於鯨你想知道什麼？將你的好奇寫在工作單上（我想知道……）。小組成員互相交換工作單，分享彼此問題，並且考慮下述事項：

- 小組有共同的問題嗎？
- 看到一些自己也想問的問題嗎？
- 把問題分類。

(2)閱讀文章——邊讀邊想問題

(1)發下文章，請學生快速瀏覽一遍。瀏覽時，在可能與自己的問題有關的段落旁做上記號。

(2)找到答案嗎？請學生找出跟自己提問相關的部分，再讀一遍。讀的時候，將重點資訊加上底線或是用螢光筆標示出來。

提示：學生標示的不一定是「答案」，可能只是「相關資料」。文本的資訊可能沒有直接回答學生的提問，大多時候，學生所求的答案是從文本的資訊再推論出來的，而這也正是練習從閱讀中做推論的時機。

(3)邀請一組學生說一說，哪些問題文章中直接回答了？哪些問題還需要想一想，或需要更多的資訊幫助？

(4)將所得到的答案或資訊，填到工作單中（我學到了………）

(5)小組同學聊一聊，檢查一下有沒有原本以為知道，但卻是錯誤

的認識。

(3)知識性文章的閱讀

(1)注意關鍵句，通常關鍵句會在第一句，也可能在最後一句。

(2)還要注意細節，包含所提供的數據或例子。

(3)注意區辨事實與意見，區分作者的觀點和專家的觀點，並分析判斷其正確性。

(4)資訊整理——為文章下小標題

再重讀一次文章，這次閱讀重點在為段落下小標題。看看這個段落主要在介紹或說明關於鯨的哪些資訊，用簡單的語句概括，例如：鯨的大小。

提示：經過整理後，就可以清楚掌握文章提供了哪些資訊。

(5)統整與反思

(1)這次的閱讀，從文章中我學到了什麼？

(2)關於鯨，我還想知道什麼？要如何去尋找這方面的資訊？

(3)關於知識性的文章，我知道如何閱讀了嗎？

提示：活動中，學生練習了以下的閱讀策略：

・建立閱讀目的——有意識的閱讀

・配合目標和提問，選擇閱讀內容

・邊讀邊想：思考問題、回想已知、思索新知

【教學行為解讀】

在這堂課的教學中，教師做了什麼？

・帶領學生以有目的性的方式來閱讀知識性文本。相較於敘述性文本，知識性文本的概念密度一般來說都比較高，因此閱讀

起來有一定的難度，如果一口氣就想把文本所提供的訊息全部掌握，對閱讀者來說是相當大的挑戰。

- 透過發現關鍵句、注意細節、區辨事實與意見以及概括段意等方法幫助學生讀懂訊息、整理訊息。
- 讓學生進行自我評估以及同儕評估，對自己的學習做反思以及後設監控。關注學生如何讀懂知識性文章，獲取意義。

案例4：自主探究的語文課堂（設計者：范姜翠玉）

一、課程目的

為了讓孩子具備足夠的能力面對將來的學習，這次的課程我希望帶孩子經驗一趟自主學習和知識探索的歷程，在這個過程中，孩子們將會學習查資料及閱讀知識性文本的方法，還會探索不同於敘述性文類的寫作方式。此外，在探索的過程中，我也會鼓勵孩子分享自己擁有的知識，讓他們以擁有知識為榮，且允許他們自己建構知識。

二、課程進行模式

為了讓孩子能清楚所學，在課程進行中，只要是學習新的策略，我都會透過放聲思考或全班共做的方式先行示範，接下來請孩子們小組練習，練習後對全班分享個人的學習經驗，最後才是獨立作業。而這樣的模式可以幫助孩子熟悉所學的技能，確保每個人都能成功。

三、課程進行步驟

在安排課程進行步驟時，我會先衡量在探究過程中應有哪些步驟，在這些步驟中哪些是孩子最需要協助的，根據這樣的考量，規劃出以下的步驟：

（一）選一種動物做為研究的對象

先讓小組決定要練習的研究對象，之後我再選一個他們沒有選的

動物，做為我放聲思考或全班共做時的研究對象。

（二）利用主題網記錄已知

我先帶著全班針對我選擇的動物畫主題網，在畫主題網時，邀請每個孩子就這個話題貢獻已知，我的工作則是記錄他們所發表的內容。記錄時，如果出現相關的訊息，我也會帶著他們做分類，把相關的內容寫在同一個區塊。在全班共做後，接著請孩子小組練習，針對小組所選擇的動物畫主題網。

（三）蒐集、閱讀資料，並將新的訊息記錄在主題網上。在這個階段，有兩個關注點：

• 孩子能否找到合適的資料？

我會留意孩子在蒐集資料時的表現，如果孩子有困難，我會進行找資料的迷你課程，蒐集孩子們使用的策略，再補上我可以提供的，這些策略都會寫在海報紙上，並張貼在教室中，讓孩子們在遇到困難時可以參考。

• 如何閱讀知識性的文類？

在這裡主要是介紹知識性文類在呈現時的特色以及「閱讀──重述──繼續往下讀或重讀」的策略，前者幫助孩子很快地找到需要閱讀的段落，後者讓孩子練習自我監控，在閱讀時不時停下來用自己的話重述讀過的資料，並評估自己是否理解？記得多少？

（四）提供目錄供孩子檢視主題網上的資料是否充足，並繼續閱讀、記錄。

由於進行的年級是二年級，提供目錄可以幫助孩子檢視自己的閱讀角度是否多元，如果學習對象是中、高年級，老師可以和學生一起發展目錄，也可以交給孩子自行發展。

（五）針對目錄提供的角度，開始寫章節內容

孩子們要先將主題網上的資料依目錄提供的角度做分類，接下來

將同一類的訊息串寫成一段文字。當然如果主題網上有非目錄上的資料，孩子也可以增加新的目錄。此外，還要提醒孩子畫插圖時要注意圖文的搭配。

（六）修改和校稿

修改關注的是「敘寫的是事實還是意見？」、「是否表達清楚？」而校稿時要注意「字寫對了嗎？」、「注音拼對了嗎？」工作的方式則是兩人一組，彼此互為工作伙伴。

（七）寫「作者的話」、「作者簡介」，畫蝴蝶頁，取書名

我希望孩子視自己的作品為真實的出版品，因此，只要是真實出版品會有的內容，我都會帶著孩子寫作。進行時，考量到這些對孩子都是新經驗，所以我會舉例，讓孩子透過範例思考可以敘寫的方式與內容。

（八）慶祝所學

以新書發表會的形式，邀請師長、學長姐、學弟妹參加，一同慶祝研究的成果。為了讓孩子在發表會上有精采的演出，如何做好口頭報告，就是我要帶著孩子探索的話題。因此，我會和孩子討論口頭報告時要注意的事項，需要細節澄清的部分則邀請孩子舉例說明，之後再讓孩子根據蒐集到事項練習口頭報告，最後，才是正式的登場。

四、課程進行中的觀察與省思

（一）利用主題網記錄、檢視自己的背景經驗

1. 邀請孩子思考合適的工具

就像運動員在比賽前會用一段時間暖身、做心理準備一樣，一個自主探究的學習者在學習前，也該採取步驟做好「暖身」和「心理準備」。此時，視覺圖像——「主題網」是一個可以善用的工具。

而在自主探究的過程中，「判斷」、「評估」是一個必須的思考活動，即使小如選擇適合的視覺圖像，也是孩子可以探究的契機。因

此，我選擇用提問的方式讓孩子思考、練習探究。

2. 鼓勵孩子思考

在共做主題網時，分類訊息也是孩子在探究過程中需運用的思考技能，於是，每當學生提出一條訊息時，我會詢問：「這個跟哪一個訊息有關呢？」找到訊息間的關聯後，將同類的訊息放在同一個區塊記錄下來。

3. 從對話中確認孩子對學習目標的掌握

知識性的讀寫課程不論是閱讀或是寫作，都要留意「事實」與「意見」的區辨，老師可以掌握任何時機，也可以當作一堂迷你課程指導孩子，而我所做的就是當時機出現時把握它，適時提醒孩子。

此外，在上述的課堂對話中，我還發現即使是低年級的孩子，當討論是課堂常用的學習方式時，他們也可以扮演好學習促進者的角色。

（二）分享知識～如何找資料

在孩子分頭找資料時，我觀察到如果書名沒直接寫出該動物的名稱，有些孩子就無法判斷哪些書有他所需的資料。於是，在孩子工作告一個段落後，我進行「找資料」的迷你課程。首先，我邀請孩子分享他們找資料的方法。

當孩子提到「特徵」時，我希望孩子能透過舉例的方式，幫助其他同學明白「特徵」包含哪些向度，於是我邀請透過「判斷特徵」這個策略而找到資料的同學，分享他們找資料時的思考。

自主探究不是一趟孤獨無助的旅程，同儕可以是共同解決問題的伙伴，而老師要做的是創造、發掘任何可以讓孩子有所貢獻的機會。而這種機會的掌握正標舉著：我們視孩子為知識的擁有者，他們也以擁有知識為榮。

（三）知識性文本的閱讀策略

在這次的課程中，我想為孩子示範的是知識性文本的閱讀策略、

以及分類訊息的方式。因此，在課程進行中我會運用放聲思考的方式，讓孩子知道我決定閱讀內容以及分類訊息的判準。

除了前述的教學目標，在這段課堂對話中，我看出孩子在學習中展現的主動性，這種主動性正是學習的可貴之處，它不是填鴨式教學可以比擬的。我喜歡這一段的教學，覺得自己真的有帶給學生一些可以帶著走的能力。

（四）修改與校稿

當大部分的孩子已經依目錄將主題網上的資料寫進書裡，接下來要做的就是修改。首先，我向孩子們說明修改時的關注點，我提了兩個注意事項：

- 我說的是事實還是意見？
- 我說清楚了嗎？

我要求他們兩人一組，互相讀自己的作品給對方聽，讀的人要如實讀，也就是我口讀我寫，而聽的人則要注意他說的是事實嗎？有沒有說不清楚的地方。在確認學生清楚目標後，我即請他們開始工作。

很訝異的發現，大部分的孩子都樂於接受同學的想法，或許他們知道同學的提醒是源於一種善意，是為了讓彼此的作品更臻完美，而非雞蛋裡挑骨頭。由於在草稿階段的焦點是內容的敘寫，因此錯別字是被允許的，然而到了出版階段，錯別字即成了要被關注的對象，於是我請孩子注意：

- 會寫的國字都寫了嗎？
- 注音或國字都寫對了嗎？

孩子們可以先自行校稿再請伙伴幫忙。從孩子的表現中，我看見孩子視自己為成功的知識性文本的作者，他們在意自己的表現，也關注讀者的需求，而這種對作品的認知，正是促使他們更投入寫作的動力，也是課堂裡最需要鼓勵的。

【教學行為解讀】

在這堂課的教學中，教師做了什麼？

- 在自主的課堂中，要求轉變教師的角色──從知識的傳授者轉變為知識的引導者。在充分實現學生學習主體作用的同時，也必須充分發揮教師的引導作用。引導的特點是一種啟迪，是一種激勵。所謂引導，即帶領、啟發和誘導。

- 經過這一次自主探究式的學習課程，相信大多數的學生都已經知道研究的步驟和方法，也知道在閱讀知識性的文章時應注意哪些事項。更重要的是，經過合作探索，學生不再害怕學習；也不再會覺得學習就是彼此競爭。

- 在這次課程的結構設計上：是自主性的、探索性的，以學生的興趣為導向。是鼓勵性的，經由合作的歷程，指導學生如何在更加複雜的、未結構化的情境中探究。是情境化的，讓學生在情境中進行真實的能力挑戰。

- 允許學生有自己的學習風格、傾向及態度。在自主探究過程中，學生需要不斷前進，這需要有不斷的驅動力，興趣與好奇是驅動力的重要來源。

六 結論

閱讀是一項基本技能，對於不具備基本閱讀能力就離開學校的學生來說，這對他們在社會及經濟上的影響將非常的深遠。學會閱讀，掌握高水平的讀寫能力，也就是學會了學習。有閱讀困難的學生特別怕上學，他們往往缺乏主動性，而且經常對自己的閱讀能力沒有信心。長久以來，國內的閱讀教學過度重視語法結構的分析，使學生失去了學習閱讀的興趣與動力。閱讀本質其實是在對文章意義的理解，

因此閱讀能力的提昇，並不是傳統意義上的認字識詞，而是綜合性的語言能力的不斷運用和積累。因此，教師所設計的教學活動都是為了激發學生的閱讀興趣，培養他們的自信心。

閱讀在生活上會發生作用，正是因為人需要瞭解新事物。在學校裡的閱讀教學，也應讓學生為了自己的生活和學習的需要而使用閱讀。但現行學校的閱讀教學似乎脫離了這樣的基本需求，而傾向一個以專家系統規劃設計的課程與學習方式來進行教學。這樣的學習生態環境，可能呈現出種種不利學習發展的現象。

事實上，每位學生都有某方面的興趣和求知欲，以及熱衷於它的「動力」。要調動孩子的「學習動力」，首先應該承認和尊重孩子的這種「動力」。其次，要抓住孩子本人似有非有的「學習動力」的機會，試著承認他的這種「動力」而鼓勵他。孩子的「動力」在被承認和鼓勵的情況下，孩子就會願意試一試。因此要不失時機地鼓勵和表揚他。自主學習如此，閱讀教學亦是如此。

自主學習強調的自我導向、自我激勵、自我監控的學習，在這方面確實可以給閱讀教學帶來一種新的氣象。而一個人的自主性、想像力、創造力要得到最大限度的釋放和發揮，一個安全、寬鬆的教育環境是最基本的前提。這種氛圍的營造，教師無疑起著十分關鍵的作用。教師在設定教學目標時，應當將教學目標劃分為幾個層次，使學生能夠根據自己的特點進行選擇，同時在教學過程中，教師應該給予學生適當的幫助。

當然，如何讓孩子的學習獲得成功，也是重要的工作。讓孩子學會取得成功的手段和方法，掌握自主學習的技能，並且能親身體驗成功的喜悅。如果孩子能依靠自己的能力進行自主學習的話，那每個孩子都會愛好學習的。

本文完成於2010年，發表處不明。

對話學習與學習對話

一　對話的興起

隨著全球化、資訊化時代的來臨，「對話」逐漸成為現代人一種基本的生活態度與方式。從國際事務到社會上人與人之間的關係，從政治領域到文化領域，甚至人與自然、人與機器的互動關係，「對話」已經成為人們所共同追求的一種狀態，同時也成為人們達成目標的一種有效策略。

人類是社會性動物，人與人之間需要交流，人與人之間也渴望溝通，這是人類生命存在的一項基本訴求。人需要說出自己的心聲，同時也想知道別人心中在想些什麼；人希望聽別人說話，也希望被別人所聆聽。當人脫離了交流與溝通，人就會感到孤獨與寂寞，甚至失去生存的意義。因此，讓相對立的雙方能夠平等的對話，不僅僅在思想上已為人們所普遍接受，並且透過立法，在制度上也開始獲得某種保障。「對話」已成為一種時代精神；一種解決問題的手段，也逐漸成為人們的一種生存方式。

雖然「對話」已經是一個日常應用頻繁的概念，但是到底什麼是對話？什麼是真正的對話？對話應當遵循什麼樣的原則？怎樣才能有效地開展對話？又有哪些因素妨礙了對話的開展和運用？人們對此似乎並無統一的認識與結論。對它的理解也從不同的角度和層次來進行。

在日常語言中，用來表達說話的辭彙非常豐富，譬如：交談、談話、對話、協商、談判、討論、爭論、辯論、說服、勸告、商量、聊天、對談、閒談、會談等等，這些辭彙代表著說話者不同目的、動機與意圖，反映了說話者之間不同的人際關係，也預示著言談所可能形成的結果。當我們在與人說話時，關於言談的目的、動機、意圖與期望，就會在有形或無形之中主導言談的行為，從而決定了言談的類型。

「對話」是諸多言談類型之一。就其外顯形式來說，是人際交流和溝通的一種形式。從字面意義來解釋，「對」的本義乃是「應答」，「兩者相對、面對」。「話」作為名詞指「言語」，作為動詞則指「說、談」。「對話」指的是「兩個或兩個以上人之間的談話」，或「雙方或多方之間接觸或會談」。因此一般理解的「對話」，應是指用言語進行交流的過程。

但這種字面意義上的理解似過寬泛，並不能揭示「對話」的深層內涵與本質。根據戴維・伯姆 (D.Bohm,1996) 的說法：

> 對話並不僅僅侷限於兩人之間，它可以在任何數量的人之中進行。甚至就一個人來說，只要他抱持對話的思維與精髓，也可以與自己進行對話。這樣來理解對話，就意味著對話彷彿是一種流淌於人們之間的意義溪流，它使所有對話者都能夠參與和分享這一意義之溪，並因此能夠在群體中萌生新的理解和共識。在對話進行之初，這些理解和共識並不存在。這是那種富於創造性的理解和共識，是某種能被所有人參與和分享的意義，它能起到一種類似「膠水」或「水泥」的作用，從而把人和社會黏結起來。

對話有其獨特的精髓。而從廣義的角度講，對話更涉及到人類存

在的基本哲學命題，涉及到人類的歷史與文明。

二　教室中的對話

當人們發現社會和個體的對話精神，與教育之間存在著內在關聯的時候，學校教育也受到此一精神影響，一種新的教育型態——對話的課堂也應運而生。

其實，課堂裡的對話本就存在。教室是單位人口密度相當高的場域，在教室裡時時出現各種自發性的言談對話其實是很自然的。

但由於教室中所有說話的時機和內容大部分是由教師一人主控，教室中的言談因而顯現出一種貧乏、單調的獨白。教師可在任何時間對任何人說話，他們可以填補任何的沈默時刻，打斷任何一位說話者，可以在教室裡任何一個地方，以任何程度的音量和音調對學生說話，而且沒人有權利反對。因此形成一種教室中的獨白現象。

弔詭的是，課堂是種必須由一組「演員」參與，所構成的演出，但這些參與者中只有一個人——教師知道要怎麼演，所以他身兼導演和主要演員兩種角色。

教師對待課堂中同步發生的同儕互動態度，是鼓勵、示範、容許或禁止，將影響到課堂學習的整體氛圍，也影響到學生對知識與學習的看法。

教師對教室互動採取高度控制，其主要考慮的原因是：

1. 對學習的信念：教師對學生是否能透過對話進行學習，感到疑慮。對大多數的教師而言，他們並沒有在對話中受教育，因此，他們的學生也沒有機會經驗真實的對話，並負起參與對話應有的責任。另一方面，傳統以教師為中心的教學模式，也深深的影響著教師。

2. 對教室文化的認知：在傳統教學過程中，賦予教師在知識與權威上的優勢，給教師帶來穩定和安全感。教師的行為決定著學生的行為，學生的行為只能是一種被限定和被允許的結果。就如同杜威說的，傳統教育是一種「靜聽」的教育，學生只是教學的旁觀者和接受者，而不是主動的參與者。

3. 對課堂對話的定義不明確：如前所述，「對話」雖然是一個日常應用頻繁的概念，但教師對如何展開課堂中的對話，進而透過對話促進學生的學習並不熟悉。教師常以為課堂問答即是一種對話學習。

4. 對秩序管理技巧的迷思：課堂秩序常是教師要求的，固然課堂需有良好的秩序，學生才能進行學習。但守秩序與參予學習之間的界線如何拿捏，常讓教師陷入一種迷思。

三　從獨白到對話

　　傳統講授式的教學是一種告訴學生該怎麼、要怎麼的教學模式，或者說是一種教導式的教學。對話則不同，它是藉著提問、回答以及對回答的爭論，來進行的教學。

　　對話作為一種教育原則，從簡單的意義講，強調的是師生的平等交流與知識共建。從深層的意義講，它挑戰我們關於師生關係、知識本質，以及學習本質等方面的思維成見、定見與主觀認定。所謂課堂中的對話，指得是「教育者與受教育者在相互尊重、信任、平等的基礎上，以語言等符號為文本，而進行精神上的雙向交流、溝通與理解。」

　　對話與交談相似，但卻有其差異。交談的雙方輪流講和聽，但所談的事情並不會因採用這種方法而取得多少進度。交談時雙方是在一

種親密合作的氛圍中交流想法和感情。

交談比對話更隨意一些，自然一些，能讓交談持續進行下去，才是重要的事。交談能繼續下去，就有希望達成共識，形成多種意見交談──未經預演的智力冒險。交談給予人們表達意見，開闊視野，以及碰撞想法，提供更重要的機會。交談的效果達到最佳的要件是：在嚴肅與嬉鬧之間保持一種適度的緊張「在嬉鬧中帶點嚴肅，而嚴肅的結果只是一場遊戲。」

參與者為了快速解決他們共同面臨的問題，因而將彼此視作合作者來共同研究，探討問題。對話過程中，一種觀點常會引出另一種相反的觀點。而後，一種觀點可能推翻前一觀點，也可能被前一觀點推翻。換言之，對話比交談更集中於探尋、加深對問題的理解，因而顯得更具探究性。

進一步分析這些不同的對話形式，發現它們至少可以被歸結為以下幾種不同類型：

一種是以「聊」為目的。聊乃是閒談，東拉西扯，海闊天空，沒有明確的目的性，也不追求任何結果，大家只是為說話而說話，或為發洩而說話。聊字的本義是耳鳴。聊的結果，不過徒增耳旁的嗡嗡之聲而已。

一種是以「辯」為特徵。辯的目的是要證明我對你錯，要讓我的觀點在討論中取勝或至少占上風，最終實現我贏你輸的結果。雖說真理越辯越明，但通常我們的辯，都在證明我的真理是對的，而你的真理是錯的。但是，如果我們每個人都堅信真理是在自己手中呢？

一種是以「商」為特點。商的目的是不管我對你錯，或是你對我錯，大家互相做點妥協，各自做點讓步，彼此搞點折衷，你接受我的部分觀點，我接受你的部分意見，最終達成一個一致的結果，讓雙方都滿意。至於究竟誰對的成分多，誰錯的成分多，究竟互相妥協的是

不是真理，就不管它了。

但是除了上述三種類型之外，還存在著另外一種不同性質的對話，我們可以簡單地把它稱之為「談」。談的本質在於它關心真正的真理所在，絕不對真理做任何的折衷和妥協。它不在乎誰輸誰贏，也不關心談話是否一定要達到某個結果，它追求的是平等、自由、公正地進行交流和溝通。談話者之間互相尊重彼此的人格、觀點和觀念，能夠形成充分的友誼感和信任。每個人都認真地傾聽他人的意見和想法，每個人也都能徹底地表達出他內心深處最真實的想法和看法，然後讓不同的觀點和意見之間彼此碰撞、激盪、交融，從而讓真理脫穎而出。如果要為「談」找出一個目的或動機的話，那麼「談」的意圖就是為了實現最自由、最徹底、最無拘無束的交流和溝通，在談話過程中去探索和發現真知與灼見。如果也要為「談」確定一個結果的話，它期待的結果是所有人都從中受益，實現雙贏、共贏、一應俱贏。

到底什麼是對話？什麼是真正的對話？對話的目的是什麼？對話應當遵循什麼樣的原則？對話一定涉及兩人以上的交談，在交談過程中兩人的關係如何？不外乎上下、對等、交錯等模式。例如以訪談來說明：訪談可以說是上下式結構的典型案例。受訪者處於上位，採訪者處於下位。因為採訪者知道的不如受訪者多，這樣往往就是受訪者講得多，採訪者聽得多。師生之間、生生之間在某方面、某話題、某一點上也常會存在知識面的狹廣、認知水平的高低等等。在這樣的境況下進行對話，多知者、識高者便會多言說，以使少知者、識低者因傾聽而受益，從而拓寬視野、提高水準。少知者會通過提問、贊同、反對等方式與多知者進行互動。就語文教學而言，困難的因素不是知與不知的問題，而是知的多與少、深與淺的問題。

一般而言，學生之間在學識等方面會有大致相同的背景與水平，

他們之間展開的對話往往是對等互動式對話。但這也不排除教師與學生之間在某方面出現對等互動式對話。因為教師的觀點。可能只是眾多觀點中的一種，或者是占主流的觀點，即使如此，學生其他的觀點也應與他居於同等重要位置。

我們也可以把所有的對話都理解為視域融合式。沒有所謂的上下、對等、交錯，有的只有一種方式，即視域融合。對話者之間所具有的是差異，是各不相同的視域。對話以一種視域融合的結構方式存在。你不斷進入我的視域，我不斷進入你的視域，對話者之間不斷進入對方的視野，互相彌補，最後達到共同視域。由於他人視域的進入，個人在對話中得到了提昇。

其實，教學正是這樣一種教學相長的過程。用上述三種方式來理解對話，比較直接，但顯得簡單且有些呆板，從視域融合角度來理解對話則比較圓融，可以避免一些不必要的糾纏。

四　教學對話與對話教學

對教學而言，任何一種結構都可能是必要的，無所謂好壞之分。應該根據不同的教學任務、教學要求採取不同對話結構，並及時調整對話結構。如果不能及時調整對話結構，就會出現對話障礙，不利於教學的進行。

對話是一種相對比較簡單的活動。參加對話人數通常在十五人到四十人之間（伯姆對人數的建議不是固定的）。大家自願參加，圍坐成一個圓圈。首先要就對話的過程與實質，進行一些必要的解釋和說明，接下來考慮大家如何把對話進行下去。由於事先不需要設定任何議程，大家需要花些時間來確定一個（或多個）合適的對話主題。在這個過程中可能會遇到一些障礙或挫折。因此在對話的早期階段，可

以通過輔導員來推動對話的進行。

對話的進程很少是直線型的，不像從點甲到點乙那樣簡單，相反，典型的對話通常是迴圈式的和遞迴式的，其進展總是出人意料之外。在對話中人們會經歷挫折、厭倦、枯燥、無聊、激動與焦灼，周而復始，無休無止。對話的參與者只有認真地、長期地堅持開展對話，才能發現對話本身的潛力和創造力——亦即暴露人類深層意識結構的能力。在對話中一個人需要付出巨大的注意力來留心自身的思維假定和反應傾向，以及它們對自己所產生的微妙影響，同時還要感知並認識到整個對話群體中所出現的類似問題。

（一）教學對話的一般特徵

在課堂中不論是採取何種教學方式，頻繁出現「說話-傾聽」的現象，如果仔細分析這類對話，我們就能發現一些特點，這些特點對教學過程品質，提供了重要的評判依據。

1.有多少時間說話，誰在說話

英國一個經典研究發現，教學中有三分之二的時間是用在說話上的，而三分之二的話是由教師說出來的 (Galton et. al. 1980)。相信在我國的教學現場調查，也將得到近似的資料。

2.說話的對象是誰

根據研究，教師大約有百分之八十的時間用來進行師生間的談話，其中百分之五十六的時間是和個別學生，百分之十五的時間的和全班學生，百分之七的時間是和小組 (Galton et. al. 1980)。除了溝通的人數問題外，還必須考慮教師的時間是怎樣分配給各個學生的？是怎樣分配給女生和男生的？是怎樣分配給不同能力或不同學習需要的

學生？研究顯示，男生往往受到教師更多的關注（有積極的也有消極的）。

3.說些什麼

在小學裡，教師絕大部分的說話時間通常都用於監督教學過程，而不是用來討論教學的實質內容。事實上，只有很少時間是花在問問題上，讓學生憑藉問題解決的能力自己進行思考。一般而言，教師的話語多半是為了讓教學活動順利進行和便於管理，很少是讓學生參與到具有挑戰性的討論中來。

教師應當思考以上這些現象所反應的意義：可能會對學生產生什麼樣的影響？學生對學習活動和自己在學習過程中的角色扮演有什麼樣的認識？學生可能會獲得什麼樣的學習態度？可能會開展什麼樣的學習活動？

（二）學習對話

學習對話是課堂交流的一種形式，對話是在信任和尊重基礎上建立的交流過程，可以提高學生的思維和學習能力。學習對話和普通課堂討論不一樣，它更強調交換彼此的意見，而不是尋找正確答案。辯論也不一樣，因為它是合作性質而不是競爭性質的。

對話不僅挑戰學生的思維，培養他們的表達能力，還可以培養學生的合作技能，鼓勵學生尊重彼此的觀點和看法，激勵學生尋求新知識。學習對話使學生能夠在課堂上聽到自己的聲音。無論學生的知識、理解以及看法如何，他們都能參與到對話中。

教師可以在全班開展學習對話，也可以把班級分成兩個小組：一組進行對話，另一組觀察並提出反饋意見。首先將觀察組和對話組的學生進行一一配對。觀察組的學生要關注對話組裡同學的舉動，然後

記錄下來，並在對話結束後把記錄交給自己的夥伴。下一次對話活動時，觀察組和對話組互換角色。

學生對話指導

學生需要瞭解什麼是有效學習對話的必備環境，和學生一起討論下面的一些要求，告訴他們這些都是在對話時要遵守的行為準則。在對話結束後，可以根據它做簡單總結。

1. 承認人們看待事物的角度是多種多樣的，往往不只有一個正確答案，應以開放心態對待其他人的想法和觀點。
2. 傾聽。理解事物的最好方式就是認真地邊聽邊想。
3. 根據事實思考問題。有的時候可以用自己的經歷來考慮問題。
4. 如果你不理解就應該問清楚。（「請告訴我更多關於……」、「你說的是什麼意思……」）
5. 平等對待每一個人，讓每個人都有時間和機會參與對話。
6. 關注對話，而不是關注自己的立場或觀點是什麼。你的角色不是去說服其他人，你的角色是分享你的想法。有的時候，需要認同其他不同的觀點。
7. 學習對話的唯一目的是和老師、同學分享你對問題的看法。
8. 不需要達成一致意見或取得一致結論，你要做的是加深你對問題的理解。

推動學習對話的開展

教師在學習對話中的角色是推動者，使學生不斷地進行對話。下面是推動學生開展對話的指導事項：

1. 安排10分鐘時間開展一般性的學習對話。如果對話主題內容豐富、或學生對主題內容比較熟悉，可以把時間延長至20分鐘。
2. 決定學生要討論的具體內容是什麼。為了開展對話，學生應當對

主題要有一定的瞭解。根據主題要求，你可以要求學生回顧課堂筆記，重讀課文，或參考其他資料。記住對話的重點是想法、價值、主題、觀點，而不是得出正確答案。

3. 選一個能引起學生好奇和積極思考的開場白式問題，引導學生參與到對話中。

4. 給學生一段思考時間再要求他們回答，不要操之過急。

5. 為了方便學生理解，可以把問題再用其他方式說一遍。

6. 要求學生清晰詳細地回答問題，鼓勵他們不斷地修正。

7. 要求學生用理由和事實來支持他們的想法。

8. 鼓勵學生考慮問題要嚴密，通過引導或重述問題的方式幫助學生進行嚴密思維。

9. 鼓勵學生積極傾聽和發言，用直接問問題的方式，邀請那些沒有參與對話的學生和其他人一起討論問題。

10. 接受所有人的答案，不做判斷。

11. 如果學生感到無趣，那麼可以提出新的問題促使他們繼續開展對話。

12. 幫助學生理解各個想法之間的關係，把學生的對話內容組織在一起。

13. 鼓勵學生討論不同的看法，但不主張他們爭論。對話不是辯論。它的目的是分享，不是取得一致意見。

但現行課堂中，常出現以下幾種假對話的形式：

1. 掩蓋真實意圖的對話

學生方面，由於在教師權威壓力下，學生不敢、不願表達自己的真實意圖，這就很容易說言不由衷的話，導致課堂上發出的聲音「失真」，也可能存在學生為了討好教師或為了使自己獲益而掩蓋真實意圖。教師方面，教師為了樹立自己的權威而掩蓋真實意圖，教師為了

鼓勵學生而掩蓋自己的真實意圖。例如,本來學生做得不好教師卻說好,給學生造成一種「真好」的假象。

> 上愛迪生這篇課文時,老師為了活躍氣氛,便問學生:你們最崇拜的是誰?
>
> 學生紛紛舉起了手,有的說崇拜球星王建民,有的說崇拜歌星蔡依玲,有的說崇拜神探李昌鈺……學生交流結束後。
>
> 老師反問:你們猜,我最崇拜誰?
>
> 話音剛落,學生異口同聲,說:老師崇拜愛迪生。(本課課文主角)
>
> 一聽這麼整齊的回答,所有的聽課教師頓時爆發出一陣哄笑。

2. 游離主題的對話

　　游離主題的對話有主觀游離與客觀游離兩種情況。主觀游離是在明知效果的情況下而繼續進行貌似對話實為假對話的對話。客觀游離則是在不明不白,情況下,談著談著扯遠了,游離了主題。在對話中也會出現聲東擊西,「顧左右而言他」的對話(這與有意識的主題轉移不一樣)。不論何種原因游離了主題的對話最終成為一種假對話。

3. 不具實質的對話

　　不具實質的對話就是一種無效對話,是指在一些常識上繞來繞去,徒具問答的對話形式,實質上根本不解決問題的對話。

> 師問:這篇文章是寫誰的?
>
> 生答:是寫花木蘭的。
>
> 師問:你怎麼知道的?
>
> 生答:題目就是花木蘭。
>
> 師問:這個故事發生在什麼時候?
>
> 生答:明朝。

師問：你怎麼知道？

生答：課文第一句就是這麼寫的。

4. 獨白式對話

課堂教學中，教師早有預定答案，卻以對話形式來與學生進行對話。不論對話的結果是什麼，最後唯一正確答案是教師手中的答案。教師用自己的標準答案（有時其實也不是教師的觀點，這一點更是教師的可悲）否定了全體學生的答案，並要求或強制學生接受他的答案。

5. 自說自話、互不碰撞的對話

表面上對話雙方有來有往，好像討論、爭論、辯論得很激烈，但實際上卻是各說各話，互不理睬，雙方只堅持自己的立場，只想說服對方。讓對方認同自己的觀點，而不試圖去理解對方。

回應

回應能使我們對別人所說的話，表達自己的興趣、見解和感情。如果做出的回應是循循善誘的、與人為善的，那麼說者就願意提供更多的信息，解釋清楚自己的想法，或改變自己的想法。用於回應的技巧分為兩類：一種為應和法（應和他人的語言和非語言信息）；一種為釋義和探詢法（使自己的回應起作用）。

1. 應和法（應和他人的語言和非語言信號）

應和行為打開了溝通的通道，可以使人進行更多的對話。聽者可以通過以下各項應和，來表示和說者「英雄所見略同」：

· 身體方位（比如，完全面對、前傾或後仰）

· 目光接觸（雖然並非所有的文化都認可直接的目光接觸）

· 面部表情

· 手勢

・音調和語速

通過應和說者的姿勢、手勢、語音、語速，或結合這幾者的方式，表達出聽者是從說者的觀點來聽取信息的。

2.釋義和探詢法（使自己的回應起作用）

聽者透過這兩種方式回應，巧妙地用於一個相互信任的環境中，可以引導對話達到更深刻的層面。

⑴釋義法

釋義法是一項高明的技能，聽者用不同的方式重提所聽到的信息，使說者知道對方聽到了並在乎他說過的話。釋義法使說者一直處於交談的中心，表示對說者的一種深切敬重。聽者要仔細傾聽他人的講話，不要任意打斷別人的話（可是我們多數人往往這樣做），這樣的回應才能形成一種相互信任與和諧的氣氛。

當使用釋義法時，請記住要應和說者的肢體語言、語速和語調。如果發現說者帶著某種強烈的情緒，在使用釋義法時，也可以同樣帶著這種情緒。只有理解了別人試圖表達的意思，才能與別人進行有意義的互動。

⑵探詢法

暫停片刻和釋義之後，該是進行更深入交談的時候了。要激發說者更深入地思考某個問題，可藉用以下方法獲取更多訊息：

・探詢法。是引人作答的一種方法，也就是說，需要的回答決不只是簡短地應一聲「是」或「不是」。通常含有「什麼」的問句，可以引出更多的資訊。

・獲取更多資訊的探詢法。當說者說出自己的看法時，常常遺漏某些重要的訊息，不是說者忘了提及這些信息，就是認為聽者可以自行填補這些空白。這時，可以請說者更詳盡、更具體、改換些措辭談談已說過的事，從而對說者的情感、看法或思維過程瞭

解更多。

- 鼓勵的探詢法。指的是預先假定說者知道或能想出解決難題的辦法，從而激勵說者提昇自己潛能。這種探詢法促使說者提高自己認知程度、增強自我的責任感。

- 弄清想法和信念的探詢法。這種方法能幫助說者以一種不傷自尊心的方式，看到自己思維中的不合理之處。要轉變一個人的信念或想法，不是一蹴可及的，只有在建立了一個互相信任的環境，並能以溫和方式提出尖銳的問題之後，一個人才願意重新思考自己的想法。沒有這種深刻的自我反省，思想上也不會有什麼變化。

本文完成於2010年，發表處不明。

教會學生閱讀

—— 第八屆大陸「青年教師閱讀教學觀摩活動」觀課反思與建議

一　瞻前先顧後

　　感謝大陸「全國小語會」以及崔老師的盛情邀約，讓個人有機會再次出席這次活動，並受囑擔任評課，略述自己觀課後的心得感悟。由於在臺灣教師現場教學觀摩的機會較少，因此對於如何評課確是經驗不足，如有不周處，還請大家見諒。

　　個人參與此盛會已有三屆，回首這五年來，深深的感受到這項活動對大陸一線教師語文教學上的啟迪以及影響，而個人也將此經驗帶回臺灣分享老師，期待下一屆也能邀請臺灣老師參與觀摩。

　　猶記得五年前第一次出席本活動（第六屆太原會議），深深的受到震撼，這麼多的優秀精英以及來自各省的教師、教研員，齊聚一堂評課論教可謂盛況空前。在大會閉幕式上的報告中，個人提出了六組對照的「課堂教學模式」，做為觀課總結以及個人在思考課堂教學上的反思。這六組對照模式如下：

　　（一）單一模式 vs 多元模式

　　（二）教教材 vs 用教材教

　　（三）教師舞臺 vs 學生舞臺

　　（四）內容導向 vs 學會學習

　　（五）價值灌輸 vs 批判思考

（六）個人學習vs小組合作

及至第七屆活動在南昌召開，個人結合了臺灣經驗（參與國際兒童閱讀素養調查PIRLS）以及國際閱讀教學的趨勢，提出了「提昇閱讀力的教與學」做為觀課回應，指出了臺灣以及大陸閱讀教學上較為欠缺的「閱讀策略」教學。這些閱讀策略包括了：預測 (Predicting)；連結 (Making Connections)；提問 (Questioning)；圖像化 (Visualizing)；推論 (Inferring)；找出重點 (Determining Importance)；統整 (Synthesizing)；監控理解 (Monitoring Comprehension) 等。寄望透過以能力為導向的教學，平衡傳統過度著重知識導向教學的偏誤。

在以上兩層論述的基礎上，此次活動個人將以「教會學生閱讀」這個角度，較全面的來談談閱讀教學以及觀課後的一些反思與建議。

我們都知道，閱讀能力的強弱已成為影響個人自身發展的關鍵因素；而提昇學生的閱讀能力，比教會學生了解一篇課文的內容更為重要。而關鍵就在：如何在基礎教育階段教會學生閱讀。

二　教語文與教閱讀

在談論這問題前，個人想先釐清自己的一個困惑：本活動的名稱為「青年教師閱讀教學觀摩活動」，因此關注的焦點應是課堂中的閱讀教學，然而從這幾屆的觀摩課來看，真正聚焦在閱讀教學的課例非常的少，各位執教老師所設計的教學倒比較像一般的語文教學課。這樣的說法也許會讓很多老師困惑──語文教學本就包含了聽、說、讀、寫、作等語文活動形式，因此語文課也就等同於閱讀課，教語文也就是在教閱讀。這樣的看法確有其傳統上的意義，但在現代的環境中，閱讀似已超越語文課程，成為所有學習的共同工具。因此，主辦單位（全國小語會）似有必要對此加以釐清：閱讀教學是就語文課程

中的閱讀而言，還是跳出語文課程純就提昇學生閱讀能力的教學而言。此中雖涉及教材文章的問題，但就算仍是使用語文教材的課文進行教學，仍不妨礙「純就提昇學生閱讀能力的教學」，反倒是可以促使教師在進行教學設計時，能更創意的採取多元的方式來思考如何教閱讀。

實則，教語文與教閱讀確有其區別，以下略述之：

（一）教學目的不同

語文教學

- 培養聽說讀寫能力
- 強調語文知識的習得

閱讀教學

- 培養獨立閱讀的能力
- 練習批判和思維的能力
- 形成閱讀的品味和策略

（二）教學方法不同

語文教學

- 教師的主導性強
- 教師講解、糾正、批改
- 老師訂出學習目標和標準
- 反覆精熟練習

閱讀教學

- 學生的主導性強
- 鼓勵學生提問、討論

- 提供不同的策略練習
- 發展學生自學的能力

（三）閱讀方式不同

語文教學
- 強調逐字閱讀、朗讀和美讀
- 注重語音標準、字正腔圓
- 關注作者或文本的意義

閱讀教學
- 以個人默讀為主
- 邊讀邊思考
- 採行多種閱讀方式，如瀏覽、略讀、精讀、探究
- 注重個人對內容的理解，重視文與文、書與書、書與人之間的連結

就此看來，兩者確實是有差別的。再者，個人的另一個困惑，我想同時也是很多觀課老師共同的困惑：為什麼兩天半的觀摩課看下來，感覺起來這麼多堂課的課型都那麼相似？為什麼會如此呢？本屆活動的一項重要目標不就是在鼓勵教學創新嗎？創新在哪裡呢？諸位作課教師是不願、不敢、還是不會呢？個人以為這可能與上述問題——「教閱讀還是教語文」未能明確釐清有其一定的內在關聯。

然而，姑不論是教語文還是教閱讀，諸位作課教師在課堂上所展現的專業與敬業，仍讓個人留下深刻印象。特別是每位教師本身的教學基本素養之優，對教材解讀的深入與透徹，都讓個人深深感佩，也是臺灣教師所必須學習師法的。另外，每位教師在課堂中所展現的教學熱忱，更是感染了孩子，讓課堂充滿了對學習的熱烈期待。

三 觀課的視角

接下來，將從閱讀教學的觀點，針對此次各位老師所呈現的觀摩課，提出一些個人的觀點，與眾多的觀課教師一起反思。

首先，說一說自己是如何觀課的，個人在閱讀教學過程中所關注的焦點有哪些？試說明如下：

1. 教師是否激活了學生的背景知識，確立目的，並且提出一些問題來激發求知欲。
2. 閱讀的時候，是否讓學生運用一些比較活潑的閱讀方法，比如兩人討論，交換意見和澄清自己的觀點等等。
3. 是否向學生展示教師的思維過程，並讓學生把他們的思維過程表現出來。
4. 設計一些能激發學生運用高級思維能力的活動。
5. 認真研究教材從而挑選最必要的內容進行教學。

之所以在閱讀教學中會關注以上問題，實則是個人以為閱讀的核心在理解，理解過程一般包括：

1. 設定閱讀目標（非教學目標）

閱讀必須被看作是有用的、有趣的工具，學生必須先清楚從中能學到什麼東西後，才能把自己的閱讀興趣拓展到極限。如果希望提昇學生的閱讀能力，教師就必須站在讀者的立場來思考，與學生共同設定每次閱讀的目標。

2. 把自己所知的知識和經驗用到文章中

閱讀其實是一個交易的過程，就好像到便利商店買東西一樣，如果你帶的錢越多，你就越有可能買到更多的東西。閱讀能力強的讀者都帶有一定目的並能運用他們的背景知識和已有的經驗理解文章。只

有將所閱讀的材料和我們的背景知識聯繫起來，我們才能夠理解。

3. 閱讀中、閱讀後，利用策略和技巧建構意義

優秀的讀者與能力差的讀者其區別，在於當理解受挫時各自的處理方式截然不同。一位好的閱讀者在面對閱讀困難時，知道如何去解決，知道嘗試用不同的方法或策略去讀懂這篇文章，理解文章的意涵，而不會一遇到文章讀不懂時就放棄。教導學生掌握自我監控閱讀理解的技能，幫助他們學會運用各種閱讀策略，如激活背景知識、利用結構關係圖表、重讀和在閱讀前、中做推測等策略，是閱讀教學的重點。

4. 識別作者的目的，分辨事實與意見（觀點）

閱讀絕不是一個被動接受訊息的活動，而是一個主動建構意義的過程。因此在閱讀過程中，讀者必須不斷的對文本，對作者的意圖進行批判性的思考。而「區辨事實與意見」在閱讀訊息性文章時特別重要，否則就容易被作者所誤導。

5. 得出符合邏輯的結論（或是心得感悟）

閱讀理解是與書面語言進行交流和互動，並同時提取和形成一定義意的過程。我們必須幫助學生認識到閱讀做為橋樑的作用，這有助於他們學習到更多的知識。閱讀的重心應不限於閱讀本身，而應在於閱讀中所學內容的理解和建構自己的知識過程。

四　值得反思的問題

在這次的觀摩課中，作課教師精采的教學，確實為所有觀課教師帶來了許多教學上的啟發。但也仍然存在一些值得深入探討的問題：

教師提問往往只是為了確定學生的理解，鮮少追問。課堂中教師提問了許多問題，大部分的時候學生都能作答，當學生回答了該問題後，教師就以為全班同學都理解了，欠缺請回答的同學說說自己是如

何理解的追問。而當學生無法作答時，教師也很少向學生示範回答這些問題的理解方法。

大部分的課堂多以教師提問為主要的教學方式，但教師提問的問題，層次多屬字面或是文本理解的問題，較少批判性、創造性、應用性的問題，非常可惜。

感情朗讀仍然是教師習慣的課文教學方式，但是教師似乎並未清楚分辨讀準字音、讀通句子、讀流利、帶感情朗讀、邊讀邊想這些活動間有何區別？它們各自的目標為何？所謂流利閱讀是指在正確的理解文本和恰當的劃分句群的基礎上，能夠準確的、流暢的、感情豐富的快速閱讀文章的能力。而流利閱讀能力分為兩種：朗讀和默讀的流利性，因此有必要適度的區分其操作時的功能與目的。

教案中所列出的教學目標明顯欠缺高層次的閱讀目標。其實想提醒與會的教師，一般說來，學生程度明顯的高於教師的預估，因此在設計教學時，可以將高層次的閱讀目標帶進來。有不少堂課，很清楚的顯現出學生已經理解了，但教師仍然在原地打轉反覆誦讀，殊為可惜。

課堂中，師生互動多（多為一問一答），生生互動少，欠缺小組合作學習。其間容或有小組討論的活動，但多徒具形式並未真正展現合作學習的精義。

將古文安排在五年級是一種新的嘗試，但綜觀幾堂古文教學，教師似乎過度依賴注釋與翻譯。讓學生理解詞彙的方法有很多，根據研究最有效的辦法，還是幫助學生通過查找上下文、結合以前所獲得的背景知識，及單詞隱含的概念來建立多個聯繫。因此，如何利用學生對白話文的熟悉度，幫助學生聯繫古文，應該是教師值得去探索的教學方式。

五　批判的繼承與創造性詮釋

　　以上是個人對這次參與盛會的一點心得與感想，不揣淺陋就教於大家。最後想提出這樣一個觀點：「批判的繼承與創造的詮釋」作為探討語文教學何去何從的一個思考點。閱讀教學觀摩活動已進行了八屆，似乎也面臨到一些瓶頸，因此在預備會議上崔老師提出了「吃準目標、夯實教學、注重實效、積極創新」的改革目標，這方向是清晰的、正確的，需要一線的教師拿出勇氣來，擺脫一些過往教學的習性，除了批判性的承繼優良傳統外，同時更需要拿出智慧，創造性的重新詮釋閱讀教學。

2010年發表於《小語匯》第22期。

參考書目

中文

丁凡（譯）（1999），D. Greenberg 著。**自主學習：化主動性為創造力 建構多元社會的瑟谷教育理念**。臺北：遠流。

中國教育學會（1982）。**教育組織與專業精神**。臺北：華欣。

王玉真（譯）（1996），P. B. Vaill 著。**學習為生存之道**。臺北：中國 生產力中心。

王為國（1995）。**國小教師專業自主：一所國小之個案研究**。國立臺 中師範學院初等教育研究所碩士論文，未出版，臺中。

古國順（1995）。國語科新課程標準之說明。載於**八十三學年度國民 小學新課程國語科研討會專輯**（頁1-3）。板橋：教育部臺灣省 國民學校教師研習會。

卯靜儒（1991）。**學校科層化及教師專業自主與專業自棄關係之研 究**。國立高雄師範大學教育研究所碩士論文，未出版，高雄。

朱作仁（編）（1987）。**教學辭典**。江西：江西教育出版社。

何文勝（1997）。**中國語文科目標為本課程教科書編選體系評議與重 構**。發表於「九七國際語文教育研討會」。香港。

沈珊珊（1997）。**教師專業與教師自主權之社會學探討**。（行政院 國家科學委員會專題研究計畫成果報告，計畫編號NSC85- 2413-H-134-010）。

李振昌（譯）（2001），C. Leadbeater 著。**知識經濟大趨勢**。臺北：時 報文化。

李連珠（2000）。全語言與幼稚園實施全語言之探討。載於**K-12語文**

教育與統整性課程國際學術研討會論文（頁142-147）。臺東：臺東師院。

李連珠（譯）（1998），K. Goodman 著。**全語言的「全」，全在哪裡？**臺北：信誼。

吳敏而（1994）。幼兒閱讀的輔導。載於臺灣省國民學校教師研習會（編），**國民小學國語科教材教法研究第三輯**。板橋：教育部臺灣省國民學校教師研習會。

吳敏而（2001）。通識教育與兒童文學。載於杜明城、林文寶（編），**兒童文學、閱讀與通識教育論文集**（頁35-44）。臺東：臺東師範學院。

谷瑞勉（譯）（1999），L. E. Berk & A. Winsler 著。**鷹架兒童的學習：維高斯基與幼兒教育**。臺北：心理。

谷瑞勉（譯）（2004），L. B. Gambrell 等著。**鮮活的討論：培養專注的閱讀**。臺北：心理。

余應源（編）（1996）。**語文教育學**。江西：江西教育出版社。

林心茹（譯）（2000），B. J. Zimmerman, S. Bonner & R. Kovach 著。**自律學習**。臺北：遠流。

林欣怡（譯）（2001），K. G. Short 著。文學討論的策略。**九十年度國小課程學術研討會專輯**，47-49。

林彩岫（1987）。**國民中學教師專業自主之研究**。臺灣師範大學教育研究所碩士論文，未出版，臺北。

林彩岫（1990）。學校科層組織裡的教師專業自主性。**現代教育**，20，83-90。

洪月女（譯）（1998），K. Goodman 著。**談閱讀**。臺北：心理。

施仲謀（1996）。**語文能力測試與比較**。北京：語文出版社。

姜添輝（2002）。九年一貫課程政策影響教師專業自主權之研究。**教**

育研究集刊，48（2），157-197。

柯華葳（2001）。老師的態度是青少年問題的關鍵：對青少年問題及防治對策專題研究的回應。應用心理研究，12，8-10。

高強華（1992）。教育社會化研究及其在師資培育上的意義。載於中華民國師範教育學會（編），教育專業。臺北：師大書苑。

高新建（1991）。國小教師課程決定之研究。國立臺灣師範大學教育研究所碩士論文，未出版，臺北。倪文錦，歐陽汝穎（編）（2002）。語文教育展望。上海：華東師範大學出版社。

秦夢群（1988）。教育行政理論與應用。臺北：五南。

郭秋勳（1994）。教育事業的發展。載於葉學志（編），教育概論（頁456-486）。臺北：正中書局。

張必隱（1992）。閱讀心理學。北京：北京師範大學出版社。

張春興（1989）。張氏心理學辭典。臺北。東華書局。

張笠雲等（1993）。社會組織。臺北：國立空中大學。

張鴻苓（編）（1993）。語文教育學。北京：北小京師範大學出版社。

教育部（1993）。國民小學課程標準。臺北：教育部。

教育部（1998）。國民教育階段九年一貫課程總綱綱要。臺北：教育部。

教育部（2000）。國民中小學九年一貫課程暫行網要。臺北：教育部。

陳正昌（1993）。國小教師之專業自主及其影響因素。現代教育，30，53-73。

陳奎熹（1980）。教育社會學。臺北：三民。

游淑燕（1993）。國民小學教師課程決定權取向及其參與意願之研究。國立政治大學教育研究所博士論文，未出版，臺北。

曾祥芹（編）（1995）。文章學與語文教育學。上海：教育出版社。

黃武雄（1997）。**臺灣教育的重建：面對當前教育的結構性問題**（二版）。臺北：遠流。

黃瑞琴（1993）。**幼兒的語文經驗**。臺北：五南。

彭富源（1998）。教師專業自主分析——符合臺灣現況的詮釋與建議。**研習資訊**，15（2），66-80。

楊茂秀（譯）（1996），A. Lobel著。**明鑼移山**。臺北：遠流。

趙鏡中（2000）。教材「編製」與「研究」之探討。載於**九年一貫課程的教與學**（頁4-11）。板橋：教育部臺灣省國民學校教師研習會。

趙鏡中（2000）。**童書演奏**。板橋：教育部臺灣省國民學校教師研習會。

趙鏡中（2001）。國語文統整教學的「統整」在哪裡？載於**九年一貫語文統整教學學術研討會論文集**（頁29-62）。臺北：臺北市立師範學院。

齊思賢（譯）（2000），L. C. Thurow著。**知識經濟時代**。臺北：時報文化。

劉春榮（1998）。教師專業自主。**教育資料集刊**，23，25-38。

劉鳳芯（譯）（2000），P. Nodelman著。**閱讀兒童文學的樂趣**。臺北：天衛。

劉錫麒等（譯）（2000），S. L. Yelon著。**教學原理**。臺北：學富文化。

蔡敏玲、陳正乾（譯）（1997），L. S. Vygotsky著。**社會中的心智：高層次心理過程的發展**。臺北：心理。

歐陽教等（1998）。**我國中小學國語文基本學力指標系統規劃研究期中報告**。臺北。

龍應台（1999）。**百年思索**。臺北：時報文化。

聯合國教科文組織（編）（1996）。**教育——財富蘊藏其中：國際
二十一世紀教育委員會報告**。北京：教育科學出版社。

謝雄龍（2005）。**小學口語文際教學導引**。上海：上海教育出版社。

戴寶雲（編）（1993）。**小學語文教育學**。浙江：浙江教育出版社。

鍾任琴（1994）。**國小實習教師教育專業信念發展之研究**。國立政治
大學教育研究所博士論文，未出版，臺北。

鍾啟泉（編）（1993）。**現代學科教育學論析**。陝西：陝西人民教育
出版社。

龐維國（2005）。**自主學習：學與教的原理與策略**。上海：華東師範
大學出版社。

羅文基（1989）。**教育權價值取向及其相關因素之研究：理論建構與
實證分析**。國立政治大學教育研究所博士論文，未出版，臺北。

英文

Anderson, R. C., & Nagy, W. E. (1991). Word meanings. In R. Barr, M. Kamil, P. Mosenthal, G. P. D. Pearson (Eds.), *Handbook of reading research* (vol. 2, pp. 690-724). New York: Longman.

Anderson, R. C., & Nagy, W. E. (1992). The vocabulary conundrum. *American Educator, 16* (4), 4-18, 44-47.

Asking, B. (1991). Structural and organizational contexts of the teaching profession. Paper presentcd in the Annual Meeting of the American Education Research Association (ERIC No. ED 355353).

Baldridge, J. V. (1978). Environmental pressure, professional autonomy, and coping strategies in academic organizations. (ERIC No. ED 062244).

Bohm, D (1996). *On dialogue*. London; New York: Routledge.

Bromley, K. (1993). *Journaling: engagements in reading, writing, and teaching*. New York: Scholastic.

Chall, J. S. (1996). *Stages of reading development*, 2nd ed. Fort Worth, TX: Harcourt-Brace.

Conley, S. C., Schmidle, T., & Shedd, J. B. (1988). Teacher Participation in the management of school systems. *Teacher College Record, 90* (2), 259-280.

Cunningham, A. E., & Stanovich, K. E. (1998). What reading does to the mind. *American Educator, 22* (1), 8-15.

Davis, K., & Moore, W. E. (1966). Some principles of stratification. In R. Bendix and M. Lipset (Eds.), *Class, status, and power*. London: Routledge & Kegan Paul.

Densmore, K. (1987). Professionalism, proletarianization and teacher work. In T. S. Popkewitz (Ed.), *Critical studies in teacher education*. London: Falmer.

Dewey, J., & Bentley, A. F. (1949). *Knowing and the known*. Boston, MA: Beacon Hill.

DeYoung, A. J. (1986). Educational「excellence」versus teacher「professionalism」: Towards some conceptual clarity. *The Urban Review, 18* (1), 71-84.

Edelsky, C., Altwerger, B., & Flores, B. (1991). *Whole language: What's the difference?* Portsmouth, NH: Heinemann.

Feir, R. E. (1985). The structure of school: Teachers and authority. Paper presented at the Annual Meeting of the American Educational Research Association. Chicago: IL.

Flood, J., and Lapp, D. (1991). Reading comprehension instruction. In J.

Flood, et al. (eds.), *Handbook of research on teaching the English language arts*. New York: MacMillan.

Friedson, E. (1973). Dominant professions, bureaucracy and client services. In W. R. Rosengren, & M. Lefton (Eds.), *Organizations and clients: Essays in the sociology of service*. Columbus, Ohio: Merrill.

Gagne, R. M. (1985). *The conditions of learning and theory of insruction*. New York: Holt, Rinehart & Winston.

Galton, M., Simon, B., & Croll, P. (1980). *Inside primary schools*. London: Routledge.

Gnecco, D. R. (1983). *The perceptions of autonomy and job satisfaction among elementary teachers in southern Maine*. Unpublished doctoral dissertation, George Peabody College for Teachers, Vanderbilt University.

Goodman, K. S. (1982). Reading: A psycholinguistic guessing game. In K. S. Goodman, *Language and literacy* (vol. 1) (pp 33-43). Boston, MA: Routledge & Kegan Paul.

Goodman, K. S. (1994). Reading, writing, and written texts: A transactional sociopsycholinguistic view. In R. B. Ruddell, M. R. Ruddell, & H. Singer (Eds.), *Theoretical models and processes of reading* (4th ed., pp. 1057-1092). Newark, DE: IRA.

Goodman, K. S. (1996a). *On reading*. Portsmouth, NH:Heinemann.

Goodman, K. S. (1996b). On whole language. Speech at the Conference of Whole Language Education, Taipei, Taiwan Provincial Institute for Elementary School Teachers Inservice Education.

Goodman, Y. M., Watson, D. J., & Burke, C. L. (1987). *Reading miscue inventory: Alternative procedures*. Katonah, New York: Richard C.

Owen.

Grolnick, W. S., & Ryan, R. M. (1987). Autonomy in children's learning: An experimental and individual difference investigation. *Journal of Personality and Social Psychology, 52*(5), 890-898.

Hanson, E. M. (1990). *Educational administration and organizational behavior* (3rd ed.). Boston, MA: Allyn and Bacon.

Hendley, H. H. (1983). *Perceived teacher autonomy and situation characteristics of school organizational level and principal's managerial philosophy*. Unpublished doctoral dissertation, The University of Georgia.

Hirsch, E. D., Jr. (2003, Spring). Reading comprehension requires knowledge of words and the world. *American Educator*, 10-29.

Keene, E., & Zimmermann, S. (1997). *Mosaic of thought: Teaching comprehension in a reader's workshop*. Portsmouth, NH: Heinemann.

Lieberman, M. (1957). *Education as a profession*. Englewood Cliffs, NJ: Prentice-Hall.

McCarthy, T. (1997). *Teaching literary elements*. New York: Scholastic.

McKeown, M. G. (1993). Creating effective definitions for young word learners. *Reading Research Quarterly, 28*, 16-31.

Meltzer, J., Smith, N. C., & Clark, H. (2001). *Adolescent literary resources: Linking the research and practice*. Providence, RI: Brown University.

Mezirow, J. & Associates (2000). *Learning as transformation: Critical perspectives on a theory in progress*. San Francisco: Jossey Bass.

Nagy, W. E. (1988). *Teaching vocabulary to improve reading comprehension*. Newark, DE: IRA.

Nagy, W. E., Anderson, R. C., & Herman, P. A. (1987). Learning word meanings from context during normal reading. *American Educational Research Journal, 24,* 237-270.

Packard, J. (1976). *The norm of teacher autonomy/ equality: measurement & finding.* Oregon University, Eugene. Center for Educational Policy and Management. (ERIC No. ED 143135).

Paris, S. G. & Ayres (2001). Classroom applications of research on self-regulated learning. *Educational Psychologist, 36* (3), 89-113.

Pintrich, P. R. (2000). The role of goal orientation in self-regulated learning. In M. Boekaerts, P. R. Pintrich, & M. Zeidner (Eds.), *Handbook of self-regulation* (pp. 452-501). New York, NY: Academic Press.

Raelin, J. A. (1989). How to give your teachers autonomy without losing control. *Executive Educator, 11* (2), 19-20.

Rosenblatt, L. M. (1978). *The reader, the text, the poem: the transactional theory of the literary work.* Carnondale, IL: Southern Illinois University Press.

Rosenblatt, L. M. (1989). Writing and reading: The transactional theory. In J. M. Mason (Ed), *Reading and writing connections* (pp. 153-176). Needham Heights, MA: Allyn and Bacon.

Rumelhart, D. E. (1984). Understanding understanding. In J. Flood (Ed.), *Understanding reading comprehension* (pp. 1-20). Newark: IRA.

Samuels, J. J. (1970). Infringement of teachers' autonomy. *Urban Education, 5,* 152-171.

Short, K. G. (1991). Making connections across literature and life. In K. E. Holland, R. A. Hungerford, & S. B. Ernst (eds.), *Journeying:*

Children responding to literature. Portsmouth, NH: Heinemann.

Short, K. G., & Kauffman, G. (1995). 「So what do I do?」The role of the teacher in literature circles. In N. L. Roser, & M. G. Martinez (Eds), *Book talk and beyond* (pp. 140-149). Newark: IRA.

Snow, C. E. (2002). *Reading for understanding: Toward an R&D program in reading comprehension*. Santa Monica, CA: Rand Corporation. Available: http://www.rand.org/multi/achievementforall/reading.

Stahl, S. A. (1999). *Vocabulary development*. Cambridge, MA: Brookline Books.

Tankersley, K. (2005). *Literacy strategies for grade 4-12: Reinforcing the threads of reading*. Alexandria, VA: Association for Supervision and Curriculum Development.

Tarlow, E. (1998). *Teaching story elements with favorite books*. New York: Scholastic.

Vygotsky, L. S. (1986). *Thought and language*. Cambridge, MA: MIT Press.

Weaver, C. (1990). *Understanding whole language: From principles to practice*. Portsmouth, NH: Heinemann.

Zimmerman, B. J. (1995). Self-regulation involves more than metacognition: A social cognitive perspective. *Educational Psychologist, 29*, 217-221.

Zimmerman, B. J., & Martinez-Pons, M. (1986). Development of a structured interview for assessing student use of self-regulated learning strategies. *American Educational Research Journal, 23*, 614-628.

編者的話

　　二月八日，趙老師突然離開人世，不管熟識與否，聽聞的人都感到錯愕。告別式上，臺灣南北各地、香港以及大陸，好多人前來致意。大夥說著、談著：能不能有一本紀念文集，紀念趙老師，也讓想念的人，想學習的人可以透過書與趙老師在文字裡相遇、重逢？於是，學會決定出版趙老師的紀念文集，我被指派接下整理文稿的工作。

　　趙老師的著作甚多，散見在《教育研究月刊》、《國教學報》、《研習資訊》、《童書演奏》、《小語匯》、《小學語文教師 》、《人本教育札記》及研討會論文集上，而且不論相識與否，凡是來函向趙老師請益的人，趙老師無不立即回覆，因此要找出所有文稿是頗具挑戰的事。於是，我翻閱趙老師留下的檔案，上國家圖書館搜尋，甚至遙請大陸友人王林博士、王樂芬老師協助，才大致完成文稿蒐集的工作。此外，還有口頭報告後的整理，以及已寫成，但未及出版的文稿也列入蒐集範圍。為了方便讀者明白文稿的出處，在每一篇章後註明。

　　這些文稿反應了趙老師各階段所關心的各個話題，本集先收錄關於閱讀和語文教育的篇章，至於談論繪本、教孩子選書及環境與倫理議題的文章和詩作則待日後另行出版。在選擇上，如有重疊談論相同主題的文章，則選用較有代表性的篇章。在文章排序上，大致以時間順序排列，方便讀者看出趙老師在臺灣語文教育變革時個人想法的轉變。

　　這本書能夠順利出版，得力於好多人的協助：林文寶老師引介出

版社，指導出版方向；小語會的伙伴：賴玉連、賈文玲、顧翠琴、林冬菊、黃敏、林川惠以及謝坤倫密集加班校稿、整理書目、確認版面，許學仁老師也義不容辭擔任校對時的活字典；萬卷樓更傾全力配合，在短短一個月內把狀況不斷的電子稿變成我們心目中的書。這諸多的善意和溫暖，讓這本書得以在第十屆兩岸四地語文教學觀摩暨研討會前順利出版，和四地友人分享，我想，這對趙老師來說一定別具意義。再多的「謝謝」也無法充份表達我心中的感謝，但「有你們真好～」卻是一定要告訴大家的，謝謝你們。

本書倉促問世有任何疏漏的地方，那是我的學力不精，還請讀者不吝指正。很高興有這個機會為他整理著作，不知道趙老師滿意嗎？但我很清楚的是，以後想聽他說話，就讀這本書吧！他的智慧語言，又會在所有讀者耳邊響起。

范姜翠玉

語文教學叢書 1100001

提昇閱讀力的教與學
——趙鏡中先生語文教學論集

作　　者	趙鏡中	
主　　編	吳敏而	
編　　輯	范姜翠玉	

發 行 人　陳滿銘

總 經 理　梁錦興

總 編 輯　陳滿銘

副總編輯　張晏瑞

編 輯 所　萬卷樓圖書股份有限公司

　　　　　臺北市羅斯福路二段 41 號 6 樓之 3

　　　　　電話 (02)23216565

　　　　　傳真 (02)23218698

發　　行　萬卷樓圖書股份有限公司

　　　　　臺北市羅斯福路二段 41 號 6 樓之 3

　　　　　電話 (02)23216565

　　　　　傳真 (02)23218698

　　　　　電郵 SERVICE@WANJUAN.COM.TW

大陸經銷　廈門外圖臺灣書店有限公司

　　　　　電郵 JKB188@188.COM

香港經銷　香港聯合書刊物流有限公司

　　　　　電話 (852)21502100

　　　　　傳真 (852)23560735

ISBN 978-957-739-742-3

2016 年 4 月初版四刷

2011 年 12 月初版

定價：新臺幣 480 元

如何購買本書：

1. 劃撥購書，請透過以下郵政劃撥帳號：

　帳號：15624015

　戶名：萬卷樓圖書股份有限公司

2. 轉帳購書，請透過以下帳戶

　合作金庫銀行 古亭分行

　戶名：萬卷樓圖書股份有限公司

　帳號：0877717092596

3. 網路購書，請透過萬卷樓網站

　網址 WWW.WANJUAN.COM.TW

大量購書，請直接聯繫我們，將有專人為

您服務。客服：(02)23216565 分機 10

如有缺頁、破損或裝訂錯誤，請寄回更換

版權所有・翻印必究

Copyright©2014 by WanJuanLou Books CO., Ltd.

All Right Reserved　　　　　**Printed in Taiwan**

國家圖書館出版品預行編目資料

提昇閱讀力的教與學：趙鏡中先生語文教學論

集 / 趙鏡中著.

　-- 初版. -- 臺北市 ： 萬卷樓, 2011.12

　面 ；　公分. -- (語文教學叢書)

ISBN 978-957-739-742-3(平裝)

1.漢語教學　2.語文教學　3.文集

802.03　　　　　　　　　　　100025570